LOBBYISTEN

THOMAS BODSTRÖM

LOBBYISTEN

NORSTEDTS

Av Thomas Bodström har tidigare utgivits:

Rymmaren 2008
Idealisten 2009

ISBN 978-91-1-302535-3

Norstedts, Stockholm
Omslag: Valentin & Byhr
Tryck: WS Bookwell, Finland 2010
www.norstedts.se
*

*Norstedts ingår i
Norstedts Förlagsgrupp AB,
grundad 1823*

Till min dotter Maria

ONSDAG 3 SEPTEMBER
18 DAGAR KVAR TILL VALET

1

Justitieminister Catarina Björk satt på sitt arbetsrum i Rosenbad och läste igenom det senaste utskicket från partiexpeditionen på Sveavägen till alla ledande socialdemokrater. Man bad än en gång alla att undvika bjudmiddagar och kändispremiärer, riksdagsledamöterna uppmanades att hålla koll på sina kvittningar från voteringarna, att försöka lägga taxikostnaderna på fakturan för flyget, att göra noggranna reseräkningar och inte minst att hålla distans till alla former av lobbyister.

Utskicket andades nervositet för att enskilda affärer – som i tidigare valrörelser – skulle ta upp alltför mycket utrymme i den allmänna debatten.

Catarina visste att det just nu jobbades på högvarv i tankesmedjorna i båda de politiska blocken. Det vittnade inte minst de ständiga kopiorna av utdragen från upplysningsenheten om, de som begärts ut av dem som ville kontrollera fortkörningar, bankskulder, felparkeringar och allt annat som kunnat gå till kronofogden för utmätning.

Catarina suckade tungt och reste sig från stolen. Hon gick fram till fönstret och blickade ut över Riddarfjärden, som glittrade i det vackra vädret. Sommaren höll i sig och några segelbåtar guppade borta vid Västerbron.

Det var obegripligt att man kunde ta risken att schabbla med en reseräkning när alla visste hur media fungerade. Det här var inget problem för Catarina. Hon hade andra bekymmer, nämligen om hon skulle få fortsätta som minister eller inte. I spekulationerna inför valet, där enskilda politiska kommentatorer presenterade eventuella kommande regeringar, fanns hon sällan med. Den allmänna uppfattningen var att hon ansågs för färglös. När de olika ministrarna betygsattes av väljarna låg hon sällan bra till, förvånansvärt många visste inte ens vem hon var. Det var svårt att vara politiker, tänkte Catarina, hur man än gjorde så blev det fel. Om man ställde upp i lekprogram i TV, gick på fotbollsmatcher, umgicks med andra kändisar, var man populistisk. Och om man verkligen försökte vara seriös, som Catarina, var man tråkig.

Men även om hon ansåg att bilden av henne var orättvis ville hon till varje pris vara kvar i regeringen. Det var det här hon hade kämpat för sedan hon gick med i SSU som fjortonåring. Alla kvällsmöten, dörrknackningar, utdelningar av flygblad, föredrag i skolorna och sammanträden i kommunfullmäktige och senare riksdagen, alla demonstrationer och debattartiklar. Allt som hon hade försummat för att nå sitt mål: att få vara med och bestämma hur landet skulle styras, gjorde att hon var beredd att stå ut med mycket.

Nästan vad som helst.

”Det finns inget bättre än att föreslå högre straff”, sa Gerd Lundin och såg sig om i rummet. De andra moderaterna i justitieutskottet nickade. De hade samlats i riksdagen för att diskutera taktiken inför valrörelsens slutspurt. Gruppledningen hade uppmanat dem att komma med ett skarpt förslag som partiledaren kunde föra fram i de avslutande debatterna.

”Men ska vi höja straffen på alla brott?” frågade en lång gänglig man från Vellinge.

”Nej, det räcker med våldsbrotten”, svarade Gerd.

”Ja, de ekonomiska brottslingarna är ju våra väljare”, svarade den andra kvinnan i gruppen.

Gerd knyckte på nacken och valde att inte kommentera det.

Som ordförande i utskottet hade hon egentligen en ganska lätt uppgift. Det handlade om att vara emot regeringen, vad den än föreslog. De yngre ledamöterna hakade alltid på. Genom ständiga attacker via bloggskrivande, debattartiklar och pressmeddelanden höll de igång den politiska oppositionen inom kriminalpolitiken.

Den enda som hade lite svårt att delta i det politiska spelet var Gerd själv. Med tiden hade hon blivit allt mer trött på detta ständiga krypskytte mellan de två partiblocken. Allt verkade gå ut på att önska varandra motgångar. Det kunde inte gärna vara så att allt som den rödgröna regeringen föreslog var fel. Så snart det begicks något spektakulärt brott i Sverige så gick hela gruppen igång. Det var som om de var glada att det hade hänt, allt för att kunna plocka enkla politiska poänger.

"Då bryter vi för lunch", sa Gerd. Hon tittade genom de dammiga fönsterrutorna ut på den klarblå himlen.

De tog hissen ned till femte våningen och gick över den lilla bron som förband de två olika riksdagshusen. Det var alldeles tomt, alla andra var ute i valrörelsen. Riksdagens öppnande skulle inte äga rum förrän efter valet.

Stämningen i gruppen var på topp, partiet låg bra till i opinionsundersökningarna, även om det var jämnt mellan de båda blocken. De tog trappan ned och kom ut i bankhallen.

"Det är klart att restaurangen inte är öppen, det borde vi ha tänkt på", sa Gerd snopet när hon såg skylten på den stängda dörren.

De bestämde sig för att äta lunch ute i stället och gick mot utgången. I samma ögonblick kom tre män och en kvinna gående emot dem. Gerd kände inte igen någon av dem. Just som de passerade slet en av männen upp en pistol.

Gerd försökte sortera sina tankar.

"Kan du inte peka med den där åt ett annat håll?" var det enda hon kom på att säga när hon såg pistolen.

Hon kände hur halsen snörptes ihop när en av männen riktade pistolen mot henne. Hon kunde inte slita blicken från det otäcka svarta hålet i pistolens mynning.

Runt omkring den lilla gruppen från justitieutskottet slet nu även de övriga tre fram pistoler.

”Kom här”, skrek en av dem på felfri svenska, vilket förvånade Gerd.

Hon hade fått för sig att gisslantagare var utlänningar.

De föstes ihop och fördes bort förbi bankomaten och uppför rulltrappan. De beväpnade männen och kvinnan befann sig både framför och bakom Gerd, som var så skräckslagen att hon hade svårt att hålla balansen.

Gisslantagarna verkade hemmastadda i riksdagen, det var med beslutsamhet gruppen fördes vidare uppför ytterligare en rulltrappa, så att de kom upp i foajén utanför riksdagens plenisal – det svenska parlamentets hjärta. Eller demokratins finrum, som talmannen brukade uttrycka det.

En av männen slet upp glasdörren med de tre kronorna på. Gerd fick en knuff bakifrån och snubblade in i den stora salen.

Tankarna virvlade åt alla håll. Vad i hela världen var det som hände? Ett gisslandrama mitt på ljusan dag, där hon nu själv var tillfångatagen. Gerd fick allt svårare att andas.

De uppmanades att sitta ned i mitten. Det råkade vara Västra Götalands platser, den valkrets som Gerd tillhörde. Hennes egen bänk stod ett par rader ned. För ett ögonblick tänkte hon nästan fråga om hon fick sätta sig där i stället.

En lång stund, som kändes som en evighet, blev de sittande tysta medan två av männen och kvinnan gick runt i den stora salen, alla med sina pistoler fullt synliga. De viskade ohörbara ord till varandra. Gerd studerade dem i smyg. Hon noterade hur en svettdroppe blänkte i pannan på en av dem. Han var påtagligt överviktig och verkade obekväm med situationen.

Gerd ville så gärna vara lugn, kunna visa de övriga i gruppen att hon var ledaren. Det var särskilt viktigt med tanke på att de andra var så unga, vissa hade knappt hunnit lämna MUF förrän de erbjöds en riksdagsplats.

Men Gerds försök att vara ett gott föredöme gick inget vidare. Hon var helt enkelt livrädd och orkade inte ta ansvar för någon annan. De andra i gruppen satt tysta i bänkarna med nedböjda huvuden och försökte göra sig osynliga.

Det som gjorde Gerd ännu mer orolig var att gisslantagarna utstrålade osäkerhet och nervositet. Gång efter annan gick ledaren iväg och pratade i en mobiltelefon. När han kom tillbaka till de övriga i gruppen skakade han på huvudet och mumlade något de inte lyckades uppfatta.

Utanför riksdagen hördes ljudet av polishelikoptrar, och Gerd förstod att hela riksdagen måste vara belägrad av polis. Vad kunde det här innebära? Skulle riksdagen stormas nu? Då skulle de väl bli skjutna direkt, tänkte Gerd skräckslaget.

Ledamoten från Vellinge, som var i trettioårsåldern, tittade upp och vände sig till den gisslantagare som stod närmast.

”Tänk på att vi har barn”, försökte han.

Och barnbarn, tänkte Gerd.

Den fete mannen som stod närmast tog två steg framåt.

Med full kraft slog han ledamoten i ansiktet med pistolen.

Han gav till ett kvävt skrik och satte händerna för ansiktet för att skydda sig mot flera slag.

Gerd kände det som om hon skulle kräkas när hon såg hur blodet rann mellan hans fingrar.

2

Hela Helgeandsholmen var avspärrad. Det var poliser överallt. Ute på Strömmen låg ett par polisbåtar, medan en helikopter surrade över Riddarholmen. Tjugo minuter tidigare hade en andfådd rättschef sprungit in i justitiedepartementets sammanträdesrum, Blå rummet, och berättat att ett gisslandrama var under uppsegling i Riksdagshuset. Trots panikläget kunde Catarina Björk konstatera att departementet, helt i enlighet med de fasta rutinerna, hade gått upp i högsta beredskap. De årliga övningarna hade givit färdighet. Numera visste alla sin speciella uppgift.

Catarina gjorde sitt bästa för att dölja det hon kände. Hon gick ett varv i rummet och blev stående vid fönstret. Så vände hon sig mot sina medarbetare, som satt vid det runda bordet. Det var cheferna för Enheten för polisfrågor, Kriminalpolitiska enheten och Nådeenheten. De såg bleka ut.

Riksdagsledamöter som gisslan inne i Riksdagshuset!

Catarina satte sig ned bredvid sin statssekreterare Leo Holmberg, som hade börjat breda ut papper framför sig. Hon hade ingen aning om hur hon skulle agera.

”Så vad är läget?”

Tjänstemännen tittade på varandra innan chefen på Polisenheten började dra bakgrunden.

”Som vi vet tog sig männen in strax efter ett i eftermiddags. Eftersom det är sommaruppehåll fanns det knappt några ledamöter där, förutom en grupp från justitieutskottet. De togs som gisslan och befinner sig inne i plenisalen."

"Vet vi vilka gisslantagarna är?" frågade Leo.

"De är identifierade tack vare TV-kamerorna. Alla är svenskar."

Catarina drog en lättad suck. Om de hade kommit från andra länder skulle språkförbistring och diplomatiska förvecklingar ha kunnat komplicera saken ytterligare.

"Har vi fått igång några förhandlingar?"

"Medlarna har försökt flera gånger, men gisslantagarna kräver bara ett svar och det är från dig."

"Och vad är det de kräver?" frågade Catarina, trots att Leo redan hade informerat henne.

"Tolv personer ska beviljas nåd, vi har ansökningarna här."

Chefen för Nådeenheten viftade med en bunt papper.

"Och när de har beviljats nåd kan vi inte ändra det?" frågade Catarina.

"Positiva myndighetsbeslut mot en enskild kan som huvudregel inte ändras. I det här fallet efterger regeringen en brottspåföljd enligt elfte kapitlet, trettonde paragrafen i regeringsformen. Rent juridiskt kan inte ..."

Catarina viftade irriterat med handen. Hon var politiker, inte jurist. Nu om någon gång var det väl dags för tjänstemännen att inse det. Chefen för Nådeenheten dök ned i sina papper så länge.

"Men det är regeringen som fattar beslut om nåd – inte en enskild minister", påpekade Leo Holmberg.

Till skillnad från på andra departement arbetade ministern och statssekreteraren vid justitiedepartementet sida vid sida, utan någon exakt arbetsfördelning vid föredragningar.

"Det verkar som om gisslantagarna känner till att det i praktiken är justitieministern, och att det sedan räcker med att samla ihop fyra ytterligare statsråd för att kunna fatta ett regeringsbeslut", sa chefen för polisenheten.

Det blev tyst i rummet.

"Vad är det för personer?" frågade Catarina till slut.

”Alla är dömda för allvarliga, men helt olika, brott: mord, våldtäkt, skattebrott för att nämna några. Men det finns en gemensam nämnare”, svarade chefen för Krimenheten.

”Och det är?” frågade Catarina.

”Alla har kommit ut från fängelset under det senaste året.”

”Det borde betyda att det här antagligen är planerat inifrån”, sa Leo Holmberg.

3

Susanne Dahlgren satt längst fram vid bordet i katastrofrummet. Runt omkring henne sprang poliser och levererade kontinuerligt ny information.

De hade omedelbart gått upp i stabsfunktion. En polisinsatschef, en av de nio kommissarierna som alltid var i tjänst i länet, hade tagit över det operativa arbetet nere vid Riksdagshuset.

Staben som hade bildats bestod av Susanne, som var kommenderingschef, samt en representant vardera för Säpo, Rikskrim och underrättelsetjänsten Kuten. Ytterligare en polis skötte kontakten med kommunikationscentralen, som i sin tur hade koll på alla tillgängliga poliser i länet. En annan ansvarade för logistik och att det fanns rätt personal. Gruppen skulle säkert fyllas på efter hand om det blev fråga om gripanden.

De hade följt regelboken genom att först evakuera alla människor som befann sig i eller kring Riksdagshuset. Därefter hade hela området spärrats av, så att inga obehöriga skulle komma i vägen. En polishelikopter fanns i luften för att försöka filma in i Riksdagshuset och därmed få en bättre bild av läget. Det fanns också båtar ute i Strömmen för att spärra av eventuella flyktvägar. Insatsstyrkan var redan på plats, beredd att gå in med våld om situationen krävde det. Men först skulle man givetvis försöka lösa det på fredlig väg.

Medlingsgruppen bestod av tre personer. En skötte samtalen med kidnapparna, en annan lyssnade och coachade i pauserna och den tredje hade kontakten med staben. Susanne var innerligt tacksam över att den tidigare rivaliteten mellan piketen och nationella insatsstyrkan var borta.

Det var särskilt viktigt när det nu verkligen var skarpt läge och människors liv stod på spel.

Fristen var satt till klockan tre. Om det då inte fanns något positivt besked från regeringen om att ge nåd till tolv fångar skulle gisslan skjutas en efter en.

Nu var det bara en och en halv timme kvar.

”Hur får vi besked om vad som gäller?” frågade mannen från Kuten.

”Jag får samtal från departementet, som jag sedan vidarebefordrar till medlingsgruppen”, svarade Susanne.

”Går det inte att nå dem med krypskyttar?” frågade den personalansvarige, den enda kvinnan i gruppen förutom Susanne.

”För riskabelt antagligen. Såvitt jag förstår är alla samlade tillsammans i bänkarna. En enda handgranat kan döda allihop.”

”Vad säger jag till media?” frågade Petra Holm, länskrims pressekreterare.

Susanne hade aldrig varit med om att regeringen i praktiken skulle styra det polisiära arbetet vid ett gisslandrama. Gisslantagarna verkade väl insatta i hur förvaltningen i Sverige fungerade.

Trots allvaret i situationen kände sig Susanne relativt lugn. Hon hade varit operativ chef för länskriminalpolisen i några år nu och med tiden hade hon lärt sig hur hon skulle hantera akuta situationer. Framför allt kändes det som om hon hade en naturligare auktoritet än tidigare, att poliserna lyssnade på henne.

”Vi stannar där och ses åter om tjugo minuter. Nu går jag till stabsrummet och inväntar telefonsamtalet från departementet.”

”Får man gå på toaletten?” frågade Gerd försiktigt.

Gisslantagarna tittade på varandra.

”Okej”, sa en man som såg ut att vara i femtioårsåldern. ”Men om du försöker något skjuter vi alla här inne direkt.”

Med sitt gråsprängda skägg och sin kala hjässa såg han ut att vara äldst i gruppen, och även den informella ledaren. Han bar en sliten fiskbensmönstrad kavaj över en mörkgrön skjorta och slitna kakibyxor.

”Jag förstår”, svarade Gerd och svalde.

Tillsammans med en annan av männen gick hon genom en av glasdörrarna som finns längs sidan av salen. I utrymmet utanför plenisalen fanns inte en människa. Ingen satt i soffgrupperna, vid kaffeapparaten och fruktkorgen var det tomt. Solen sken in genom Riksdagens fönster. Hon övervägde att gå fram för att titta ut, men en blick från mannen som följt med henne fick henne att avstå.

Hon gick in genom dörren som ledde in till de fyra toaletterna, tätt åtföljd av sin bevakare.

Han såg spänd ut. Hans kraftiga kropp, som gav ett muskulöst intryck under den tajta T-shirten, gjorde att han såg ut som en bodybuilder. Det kanske är anabola steroider, tänkte Gerd.

”En minut, och glöm inte att det går att skjuta genom dörren.”

Så snart Gerd hade stängt dörren sjönk hon ned på toalettstolen. Hon var för nervös för att göra annat än att bara sitta där. Ensam med sina tankar, och med en beväpnad man utanför dörren.

Det var inte lätt att tänka klart. Allt gick fortfarande som i slowmotion och det var omöjligt att ta in vad som hade hänt.

Hon hade aldrig tidigare blivit hotad med pistol. Det som särskilt hade slagit henne var hur stor den hade varit. Och så svart och hotfull. Hon hade känt sig totalt hjälplös, och tankarna bara virvlade runt i huvudet på henne. Hur kändes det att bli skjuten? Gjorde det ont? Dog man direkt, eller förstod man att det skulle hända? Kunde man känna hur kulan liksom genomborrade kroppen? Hur den trängde sig in genom kött och blod, krossade vitala organ och förstörde allt det som människokroppen hade byggt upp.

Det bankade på dörren och Gerd hoppade till.

"Jag kommer", pep hon och ställde sig upp. Yrseln slog till omedelbart och hon var tvungen att luta sig mot handfatet för att inte falla omkull. Hon såg sig själv i spegeln och ryckte till. Håret stod åt alla håll, hon var blek och såg plågad ut.

Några minuter senare var de tillbaka hos de andra. Gerd satte sig på samma stol igen.

Vilken förbenad otur de hade haft, tänkte hon.

Riksdagen hade sommaruppehåll i tre månader och deras utskottsgrupp hade bara träffats en enda gång. Just idag när de tre männen och kvinnan tagit sig in i riksdagen. Med falska presslegitimationer, kunde man förmoda.

Eller var det otur? Var det så att de hade siktat in sig på just henne? Hon var trots allt en före detta justitieminister och nu ordförande i justitieutskottet.

Gerd försökte att andas långsamt, men det var inte lätt. Flera gånger var hon nära att börja hyperventilera. Hon såg sig omkring och försökte få kontakt med kvinnan i gruppen. Hon var ung, smal, knappt trettio år och svartklädd med mörkt hår. Gerd tyckte att det var märkligt att hon var med. Inte bara för att hon var kvinna, utan för att hon inte verkade passa in. Det var omöjligt att få ögonkontakt med henne. Blicken flackade och hon kramade pistolen hårt.

Gerd lät blicken vandra över den tomma plenisalen. Rakt fram över talmannens plats hängde den gigantiska grå gobelängen, som Gerd visste vägde över hundra kilo. Den var tjugo meter lång och åtta meter hög. Vid sidan hängde den svenska flaggan, annars var det inte mycket som prydde de ljusa väggarna.

Hon tittade upp mot de små balkongerna, där fotograferna brukade sitta och fotografera minsta anteckning med sina stora objektiv. Skulle polisens krypskyttar kunna ta sig in dit? Och vad skulle då hända? Gisslantagarna hade både pistoler och handgranater. Det kunde sluta med katastrof.

Gerd brukade alltid trivas i riksdagen. Det skulle kännas annorlunda i fortsättningen.

Om det finns någon fortsättning, vill säga, tänkte hon.

Det högg till i magen när hon tänkte på sin man, sina barn och framför allt sina barnbarn.

Det kunde väl ändå inte vara så att det var slut nu? Att hon inte skulle få träffa dem igen?

Men de här människorna verkade kapabla till vad som helst. Ändå såg de så alldagliga ut, som vanliga svenskar man mötte på gatan. Människor som hotade andra till livet gick inte att förstå. Hon la särskilt märke till den överviktiga mannen. Han svettades ymnigt i sin rutiga flanellskjorta, som såg ut att vara alldeles för varm.

Det enda namn hon hade uppfattat var Henry, det var den äldre mannen med skägget.

Hon hade ansträngt sig för att utnyttja sina sinnen maximalt, så att hon skulle kunna uppfatta alla detaljer.

Ledaren kom tillbaka efter att ha lämnat gruppen för att ringa ett telefonsamtal.

”Femtio minuter, inte mer”, sa han till de andra med sammanbiten min.

Ingen sa något.

Det enda som hördes var små snyftningar från den yngsta kvinnan i gruppen, som satt med huvudet nedböjt i bänken.

Gerd kände sig lamslagen av skräck. Men också förvirrad över hur människorna reagerade. Det var uppenbart att de väntade på någon form av besked. Ledaren gick ideligen ned till ena talarstolen och tillbaka igen. De sista gångerna hade han inte fått något samtal utan bara stått där, som om han väntade på att någon skulle ringa.

Gerd försökte lista ut vad de hade för krav.

Pengar är väl det vanligaste, tänkte hon. Men vart skulle de ta vägen sedan? De kunde inte gärna lämna riksdagen med en väska med pengar. Enda möjligheten var att åka till ett land, där de inte riskerade att bli utlämnade, kanske i första hand någonstans i Sydamerika. Gerd hade fått för sig att det var dit gisslantagare åkte. För att ha varit justitieminister i två år, och ordförande i justitieutskottet i nästan fyra år, var hon påfallande okunnig om hur det låg till med utlämningsavtal med andra länder. Ärligt talat var hon inte så bevandrad i juridik över huvud taget. Den biten var det tjänstemännen som skötte. Själv hade hon koncentrerat sig på det politiska arbetet, där hon till varje pris försökt hålla sig undan. Det var så man överlevde i det hårda klimat som rikspolitiken utgjorde, brukade hon resonera för sig själv. Då hade hon aldrig kunnat drömma om att hon skulle bli tagen som gisslan och hotad till livet.

Gisslantagarna såg åter ut att vara osäkra på hur de skulle göra. Vid något tillfälle släppte de alla i gisslan med blicken och konfererade med varandra med låga röster. Men att försöka fly var uteslutet, tänkte Gerd. Hon skulle inte hinna många meter förrän hon blev skjuten.

”Annars blir det en i timmen”, viskade bodybuildern, som hade varit lugn så här långt. Nu blev han allt mer aggressiv.

Kvinnan, som hittills inte hade sagt ett ord, frågade om hon skulle kontrollera foajén.

Ledaren gav klartecken och hon försvann ut ur salen. Några minuter senare kom hon tillbaka med oro i blicken.

”Det är poliser överallt”, sa hon.

”Har de tagit sig in i huset också?” frågade ledaren.

”Vet inte”, svarade kvinnan. ”Men det skulle inte förvåna mig.”

”Är det inte bättre att ni släpper oss?” frågade den andra kvinnliga ledamoten och försökte låta så vänlig som möjligt.

Bodybuildern ryckte tag i hennes arm och slet ned henne på golvet. Efter ett par välriktade sparkar i sidan stönade kvinnan till och blev liggande. Ingen av de andra vågade röra sig för att hjälpa henne. Hon låg alldeles stilla men överkroppen rörde sig, noterade Gerd. Då var hon inte död i alla fall.

”Hur kunde det bli så här? Att det är vi som sitter med Svarte Petter?” frågade justitieminister Catarina Björk och reste sig från det stora skrivbordet där promemorior, propositioner och andra handlingar låg utspridda.

Hon slog sig ned i arbetsrummets soffgrupp. Mittemot henne satt statssekreterare Leo Holmberg med bekymrad min.

”Ja, det är fullständigt åt helvete fel”, sa han och kliade sig på hakan.

Catarina reste sig hastigt ur soffan, tog ett varv i rummet innan hon satte sig ned igen.

Det gav ett desperat intryck, men Leo var finkänslig nog att inte påpeka det. Så var han också hennes närmaste medarbetare.

”Skjuter de gisslan får jag skulden.”

Det blev tyst mellan dem någon minut, orden hängde kvar i luften.

”Det är som Norrmalmstorgsdramat”, sa Leo efter en stund.

Catarina ryckte till.

”Vad menar du?”

”Då var det Palme som skulle fatta besluten”, svarade Leo. ”Härifrån Rosenbad även den gången.”

”När var det nu igen?”

”I augusti 1973.”

”Jag var inte ens född då”, mumlade Catarina.

Det blev tyst på nytt.

”Hur mycket tid har vi på oss”, frågade hon sedan och tittade ut genom fönstret, där en polishelikopter surrade. Runt omkring dem hördes sirener från tillskyndande polisbilar.

”Tjugofem minuter, sedan måste vi ge besked.”

Catarina bleknade, tyngd av situationens allvar. Hon var inte rätt person för det här. Det borde i stället vara någon med större erfarenhet och som var bättre rustad att hantera stark press. Catarinas främsta styrka var hennes lojalitet mot partiet. Därför tänkte hon också alltid så: Vad skulle partiet tycka nu? Men det här var ett så speciellt läge att det var svårt att veta hur partiet skulle agera.

Catarina var vid det här laget väl medveten om sina begränsningar som politiker. Hon var ambitiös och engagerad, men absolut inte någon stor politisk begåvning. Sin avsaknad av intuition – en politikers viktigaste egenskap – kompenserade hon med att alltid vara ordentligt påläst. Hon hade gått den långa vägen genom först SSU och sedan studentförbundet. I likhet med många andra politiker med samma bakgrund hade hon försummat studierna när aktiviteterna i partiet hade blivit alltför tunga och hade oavslutade universitetsstudier bakom sig. När hon fick erbjudande om att bli politiskt sakkunnig åt näringsministern hade hon hoppat av kursen i statskunskap. Därefter hade hon arbetat sig uppåt i partiet och efter några år blivit riksdagsledamot. När partiet satt i opposition hade hon fått ordförandeposten i justitieutskottet och därmed banat väg för en ministerpost vid valsegern för fyra år sedan.

Det var en utsatt position. Men genom att inte ta för stora risker, i kombination med ett och annat balanserat utspel, hade hon klarat sig bättre än väntat. Hon kanske inte gick hem i stugorna, men det var få förunnat att göra det.

Det här var första gången som hon befann sig i riktigt skarpt läge.

”Borde ändå inte statsministern avgöra det här?” frågade hon efter ännu en stunds tystnad.

Leo Holmberg skakade på huvudet.

”Du vet hur det är, de vill inte ta i frågan förstås, men jag har kontakt med statsrådsberedningen.”

”Så att jag ska få skulden om något går fel”, svarade Catarina. Det var givetvis en riktig analys. Hon var beredd att offra sig för sin statsminister, det var det bästa sättet som man kunde ställa upp för partiet. Nu gällde det att försöka bredda ansvaret, helst utan att det märktes. Och utan att någon skulle kunna anklaga henne för att vara illojal.

”Borde vi inte ha kontakt med UD, om gisslantagarna har krav på att lämna landet?”

”De läcker bara i så fall, bättre att hålla det i en begränsad krets här på justitie.”

Catarina nickade.

”Sedan måste vi fatta ett beslut.”

Leo Holmberg försökte sig på ett leende, men det blev mest en grimas.

”Jag önskar att jag kunde råda dig”, sa han.

På skrivbordet fanns tre telefoner.

En av dem skulle bara användas vid absolut nödläge, om Sverige hamnade i krig, till exempel. Frågan var om inte det här var ett sådant nödläge, tänkte Catarina.

Snart skulle hon ringa ett samtal som kunde avgöra om sex riksdagsledamöter skulle dödas eller inte. Alternativet var att släppa fångar från fängelset, vissa tungt kriminella, vilket också skulle kunna kosta människoliv.

Catarina suckade högt.

”Det finns bara en sak att göra.”

Leo tittade på henne.

”Jag kan inte riskera livet på oskyldiga människor. Vi får meddela att vi beslutar om nåd”, fortsatte hon.

”Måste du inte tänka på helheten nu?” frågade Leo Holmberg.

”Jo, men jag kan inte riskera att få så många människors liv på mitt samvete.”

”Är du säker?”

Catarina nickade.

”Okej, jag får ihop fyra ministrar till på en timme”, svarade Leo. ”Vi undantar statsministern, som vi har kommit överens om, då blir det svårare för oppositionen att göra politik av det sedan.”

”Då är det bara att ringa”, sa Catarina och satte sig vid skrivbordet.

”Jag kan göra det, så har du i alla fall en att skylla på”, sa Leo och reste sig.

”Men det är inte rätt. Jag måste ändå ta ansvaret och ...”

Leo slog ut med händerna.

”Möjligt, men då finns det i alla fall en teoretisk chans att du klarar dig.”

Catarina insåg att det låg något i vad han sa. På samma sätt som hon var beredd att offra sig för statsministern, var det naturligt att Leo gjorde detsamma för henne. Dessutom kunde hon inte låta bli att tilltalas av att slippa ringa det avgörande samtalet.

”Okej, ring du då”, svarade Catarina utan att möta Leos blick. ”Och då kanske det är lika bra att jag inte är med.”

Leo reste sig från soffan utan ett ord och lämnade rummet.

4

”Det är statssekreterare Leo Holmberg.”

Susanne drog ett djupt andetag och tog fram papper och penna. Som tidigare åklagare var hon alltid noga med att föra anteckningar vid ett telefonsamtal. Och sällan hade det varit så viktigt att göra det som nu.

”Och vad har ministern kommit fram till?” frågade hon.

”Att regeringen inte accepterar kraven.”

Det blev tyst mellan dem.

Susanne la ifrån sig pennan.

”Alltså, jag ska inte ha några åsikter om vad regeringen fattar för beslut, men det betyder att gisslan riskerar att skjutas.”

”Ministern gör bedömningen att det bara kommer nya krav om de beviljar nåd för de här tolv fångarna så snabbt. Vi måste få garantier på att gisslan släpps först. Eftersom de bara är fyra stycken gäller det att trötta ut dem. Dessutom tror ministern att sannolikheten är låg för att de ska verkställa hoten.”

Susanne var inte imponerad av statssekreterarens argumentation. Även om hon inte ville lägga sig i, så handlade det om människoliv och då kunde hon bara inte vara tyst.

”Vad talar för det?” frågade hon.

”Att det aldrig någonsin har hänt i Sverige att gisslan verkligen har dödats. Det är annorlunda i andra länder.”

”Jag hör vad du säger”, svarade Susanne. ”Och jag ska se till att beskedet framförs.”

Samtalet avslutades och Susanne blev sittande med telefonluren i handen.

Ledaren hade fått samtalet som de väntat på. Han gick långsamt uppför gången och kliade sig i det gråsprängda skägget.

”Vem av er är ordförande?” frågade han.

Gerd kände hur hon frös till is.

Plötsligt såg gisslantagarna uppretade ut. Villrådigheten var borta och ersatt med en beslutsamhet som skrämde henne ytterligare.

Gerd märkte att de andra i gruppen sneglade mot henne. Som om de väntade på att hon skulle ge sig till känna, att hon skulle offra sig.

Hon andades så häftigt att hon knappt kunde prata.

”Det är nog jag”, fick hon fram till slut.

Ledaren tittade på henne en lång stund innan han svarade.

”Då sparar vi dig till sist, du borde vara mest värdefull.”

Gerd undrade varför han låtsades inte känna igen henne. För det måste han väl ändå göra, tänkte hon. Under tiden som minister blev hon igenkänd nästan överallt.

Den fete slet tag i den unga kvinnan, som hade krupit upp i bänken igen. Hon gav till ett skrik när de drog ut henne och tvingade ned henne på golvet. Mannens flanellskjorta var mörk av svett.

Ledaren tog fram en handgranat. Gerd hade aldrig sett en sådan i verkligheten förut. Mannen drog ut sprinten och kastade iväg den mellan bänkarna.

”Om jag släpper den här nu så exploderar den inom tre sekunder.”

Bodybuildern och den fete mannen böjde sig ned över kvinnan som nu hade lagt sig i fosterställning på golvet. Hennes kropp skakade och det enda som hördes var hennes snyftningar.

Gerd ville protestera men fick inte fram ett ord.

Den unge ledamoten från Skåne, som hade blivit slagen med

pistolen, viftade med armarna och brast i gråt.

”Käften, annars skjuter vi dig också nu på en gång.”

Han slutade omedelbart sitt hulkande och lutade sig ned mot bänken med händerna för öronen.

”Det är justitieministerns fel, som vägrar att ge oskyldiga människor nåd”, skrek ledaren.

Kunde det verkligen stämma? tänkte Gerd desperat. En minister borde väl göra vad som helst för att rädda människor. Vad gjorde det då om några fångar beviljades nåd.

Bodybuildern pressade pistolen mot tinningen på kvinnan, som blev liggande helt stilla.

Hans arm darrade när han pressade pistolen mot huvudet. Hennes hår var tovigt och hon var genomvåt av svett.

”Kom igen då”, ropade den fete, full av desperation i rösten.

Mannen pressade pistolen ännu hårdare mot kvinnans huvud.

Så ställde han sig plötsligt upp.

”Jag klarar det inte”, utbrast han och föll ihop bredvid kvinnan.

”Fan också”, skrek ledaren.

Han kastade handgranaten i en vid båge mot talmannens plats.

Explosionen som följde slet sönder bänkarna som stod närmast.

Det var som om hela plenisalen slogs i bitar. Gerd kastades bakåt i stolen och slog i nacken.

Sekunderna efter var salen fylld av poliser med svarta masker för ansiktet.

Det smällde och blixtrade överallt. Hon kände hur någon grep tag i henne och slet henne med sig. Några sekunder senare låg hon ned utanför salen medan rop hördes runt omkring henne.

Någonstans längre bort hördes en siren.

Sedan svimmade Gerd.

5

”Här är min avskedsansökan”, sa Leo Holmberg och räckte fram ett papper.

Catarina satt i sitt rum och tittade på TV, där upplösningen av dramat utspelade sig. Hennes pressekreterare var uppe på statsrådsberedningen för att diskutera mediestrategin.

Det hade bara gått några minuter sedan hon hade fått meddelandet om att alla i gisslan hade klarat sig. Hon hade inte förstått någonting. Varför hade de givit upp? De hade ju fått igenom sina krav. Även om Catarina var väldigt lättad över hur det hade utvecklat sig, kände hon sig förvirrad.

Hon knäppte av TV:n och slängde fjärrkontrollen på glasbordet.

”Nu får du förklara.”

”Till att börja med måste jag avsäga mig mitt uppdrag som din statssekreterare.”

Catarina viftade irriterat med handen.

”Berätta i stället vad som hände.”

Leo Holmberg tittade ned i bordsskivan innan han motvilligt höjde blicken igen.

”Jag följde inte dina order. I sista stund fick jag ingivelsen att göra tvärtom och meddelade att regeringen behövde mera tid.”

Det blev tyst mellan dem.

”Men ... men om de hade blivit dödade då?” frågade Catarina till slut.

”Jag var faktiskt säker på att de inte skulle bli det.”

Catarina såg tvivlande ut.

”Om det hade varit al-Qaida kanske, men inte fyra svenskar”, fortsatte Leo, aningen forcerat.

”Men om det ändå hade hänt?”

”Då hade det givetvis kommit fram att det var jag som hade orsakat det. Men då hade du och regeringen klarat er. Om vi hade släppt fångarna hade vi däremot garanterat haft en regeringskris. Med drygt två veckor kvar till valet”, sa Leo och suckade.

”Så du offrade dig själv?” frågade Catarina.

Leo slog ut med händerna.

”En enskild statssekreterare är inte hela världen. Jag hade nog klarat mig, annars hade jag väl fått gå tillbaka till min tjänst på JKL.”

Catarina visste inte vad hon skulle säga. Att gå emot sin chef var fel. I partiet hade man alltid varit mån om ordning och tydlighet i beslutsfattandet. Samtidigt kunde hon konstatera att hennes beslut skulle ha kastat regeringen in i en kris, och nu hade hennes statssekreterare räddat henne genom att inte följa order.

”Även om det slutade bra tycker jag att du ska skaffa en ny statssekreterare.”

Leo höll upp sin avskedsansökan på nytt.

”Men det var ju du som gjorde rätt bedömning. Dessutom har du räddat min karriär och kanske vunnit valet för partiet”, invände Catarina.

”Du ska i alla fall veta att jag inte har något emot att avgå.”

”Det vill jag absolut inte. Men problemet är vad jag ska säga till media. Nu är det ju svart på vitt att mitt beslut om att benåda fångarna var helt fel.”

Leo Holmberg tittade länge på henne innan han svarade.

”Varför skulle det behöva komma fram?”

”Du menar alltså ...”

”Självklart, det är bara du och jag som vet hur det egentligen ligger till.”

Mattias Berglund klev in i taxin och lämnade Saltviksanstalten bakom sig. Det grå fängelset stod i skarp kontrast till den vackra Härnösandsviken, som skar in i det kuperade landskapet från Bottenhavet. Mattias kände sig illa till mods, det gjorde han alltid när han hade besökt en säkerhetsanstalt. Den här tyckte han var särskilt obehaglig, som en amerikansk superbunker. Mattias kom ihåg att det hade varit den där Bodström som hade tagit initiativet efter ett antal rymningar för ungefär tio år sedan. Om det var någon politiker som Mattias tyckte illa om, så var det just han. Lyckligtvis hade han blivit kvar i USA, efter något som bara var tänkt som ett kortare avbrott, och skönt var väl det. Visserligen var inte den nuvarande justitieministern någon stjärna, men det var i alla fall bättre än någon som utgjorde ett direkt hot mot den personliga integriteten.

Planen att bygga en helt säker anstalt hade inte heller fungerat. Mattias visste att det ständigt fördes in och ut olika meddelanden, precis som på alla fängelser. På Saltvik gjordes det genom att man förde ut resultaten från basketmatcher, som spelades varje dag på den lilla rastgård som fanns inne på säkerhetsavdelningen. Resultaten kunde framföras till besökare eller genom brev. Även om vakterna både var med vid besöken och läste breven hade de inte förstått något. Genom basketresultaten hade de intagna utvecklat ett system för att organisera brottslighet inifrån anstalten.

Mattias klient var inget undantag. Marco hade ett finger med i rätt mycket. Nu var han misstänkt för att vara den verkliga hjärnan bakom helikopterrånet i Liljeholmen för några år sedan. Några personer hade dömts, men fortfarande var flera inblandade på fri fot. Marco var misstänkt, trots att han satt i fängelse. Det hade han gjort även när rånet begicks. Tidigare hade han suttit på C-avdelningen på Hall och styrt en hel kriminell organisation därifrån.

I vanliga fall var Marco mån om att behålla en hård och sluten fasad, men den här dagen hade han varit på sitt bästa humör, på gränsen till uppsluppen. Mattias hade inte förstått varför, men hade heller ingen lust att fråga. Antagligen berodde det på en lyckad affär, och då var det bäst för Mattias att hålla sig utanför. För honom var allt enklare om klienten var på gott humör. Sedan fick det bero på vad som helst.

Mattias slog bort tankarna på Marco och ringde kontoret.

”Jag ska iväg på en grej med Lotta direkt från Bromma”, förklarade han för sin sekreterare.

”Det är väl ingen liten på väg igen?” frågade sekreteraren nyfiket.

”Nej, nu får det räcka”, svarade Mattias.

”Glöm inte att du har möte på Securitas klockan halv sex”, påminde hon. ”Har du hört om gisslandramat i riksdagen förresten?”

Susanne kom in i fikarummet, Mysaren. Stämningen var lättad, nästan uppsluppen. Här var inte bara staben närvarande, utan uniformerade och civila poliser trängdes och pratade i mun på varandra. Även poliser som inte hade varit involverade i ärendet hade sökt sig dit och kön till kaffeautomaten var lång. Efter upplösningen i riksdagen hade Susanne tagit initiativ till ett improviserat möte i Mysaren, som normalt bara användes vid morgonmöten. Spontana infall var annars inget för henne.

”Få jag säga några ord”, sa Susanne och höjde rösten.

Sorlet la sig sakta och blickarna riktades framåt.

”Kan vi få den senaste informationen”, sa Susanne och nickade mot en av de poliser som hade haft direktkontakt med insatsstyrkan.

Mannen ställde sig upp så att alla skulle kunna se honom.

”Fyra personer gripna och förda till Kronobergshäktet. Gisslan är på väg till Södersjukhuset, i stort sett fysiskt oskadda men chockade naturligtvis. Materiella skador i form av en förstörd talarstol, fyra stolar och ett par bänkar då en handgranat briserade. Orsak oklar till att det skedde. Annars ett föredömligt ingripande av insatsstyrkan.”

Susanne nickade och gav ordet till den som skulle sköta kontakten med åklagarmyndigheten i första hand.

”En av gisslantagarna blev lindrigt skadad. Det är nu JO-anmält av någon privatperson som har läst om det på nätet.”

Flera av poliserna suckade och någon himlade med ögonen.

”Internationella åklagarkammaren är redan inkopplad. Förmodligen blir det Magnus Granath som kommer att leda utredningen”, fortsatte Susanne.

”Det var ju också ett namn i det här sammanhanget”, påpekade någon.

Susanne lät bli att säga vad hon tänkte. Hon brukade sällan ha några problem med att samarbeta med åklagare, kanske för att hon själv arbetat som åklagare tidigare, men med Magnus Granath hade det varit omöjligt. Men nu var det bara att ”gilla läget”, ett uttryck som Susanne själv använde i allt större utsträckning. Hon hade till och med hört sig själv använda uttrycket ”en allmänhet” om enskilda personer.

”Då så, då stannar vi där för idag”, sa hon och tittade ut över gruppen. ”De här är ju självhäktande, men det blir ändå ett hårt arbete framöver. Jag återkommer till hur utredningsgruppen ser ut, men vi kan räkna med veckor, ja, snarare månader innan det blir något åtal. Frågan är vilka medarbetare de har haft på utsidan. Vi får väl se om de kommande förhören och kartläggningen av dem ger något.”

Alla nickade gillande. Det var sällan ett fall kunde lösas så här snabbt och smidigt. Nu gällde det bara att försöka hitta eventuella medhjälpare.

”Vi får vänta med firandet tills domarna kommer, fast bättre bevisläge än så här har jag svårt att tänka mig”, sa Susanne och såg nöjd ut.

Sorlet återupptogs när poliserna reste sig från sina stolar och i sakta mak lämnade rummet.

Presstalesmannen Petra Holm hade sällskap med Susanne i korridoren.

"Det är många som frågar efter dig", sa hon.

"Måste jag verkligen uttala mig?" svarade Susanne, som inte hade några goda erfarenheter av media.

"Du behöver nog inte oroa dig", skrattade Petra. "Nu när det har gått bra är det kö till morgonsofforna. Alla inom polisen vill plötsligt uttala sig. Dessutom har jag lekt källa."

"Vad innebär det?" frågade Susanne.

"Att jag varvar offentliga uttalanden som presstalesman med att uttala mig som källa, då verkar det som om journalisterna har mera på fötterna och lugnar sig lite."

Susanne skakade på huvudet och vek av till sitt rum.

Vilken dag, tänkte hon när hon pustade ut vid skrivbordet. Efter lunch hade stora larmet gått. Insatsstyrkan hade varit på plats inom tjugo minuter. Så hade upplösningen kommit efter ett par timmar och nu satt hon här igen. Polisiärt var det redan uppklarat. Det enda som förbryllade henne var att ministern hade satt hårt mot hårt. Det var så osvenskt att riskera gisslan på det sättet. Justitieminister Catarina Björk hade hon också alltid uppfattat som en väldigt försiktig politiker som aldrig tog några risker. Men det kanske främst var valet om några veckor som var orsaken.

Hon slog bort tankarna och tog fram en spaningsrapport i ett ärende om grovt vapenbrott, som hon hade arbetat med sedan i påskas och som hon hade ägnat sig åt under förmiddagen. Det var en mc-liga som hade grävt ned militära vapen i en gömma utanför Södertälje. Ännu var ingen anhållen, men det var bara en tidsfråga. Det handlade om AK5:or, kpistar och granatgevär – vapen som hade kraft att spränga ett höghus i luften. Även om Susanne började bli luttrad efter sina år inom polisen rös hon vid tanken på hur mycket vapen det fanns i omlopp i Sverige.

Egentligen borde Susanne lämna vidare det här ärendet när hon nu fått gisslandramat på sitt bord. Men det var inte likt henne att lägga över ansvaret på någon annan. Som chef ville hon också föregå med gott exempel, att visa att det faktiskt går att ta i lite extra även inom polisen.

Tjugo minuter senare reste hon sig från skrivbordet. Även om det fanns mycket arbete att göra ville hon aldrig vara försenad till ett möte. På grund av den lyckliga upplösningen var det inte nödvändigt med ett stabsmöte förrän morgonen därpå. Kvart över fem lämnade Susanne polishuset på Kungsholmen för att åka hem till sin lägenhet på Reimersholme.

6

Mannen och kvinnan som kom ut genom dörren såg bedrövade ut. Kvinnan var rödgråten.

Mattias ville inte möta deras blickar utan dök ned i tidningen Vi som han hade börjat bläddra i, mest i brist på annat.

Några skilda in- och utgångar fanns inte, utan paren mötte varandra i väntrummet. Alla visste varför man var där, och för alla var det lika pinsamt.

Ett sista desperat försök att rädda äktenskapet. Eller som det stod på familjerådgivningens hemsida: ”för att stödja samlevnadsproblem och kriser i parrelationer samt för andra familjerelationsproblem mellan vuxna.”

Nu var det Mattias och Lottas tur. Efter femton års äktenskap och två barn hade förhållandet torkat ut. Tystnaden hade ersatts av irritation över minsta småsak. Nuförtiden pratade de bara om praktiska saker; vem som skulle hämta Johan på dagis, vem som skulle skjutsa Rebecka till fotbolls- eller simträningen och vem som skulle handla. Minsta lilla meningsskiljaktighet blossade snabbt upp till ett uppslitande gräl, och en närmast permanent friktion hade skapats.

TV:n blev ett allt vanligare sällskap de kvällar de inte arbetade. Och åtminstone för Mattias fanns det alltid saker att göra. För Lotta var det värre. Som frilansjournalist kom det inte många uppdrag i en allt hårdare konkurrens.

En kvinna öppnade dörren.

”Välkomna.”

Hon bad dem att sätta sig ned på var sin sida av ett bord och satte sig själv mittemot dem. Mattias la märke till att en ask med pappersnäsdukar stod mitt på bordet.

”Jag heter Ulrika och jag kommer alltså att försöka se vad som är knutarna i ert äktenskap och om vi kan lösa upp dem tillsammans.”

Mattias skruvade på sig.

”Och vad har ni nu att berätta för mig?” fortsatte Ulrika och la huvudet på sned.

”Vi har svårt att kommunicera”, sa Lotta tyst.

”Och vad säger du om det, Mattias?”

”Det stämmer nog”, svarade han tyst.

”Mattias hämmar mig i min utveckling”, sa Lotta.

Mattias kände hur ilskan steg i kroppen.

”Det tycker jag däremot inte stämmer”, svarade han utan att titta på Lotta.

”Men om nu Lotta ändå känner så, vad kan du då göra för att ändra på det?” frågade Ulrika.

Mattias kände sig trängd. Varför hade hon omedelbart tagit Lottas parti?

”Lotta får göra precis vad hon vill. Hon har bytt yrke vartannat år och jag har aldrig haft några invändningar mot det och ...”

”Du vet hur svårt det är att vara frilansjournalist”, avbröt Lotta i en helt annan ton än tidigare. ”Dessutom är du helt frånvarande när du är hemma, du pratar knappt med mig.”

”Lugn nu, Lotta. Låt Mattias fortsätta”, sa Ulrika och la handen på hennes arm.

Mattias gav henne en tacksam blick.

”Du har gått på tennis, bokklubbar och nu senast på gym med egen personlig tränare. Jag har aldrig sagt något om det.”

”Men du har aldrig stöttat mig. Och dessutom får jag alltid

höra att det är du som tjänar pengarna i familjen."

"Nej, vänta nu", protesterade Mattias.

"Jo, när du skulle vara pappaledig med Johan talade du alltid om hur mycket vi förlorade på det."

"Du har aldrig sagt ett ord om att jag borde vara mer föräldraledig. Vi var helt överens om fördelningen."

"Du borde ha förstått att jag ville något annat", sa Lotta och brast i gråt.

Ulrika sträckte sig fram och gav henne en pappersnäsduk.

Mycket längre kom de inte. Det hela avslutades med att de bestämde en ny tid veckan därpå.

Utanför familjemottagningen satte de sig i bilen. Det var varmt och kvavt efter att solen hade legat på. En ensam fluga surrade runt vid vindrutan tills Mattias öppnade fönstret och den sveptes ut. De körde under tystnad till villan i Mälarhöjden, där Lotta klev av utan ett ord.

"Jag har sammanträde med ett vaktbolag", mumlade Mattias.

Men i stället för att åka till Securitas körde han raka vägen till Reimersholme.

"Vi förhandlar inte med terrorister", sa Catarina.

Hon befann sig i radiohuset på Gärdet och direktsändningen av Studio Ett. Radion hade helst velat ha en debatt med oppositionen, men då hade hennes pressekreterare sagt att Catarina inte skulle medverka.

I den nuvarande situationen var det lätt att ställa krav på vilka som skulle vara med, eftersom radion gjorde vad som helst för att få med ministern live – två timmar efter gisslandramats upplösning.

Att få sitta ensam i en radio- eller TV-studio var alla politikers favoritsituation. Även om journalisterna var pålästa, var de alltid i informationsunderläge mot en minister, som hade ett helt departement till sitt förfogande.

Med en sådan sprängkraft som den här händelsen hade var det lätt att ställa villkor. Och lyckades bara regeringen hålla oppositionen borta, så var det rena propagandasegern.

"Men tänk om gisslan hade dödats, ni utsatte dem ändå för en stor risk?" frågade studioreportern.

"Vi var övertygade om att det skulle gå så här, och det visade sig ju att vi hade räknat rätt. Om vi hade gått terroristerna till mötes skulle det omedelbart ha kommit ytterligare krav."

"Vad betyder det här för framtiden?"

"Att vi har gett signalen att det inte lönar sig att försöka något sådant här. Den rödgröna regeringen kommer alltid att vara stenhård mot den organiserade brottsligheten."

"Och vad säger du om polisens insats?"

"Jag har bara positivt att säga. Det är uppenbart att våra ekonomiska satsningar på rättsväsendet har gett resultat."

"Då får jag tacka dig för att du har kommit hit."

"Tack", sa Catarina och tog av sig sina hörlurar. Det här gick ju som en dans. Varför hade det här inte hänt lite tidigare under mandatperioden? Som de hade kämpat med journalistträffar, presskonferenser och tips utan att media visat något större intresse. Plikttrogna TT-meddelanden som någon gång följdes upp av TV eller dagstidningar. Det var som om det inte bar, som om det hon hade att säga var ointressant. Trots att hon fått höra att hon såg bra ut, var hon ändå för grå och trist. Det hon sa försvann liksom bara ut i rymden.

Fram tills idag, nu var plötsligt vartenda ord av största intresse.

Utanför studion väntade pressekreteraren.

"Nu får vi skynda oss", sa hon. "Direktsändning i SVT24 väntar."

"På en gång?" frågade Catarina när de passerade vakten och gick mot utgången.

"Det börjar om sjutton minuter och jag har sett till att du kommer att vara ensam i studion där också."

"Snart kommer oppositionen att påstå att det är regeringen som styr media."

"Säkert, men sådana diskussioner bryr sig vanligt folk inte ett skit om", sa pressekreteraren. "Och fortsätt gärna att upprepa ordet terrorist."

"Vi kan inte ha det så här längre", sa Susanne.

Hon lät inte uppgiven i tonen, mer krasst konstaterande.

Mattias rullade över på rygg och tittade upp i taket.

"Det är inte så jävla lätt när man har två barn därhemma."

"Du kan inte skylla på någon annan längre", sa Susanne. Hennes långa ljusa hår kittlade honom i ansiktet när hon lutade sig över honom.

De befann sig i hennes säng. Efter att ha brutit med varandra för några år sedan hade de återupptagit kontakten och träffades nu en gång i veckan sedan snart ett år tillbaka. Oftast var det tisdagar, men ibland fick de ändra på grund av jobb eller att Mattias skulle göra något med barnen. Eftersom Mattias tidigare hade haft väktare från Securitas som klienter, hade han skrivit in en stående tid hos vaktbolaget i almanackan varje vecka. Om Lotta skulle ringa till kontoret just den tiden, meddelade sekreteraren att han satt i möten hos dem. Med tanke på hur många ordningsvakter och väktare som hamnade i problem, antingen som målsägande eller misstänkta, var det ett fullt tänkbart scenario.

"Nej, det är klart att jag inte kan", svarade Mattias och suckade. "Det är bara ... ja, vad ska jag säga ... svårt att komma till skott."

"Det förstår jag väl", sa Susanne och satte sig upp. "Men jag tänker inte bli den eviga älskarinnan. Och jag vill verkligen satsa på vår relation. Eftersom du har sagt att du också vill det, så har jag ju trott på det."

Mattias svarade inte.

Hon hade förstås rätt. Han kunde inte fortsätta att ljuga. Förr eller senare skulle Lotta avslöja honom. Att gå på familjerådgivning samtidigt som han bedrog sin fru med en annan var närmast patetiskt. Det var inget som han hade berättat för Susanne heller.

Att lämna fru och två barn var egentligen det sista han önskade. I Örnsköldsvik där han var uppvuxen skilde man sig inte. Det hände att mannen söp bort pengarna, slog frun sönder och samman, men de höll ihop till döddagar för det.

Mattias ville inte träffa sina barn bara varannan vecka.

Lotta hade dessutom antytt något om att små barn behövde träffa sin mamma mer än varannan vecka. Det var inte svårt att förstå vad hon menade med det. Barnen skulle alltså i så fall bo regelbundet hos henne och så skulle han få träffa dem emellanåt på nåder.

Men någon jävla McDonald's-pappa, som satt på helgerna och käkade hamburgare och letade samtalsämnen i en värld som han inte längre tillhörde, tänkte han inte bli. Då bet han hellre ihop i ett dåligt äktenskap.

Samtidigt var tanken på att träffa Susanne mer än dessa få timmar en dröm som han allt oftare längtade efter att göra verklighet av. De hade så mycket gemensamt, alltid massor av saker att tala om. Nu fanns inte så mycket tid till det. De få timmarna de sågs gick fort, och med något enstaka undantag hade de haft sex varenda gång.

”Jag ska skilja mig”, sa han till slut.

”Stopp”, sa Susanne och la handen för hans mun. ”Du ska inte göra det mot din vilja. Men nu har du pratat om det i över ett år och jag måste få veta hur du vill ha det.”

”Okej, två veckor, inte mer, jag lovar.”

”Det är upp till dig”, sa Susanne och smekte honom över bröstet.

”Berätta om gisslandramat”, sa Mattias.

”Nej, det hinner vi inte. Du måste åka snart, men inte riktigt än”, svarade Susanne och böjde sig ned och började kyssa honom på bröstet.

TORSDAG 4 SEPTEMBER

17 DAGAR KVAR TILL VALET

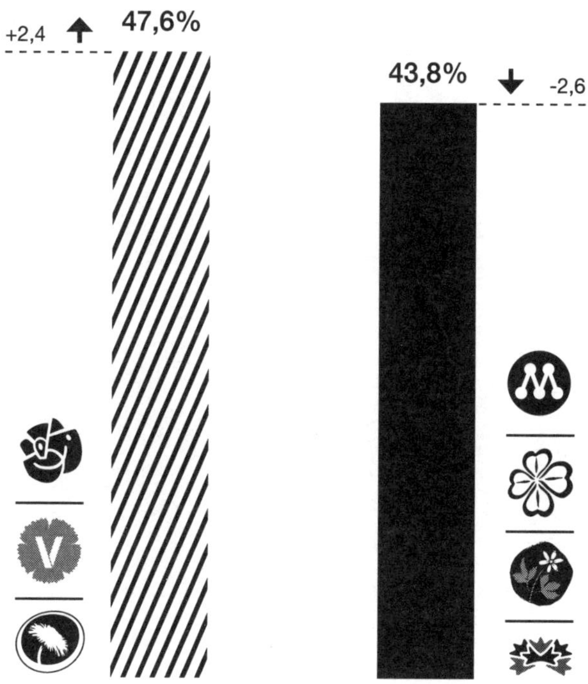

7

”Det är en fullständig katastrof”, utbrast Hjalle.

Han var delägare i en tankesmedja som satsade hårt på att det skulle bli en borgerlig regering efter valet. Hjalmar Fritzén hade tagit initiativ till den grupp som nu kom att kallas Valallians 2.0.

För att föra ut sitt budskap hade Valallians 2.0 ett nätverk av bloggare och andra personer som via Facebook och Twitter kunde lägga bombmattor av information.

Valallians 2.0 bestod av två styrelseproffs, en advokat från Vinge, en delägare i ett riskkapitalbolag, Moderaternas gruppledare i riksdagen, Fredrik Rosenqvist, samt Hjalle som var ordförande. Tankesmedjan hade i sin tur ett verkställande utskott som också leddes av honom. Där fanns en journalist från Kvällspressen som hette Linus Wiberg. Han hade tidigare varit med i Moderata ungdomsförbundet, men lämnat alla formella uppdrag när han började på Journalisthögskolan. Nu hade han en egen blogg, Linus på linjen, som också var krönika i tidningen. Skickligt lyckades han dölja sin egen politiska övertygelse genom att driva med alla partier och politiker.

Men egentligen var hans sympatier oförändrade, och han hade en stark antipati mot socialdemokratin, som han ansåg hade förstört Sverige med sitt höga skattetryck.

Med i utskottet var också Petra Holm, med ett förflutet som pressekreterare åt förra justitieministern Gerd Lundin. Hon hade först tvekat att vara med i den nybildade gruppen, eftersom hon ansåg att det rimmade illa med hennes nuvarande roll inom polisen.

Men längtan efter att komma tillbaka till Rosenbad hade till slut fått henne att tacka ja när Hjalle ringde. Det var inte så att hon vantrivdes hos polisen, framför allt uppskattade hon att arbeta med Susanne. Men när det gällde den dagliga nerven, spänningen, så gick det inte att jämföra med regeringskansliet. Det var där det hände.

Det var flera år sedan Petra hade träffat Hjalle för första gången. Redan från början hade Petra fattat att det var en kille som man borde hålla sig väl med. Hans pappa fyllde stadigt på hans kontokort, så att han alltid var kung i baren. Det kunde han visa både i Båstad och under Stockholmsveckan i Visby, där champagnen flödade på däcket till den jätteyacht som hans pappa hade lånat ut. Senare på somrarna fick utvalda vänner följa med honom till familjens sommarhus på den franska Rivieran.

Men det var trots allt inte pengarna som fick unga människor att flockas runt Hjalle. Det handlade mera om att man fattade att han var en person med stort inflytande. Redan tidigt engagerade han sig i MUF Stockholm, där också Petra var medlem. Han ville aldrig ha några ordförandeposter, väl medveten om att det ändå var han som styrde organisationen.

Till skillnad mot andra brats med dyra lammullströjor, bakåtslickat hår och Ray-Ban-glasögon hade Hjalle en egen agenda. Innan han hade fyllt tjugofem hade han lagt grunden till sin förmögenhet genom att köpa och sälja it-bolag, och det var då han började få inflytande inom rikspolitiken.

Inför det förra valet startade han Valallians 2.0. Eftersom han både var ordförande i styrelsen och satt i verkställande utskottet styrde han allt med järnhand. Ett smart drag hade varit att knyta upp Linus från Kvällspressen. På så sätt fick han en god inblick både i medie- och bloggvärlden. Petra hade aldrig gillat Linus. Han var en äcklig slusk, som ständigt fjäskade för Hjalle.

Petra visste att Hjalle hade ett stort inflytande över vilka som skulle få jobb runt ministrar och statssekreterare. Dessutom var gruppens arbete hemligt och risken var minimal att de skulle avslöjas.

”Igår var vi i ledning och idag ligger vi under med nästan fyra procent, hur är det möjligt?” frågade Hjalle.

”De gör en opinionsmätning varje kväll fram till valet, då påverkas folk direkt av vad de sett på TV och hört på radio”, svarade Petra. ”Och nu är vår justitieminister stor hjälte ute i stugorna.”

”Det vet man ju, att varenda journalist är kommunist i det här landet, titta bara på Kvällspressen”, sa Hjalle.

Linus skruvade på sig.

”Jag vet, redaktionen är helt såld på ministerns agerande”, sa han och suckade högt.

”Har ni ingen journalistisk integritet på tidningen?” frågade Petra.

Linus skakade på huvudet.

”En ung kvinnlig minister som vinner över tungt kriminella män, beväpnade till tänderna, är helt enkelt en för sjukt bra story.”

”Det är inte klokt. Här har vi samlat in 86 miljoner från alla möjliga organisationer”, sa Hjalle upprört och rörde om i espressokoppen.

”Vilka är det?”

”Stockholms Fastighetsägare, Kärnkraft för bättre miljö, Stoppa högskattesamhället, Tornet, som består av en massa företagsledare, och andra intresseorganisationer som ingen känner till.”

De befann sig i Hjalles vindsvåning vid Odenplan. Det var också hans privata kontor. Den främsta anledningen var just att kunna ha möten med människor som ville träffas i en undanskymd miljö. Utöver tankesmedjan var han också ägare till en konsultfirma nere vid Stureplan. Där kunde han inte ha några hemliga möten. Och träffades på Riche eller Café Opera gjorde bara amatörer, brukade Hjalle förklara.

Vindsvåningen ägdes av ett offshorebolag, som var okänt för

svenska myndigheter, och det var där han kunde lägga över stora delar av sina vinster från konsultverksamheten.

Hjalle var redan rik som ett troll, men han skulle tjäna ännu mera pengar om det blev en borgerlig valseger.

"Var finns oppositionen?" frågade Hjalle. "Det borde vara enkelt att peka på att ministerns agerande riskerade deras liv."

Linus ryckte på axlarna.

"Det är fett ointressant just nu, the winner takes it all."

"Det finns bara en sak att göra", föreslog Petra.

De båda andra tittade misstänksamt på henne.

"Och vad skulle det vara?" frågade Linus.

"Hitta en riktig jävla skandal, så att justitieministerns nytända gloria hamnar på sned. Glöm inte att det politiska minnet är kort – för att inte säga obefintligt."

Skottet tog rakt i huvudet, trots att det avfyrats på över hundra meters håll.

Den regisserade övningen gällde just ett gisslandrama, där en person förväntades hålla en pistol mot huvudet på en annan människa i baksätet på en bil. Prickskytten hade legat i ett dike och skjutit dockan rakt bakifrån. Vindrutan var borttagen, så att insatsstyrkan skulle kunna göra övningen flera gånger.

Catarina var imponerad, liksom det tjugotal journalister som var på plats. I normala fall skulle det inte ha funnits något intresse från media av att vara med på ett ministerbesök hos insatsstyrkan. Men med gårdagen i färskt minne, och med många sidor att fylla om gisslandramat, var det perfekt. Hennes pressekreterare hade skickat ut ett pressmeddelande till all riksmedia tidigt på morgonen, så att det kom före deras morgonmöten då innehållet i tidningar, TV och radio bestämdes. För säkerhets skull hade hon ringt några nyhetsredaktioner också.

Sedan gårdagen hade Catarina fått förstärkning med ytterligare en pressekreterare.

De var båda väldigt drivna och det var deras idé att komma till insatsstyrkan, där de själva hade lagt upp hela programmet.

Catarina hade tidigare inbjudits ett otal gånger av insatsstyrkan att studera deras verksamhet, men det hade alltid funnits andra saker att prioritera.

Sent igår kväll hade den ena pressekreteraren kontaktat chefen för insatsstyrkan och ett möte ordnades med några timmars varsel. Man hade särskilt efterfrågat möjligheten att konstruera ett tänkt scenario med ett gisslandrama, nu när det var aktuellt.

Som av en händelse var också andra höga polischefer på plats. Chefen för insatsstyrkan guidade nu både Catarina och journalisterna från den ena övningen till den andra.

Utöver insatsstyrkans skjutövning fanns en byggnad där man kunde träna inbrytningar.

Hela sällskapet vandrade in i byggnaden och blev stående utanför en dörr. Nu var det Catarina som skulle prova hur det var att bryta sig in i ett rum där någon hölls som gisslan.

”Du kanske tycker att det är för jobbigt med tanke på vad som hände igår?” frågade chefen för insatsstyrkan.

”Ingen fara”, svarade Catarina och fick hjälp att sätta på sig den tunga skottsäkra västen.

Sedan åkte hjälmen på och hon fick en kpist i handen.

”Så där ja, nu är du ordentligt skyddad”, sa den polis som hjälpt henne med utrustningen.

”Det är nog större risk att jag skadar mig själv än någon annan”, sa Catarina.

De journalister som stod närmast skrattade. Över huvud taget var det en uppsluppen stämning bland såväl den politiska ledningen för justitiedepartementet som journalisterna.

Efter att de satt sprängladdningar på dörren ställde sig alla bakom en vägg. Med en öronbedövande smäll slogs dörren upp. Den polis som stod närmast rusade fram och kastade in en flash and bang-granat, som var tänkt att paralysera alla som fanns därinne.

Därefter kom Catarina farande, så gott det nu gick med den tjugo kilo tunga utrustningen.

På klassiskt filmmanér rusade hon in i rummet och sköt vilt omkring sig med den lösa ammunitionen.

Allt var över på några sekunder.

Röken vällde ut från rummet, varifrån nu Catarina kom tillbaka med kpisten hängande i handen och sot i ansiktet.

"Vänta", skrek fotograferna, och medan Catarina stod stilla blixtrade kamerorna så att det påminde om den granat som just hade kastats in i rummet. Sedan ombads Catarina att komma ut från rummet igen, så att nya bilder kunde tas, något hon gärna gjorde om flera gånger. Den kvinnliga pressekreteraren sprang fram och smetade ut sotet i ansiktet.

Övningen var slut och Catarina höll en improviserad presskonferens. Så oplanerad var den förstås inte, eftersom hela besöket gjordes för att spinna vidare på det flyt som Catarina nu hade i media. Det gällde att förstärka bilden ytterligare av en stark justitieminister, som inte gav efter när terrorister angrep det svenska samhället.

Att just använda ordet terrorister gjorde intryck på journalisterna och gav dem de rubriker de ville ha. Pressekreteraren spann som en katt när hon berättade att det fanns tid för alla.

"Vi kommer att fortsätta att driva en offensiv linje mot terrorister", sa Catarina, för säkert åttonde intervjun i rad.

"Kommer det att gälla även utanför Sverige?" frågade en kvinnlig reporter från SVT.

Catarina gjorde en konstpaus innan hon svarade, precis som hon hade lärt sig på medieträningen ute på Bommersvik. När hon hade gjort de första intervjuerna som minister hade hon ofta gjort misstaget att titta in i kameran när hon fick frågor. Men viktigast av allt att tänka på, när man blev intervjuad i TV, var att inte prata för fort.

"Det är dags för oss i Sverige att vakna. Terrorismen är inte något som bara finns i andra länder. Jag anser att det är läge att förstärka vår insatsstyrka från dagens 60 till 120."

"En fördubbling alltså?" frågade reportern och såg imponerad ut.

"Nästa gång kanske de slår till på två olika ställen samtidigt. Och om vi i regeringen får fortsatt förtroende efter valet ska jag se till att den här förstärkningen blir verklighet."

Att Catarina vid ett antal tillfällen i interpellationsdebatter i riksdagen varit motståndare till en ökning av insatsstyrkan var det ingen som tänkte på en dag som denna.

Hon visste att det inte fanns något intresse hos media av att förstöra bilden av den svenska ministerhjälten.

Catarina Björk hade en av sina bättre dagar som minister. Det var nästan så att hon hade glömt bort att hon faktiskt hade gått med på gisslantagarnas krav.

Mattias var på dåligt humör. Det var han alltid när de hade delägarmöte nuförtiden. För några år sedan hade de haft en advokat som hette Douglas Malm på byrån. Efter att han hade blivit dömd för att ha tagit emot svarta pengar från jugoslaviska maffian, hade han åkt ur advokatsamfundet och varit tvungen att lämna byrån. Hans ersättare Eric Olivecrona hade givit ett trevligt intryck från början. Men med tiden hade Mattias märkt att det enda han brydde sig om var pengar. Visst tyckte Mattias, och de andra advokaterna, att ekonomin var viktig. Men det var trots allt inte det enda som gällde.

Likt många andra människor som var fixerade vid pengar var Eric Olivecrona dessutom snål. Vartenda möte handlade numera om hur olika kostnader skulle fördelas.

Varje månad betalade advokaterna in 32 000 kronor till det gemensamma bolaget, som reglerade deras gemensamma kostnader. Innan Eric Olivecrona hade kommit in i bilden hade det varit samma belopp för alla advokater. Men han hade hittat olika skäl för att det skulle vara differentierade belopp.

”Alltså, det måste ändå bygga på en procentuell fördelning av omsättningen”, sa Eric Olivecrona och såg sig omkring.

”Varför då?” frågade Mattias.

”Därför att ju mer man omsätter, desto mer tar man vår sekreterare i anspråk.”

De andra advokaterna såg besvärade ut.

”Men omsättningen är inget bra mått”, invände Mattias. ”Den som har stora mål belastar inte byrån särskilt mycket, tvärtom så är man mest i domstol då.”

Eric Olivecrona såg missnöjd ut. Så gjorde han ett nytt försök.

”Då tycker jag att vi gör en fördelning efter hur stora rum vi har.”

”Hur menar du då?” sa en av de övriga advokaterna och rynkade pannan.

”Jo, vi har olika stora rum, och då är det väl rättvist att vi betalar efter den skillnaden.”

De andra advokaterna suckade och tittade på varandra. Hur hade de kunnat vara så korkade att de tagit in honom som delägare.

”Menar du på fullt allvar att vi ska mäta rummen?” frågade en av delägarna.

”Javisst”, svarade Eric Olivecrona.

Just som Mattias skulle till att protestera knackade det på dörren och sekreteraren kom in i rummet.

”Du har fått en häktning, Mattias.”

Hon såg besvärad ut, vilket hon alltid gjorde när det var advokatmöten. Bakom stängda dörrar kunde även hennes framtid avgöras. Advokatbyråer splittrades ofta och den administrativa personalen fick då se sig om efter nya jobb.

”Vad gäller det?” frågade Mattias.

”Gisslandramat från igår”, sa sekreteraren och såg lite gladare ut. Hon visste hur viktigt det var för advokater att få uppmärksammade mål. Det var inte bara en ekonomisk fråga utan framför allt var det bra för marknadsföringen.

Hela morgonen hade alla advokater på byrån, ja, på alla brottmålsbyråer i Stockholm, gått och hoppats på att tingsrätten skulle ringa och fråga efter just dem.

Eric Olivecrona kunde inte dölja sin irritation och de två övriga delägarna såg avundsjuka ut.

”Kom det direkt från domstolen?” frågade Mattias.

”Nej, det visar sig att det är en gammal klient till dig som har begärt dig”, svarade sekreteraren.

”Och vem kan det vara?” frågade Mattias och letade i minnet efter någon som kunde vara så brutal att han tog gisslan i riksdagen. Så här långt hade inte media avslöjat de misstänktas namn.

”Henry Molander, som du företrädde i skattemålet”, svarade sekreteraren.

”Företagaren som gick i konkurs?”

Sekreteraren nickade.

”Det var som fan, det var den sista jag skulle tänka mig”, sa Mattias och reste sig upp.

8

Susanne satt på sitt arbetsrum och funderade på hur många som behövdes i den grupp som skulle arbeta vidare med gisslandramat. Tills vidare hade hon lagt ärendet om vapengömman åt sidan. Hon hade fått information från Kuten om de misstänkta som nu satt uppe på Kronobergshäktet. Det var något som inte stämde. Visserligen var alla dömda för brott tidigare, relativt långa fängelsestraff dessutom. Men det var ingen som hade ett förflutet där det hade förekommit något som ens påminde om ett gisslantagande. I stället handlade det om våldtäkt, narkotikabrott och till och med skattebrott. Hon bläddrade i de senaste domarna, alla låg några år tillbaka i tiden. Samtliga av dem hade frigivits under det senaste året. Den enda kvinnan, som var betydligt yngre än männen, var dömd för våldsamt upplopp och grov misshandel av en Sverigedemokrat.

Det var sällan människor som var dömda för våldtäkt, skattebrott och våldsamt upplopp hade något gemensamt. Sexualbrottslingar satt alltid på speciella anstalter för att inte bli misshandlade. När Susanne var åklagare hade hon haft ett mål där en misstänkt våldtäktsman blivit halvt ihjälslagen uppe på häktet. Personer som begått ekonomiska brott, manschettbrottslingar, ansåg sig ofta vara lite finare än andra. Susanne visste att de också lyckades snacka till sig förmåner, och ofta var de betydligt mer vältaliga än kriminalvårdens personal.

Susanne kunde konstatera att de misstänkta alla hade nekat

till anklagelserna från första polisförhör till sista förhandlingen i hovrätten, vilket i och för sig var mer regel än undantag. Som tidigare åklagare bläddrade hon vant fram till domskälen. Det som slog henne var hur lite bevisning det var genomgående. I ett par domar fanns det bara teknisk bevisning. I de fall där det fanns muntlig bevisning var det bara något enstaka vittne och någon hade till och med dömts enbart på andra åtalades berättelser.

Ärendet i riksdagen var annars inte särskilt komplicerat. Det svåra skulle vara att få tag i de personer som med all säkerhet fanns som medbrottslingar. Susanne tyckte ofta att åklagarna la ned alldeles för lite tid på att hitta dem. De nöjde sig med att några blev dömda, på så sätt ansågs brottet uppklarat. Att hjärnan bakom kom undan och kunde planera nya brott verkade inte bekymra dem. Bara det såg bra ut i statistiken, det var pinnar som räknades. Inte blev det bättre av att åklagarna hade ett slags provisionslön. Susanne var övertygad om att det fanns en eller flera ledare som hade styrt gisslandramat med järnhand, ända till den misslyckade avrättningen. Hela aktionen var uppenbarligen organiserad av människor med en logistisk begåvning. Ambitionen måste vara att hitta dessa personer, annars var risken stor att nya brott skulle begås. De som fanns utanför och ännu var på fri fot skulle inte nöja sig med det här, särskilt inte som planen hade fallerat.

Och nu var det den där åklagaren Magnus Granath som skulle leda förundersökningen. Susanne suckade högt vid tanken på att ta order av en så jobbig typ. Självupptagen, utan intresse av att lyssna på andra och långt ifrån samarbetsvillig.

Förhören med gisslan hade inte givit mycket. Det som stack ut var att Gerd Lundin hade varit övertygad om att kidnappningen var riktad mot henne. Men förutom hennes egna uppgifter fanns det inget som tydde på det.

Det plingade till i telefonen och hon såg att det var ett sms från Mattias.

”Jag är försvarare för en person i riksdagsmålet. Hoppas att det inte ställer till några problem. M.”

Fasiken också, tänkte Susanne. Det här gillade hon inte alls. Även om det inte fanns några formella hinder, så kändes det inte bra. Susanne ville alltid ha en bred marginal till det som kunde uppfattas som fel. Visst unnade hon Mattias framgångar som advokat, men det här gjorde saker komplicerade.

Hon tvekade vad hon skulle skicka för svar. Vem var hon att ha åsikter om vilka mål Mattias skulle ta?

”Då har vi ännu mindre att prata om nästa gång, men det finns väl annat vi kan göra. Kram S.”

Susanne undrade hur han skulle uppfatta hennes meddelande. Hon blev alltid så osäker när det gällde Mattias. Hade hon varit för hård igår när hon krävde att han skulle ge besked? Men han hade sagt i ett halvår att han skulle bestämma sig. Klart att det var jobbigt med barnen, men det här var inget liv hon ville leva. Vad som skulle hända om han valde att inte lämna sin fru hade hon inte riktigt velat tänka på. Hon hade förträngt möjligheten, helt enkelt.

Susanne la ifrån sig domarna och tittade ut genom fönstret.

Hon ville verkligen inte förlora Mattias – inte nu när de hade kommit så långt.

Gerd satt på X2000 och åt lunch.

Utanför fönstret virvlade det sörmländska landskapet förbi med sina blomstrande ängar, åkrar och sjöar glittrande i solskenet. Än var det ett par veckor kvar tills lövträden skulle skifta färg och sensommaren övergå i höst. Chocken efter gisslandramat satt kvar. Minsta ljud fick henne att rycka till. Så fort hon blundade såg hon pistolerna framför sig. Gång på gång återkom hon till vad som skulle ha kunnat hända.

Det värsta var att den polis som hade förhört henne hade haft mage att påstå att det inte hade varit riktat mot henne. Det var så oförskämt att hälften kunde vara nog.

Däremot hade den TT-journalist som intervjuat henne på förmiddagen varit trevlig. Gerd hade också för en gångs skull kostat på sig att säga något positivt om sin motståndare Catarina Björk, som hon tyckte hade agerat exemplariskt.

Hon försökte skingra tankarna genom att fokusera på det kommande valet. Det var mindre än tre veckor kvar och det såg jämnare ut än någonsin. Gerd stod på valbar plats och om Moderaterna fick över 24 procent skulle hon få sitta kvar i riksdagen. Just nu hade de sjunkit till 25 någonting, men det var nog bara tillfälligt. Och att sitta kvar var faktiskt betydligt viktigare än att vinna valet. Bara nu inte någon jädrans inkryssare tog hennes plats. Gerd ogillade personval och oroades av utvecklingen. Folk blev mer egoistiska och det störde liksom ordningen på något sätt.

Gerd skakade på huvudet när hon tänkte på en ung man som hade blandat sig i striden på sistone. Han pratade bara om fildelning och hade öppet stöttat dem som hade dömts i domstol. Det var de enda frågor han brydde sig om, förutom de som också gällde statens övervakning av medborgarna. Varför gick han inte till Piratpartiet om han nu var så nedrans intresserad av sådana där datagrejer?

Strax före midsommar hade hon haft en debatt med honom på ett café i Partille, där hon försökte få in samtalet på skola och sjukvård. Men hur hon än försökte slutade det hela tiden med att hon själv fick försvara bristen på domstolskontroll av FRA, EU:s överenskommelse beträffande datalagring och buggning kontra den personliga integriteten.

Gerd hade vecklat in sig i långa utläggningar som ingen förstod – knappt ens hon själv faktiskt. Till slut hade hon drämt till med att den som har rent mjöl i påsen hade inget att frukta. Då hade de spridda buropen övergått i gapskratt. Kritiken från Göteborgs-Posten, som olyckligtvis varit på plats, var inte nådig dagen efter. ”Exminister utklassad av ungdomspolitiker”, hade det stått i en fet rubrik över artikeln.

”Är inte du förra justitieministern?”

Gerd tittade förvånat upp. Mannen var i femtioårsåldern och var lite för röd i ansiktet för att det skulle verka hälsosamt. När Gerd satt i regeringen hade hon tyckt att det var besvärligt med alla som ville diskutera med henne i tid och otid. Nu för tiden hände det så sällan att hon snarast blev smickrad, särskilt som hon nu var i opposition och inte längre behövde ta ansvar.

”Det stämmer, men nu sitter jag i riksdagens justitieutskott”, svarade hon och tittade upp på mannen.

På Centralen hade en äldre tant känt igen henne och beklagat det fruktansvärda som Gerd hade varit med om. Förmodligen ville den här mannen samma sak, och då fick man finna sig i att bli störd, tänkte hon.

”Åker ni gratis på tåget då?” frågade mannen.

”Alltså, jag bor i Göteborg och det är ju många som ...”

”Då tycker jag att ni ska åka andra klass”, sa mannen och hans ansiktsfärg övergick nu i blodrött. ”Det kan för fan inte vara vi skattebetalare som ska pröjsa era lyxresor. Dessutom smiter ni från voteringen, det har man läst.”

Innan Gerd hann förklara att hon minsann hade bra voteringsstatistik var mannen borta.

Gerd tittade ut genom fönstret men taggen satt kvar, och hon kunde inte längre njuta av det vackra landskapet.

Vad var det för liv hon levde egentligen? Här riskerade man livet för att man hade engagerat sig i politiken, och inte ens då slapp man det här gnället från människor. Med all säkerhet skulle hon få intern kritik för att hon hade berömt Catarina Björk också. Inom partiet trodde man att hon inte förstod politik. Det gjorde hon visst det. Men Gerd var så evinnerligt trött på det politiska spelet, där man hela tiden skulle säga något som man inte menade.

Låt den där jädrans ungtuppen få riksdagsplatsen om han vill, tänkte hon. Då slog det henne att hon inte hade suttit tillräckligt länge i riksdagen för att få pension. Egentligen hade hon nästan tio år kvar till pensionsåldern, så vad ska jag göra fram till dess? tänkte hon. Gå tillbaka till kommunen, nej, det vore förfärligt. Nåja, jag får väl försöka hanka mig fram en mandatperiod till, funderade hon och lutade sig mot kupéfönstret.

FREDAG 5 SEPTEMBER

16 DAGAR KVAR TILL VALET

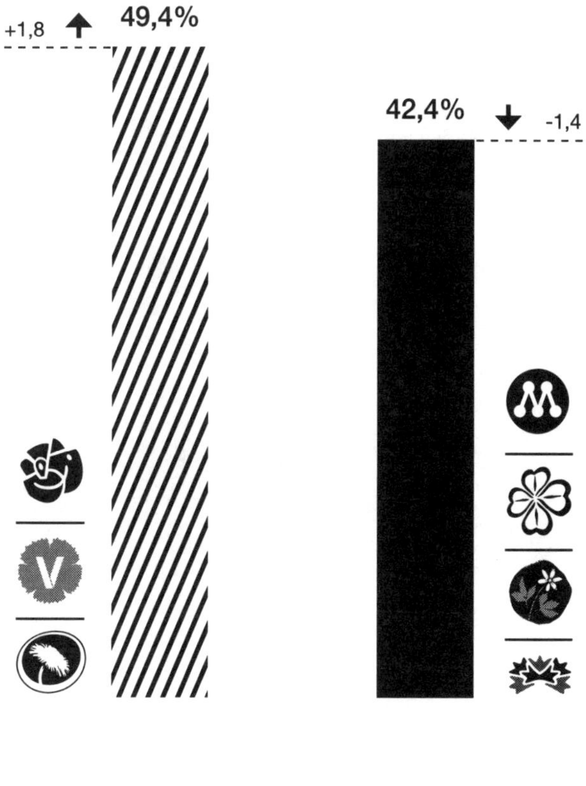

9

Mattias hälsade vant på vakten på häktet. Tidigare hade det givit prestige att inte behöva legitimera sig, att vakterna kände igen en. Nu var rutinerna ändrade. Mattias lämnade in sitt id-kort, fick en besöksbricka och låste in mobilen i ett skåp.

Vakten tryckte ut den handling som Mattias skulle lämna på avdelningen.

”Jaså, du har fått riksdagsmålet”, sa vakten.

”Han är en gammal klient till mig”, svarade Mattias. ”Vilka är de andra advokaterna?”

”Faktiskt ingen av de vanliga. Ingen från Althin eller Silbersky, de måste vara sura nu”, skrattade vakten.

”Dags för generationsväxling”, sa Mattias och log. Han gick genom en korridor, fiskade till sig en Metro som låg i en hög och åkte upp till sjätte våningen. Där fick han byta hiss och åkte upp ytterligare tre våningar innan han hade kommit rätt.

Han passade på att bläddra lite i tidningen. På framsidan fanns en stor bild av Catarina Björk utanför Riksdagshuset. Mattias hade inga bestämda åsikter om landets justitieminister. Hon skötte väl sitt jobb ganska bra, brukade inte göra alltför stort väsen av sig. Men det sista dygnets händelser hade helt ändrat bilden av henne.

Mattias gick ut genom ytterligare en dörr och la ifrån sig tidningen på ett bord.

Några minuter senare satt han i ett trångt besöksrum, endast möblerat med ett bord och fyra stolar. Det minimala, gråa och trista rummet inbjöd verkligen till klaustrofobi.

”Henry”, utbrast Mattias och reste sig för att hälsa när dörren slogs upp. Hans klient såg bedrövad ut, men det gjorde alla i hans situation. Just gripna och med många års fängelse framför sig.

Vakten lämnade rummet och Mattias kände efter att dörren var ordentligt stängd. Så tog han av sig ytterkläderna och la dem på en stol för att visa att det här var ett möte som inte skulle hastas igenom.

Men Henry Molander märkte inte det utan satt bara och hängde med huvudet. Sedan rökförbudet hade införts på häktet fanns inte ens askkopparna av stanniol kvar.

”Jag måste erkänna att jag blev förvånad när jag hörde att du var en av de gripna”, sa Mattias och satte sig mittemot sin klient.

”Du kommer att bli ännu mer förvånad när du får höra vad jag har att berätta”, svarade Henry och tittade sorgset på honom.

”Det är tamefan otroligt”, utbrast Hjalle och kastade tidningen i bordet.

”Exemplariskt”, stod det över hela Svenska Dagbladets förstasida. Under rubriken fanns en bild av Catarina Björk med hjälm på huvudet och en bestämd min.

”Och det här ska vara en borgerlig tidning”, fyllde Linus i.

Hjalle tittade upp på honom.

”Er jävla blaska ska vi inte tala om”, utbrast Hjalle.

”Om du inte slutar skrika går jag härifrån”, sa Petra och satte armarna i kors.

Hjalle kom av sig lite och gick fram till den lilla bänken där espressomaskinen stod. Han kom tillbaka med dagens första kopp, men mycket talade för att det skulle bli betydligt fler innan de var klara.

För nu var det kris. Bara drygt två veckor till valet och justitieministern var Sveriges populäraste politiker. Det lyckade uppklarandet av gisslandramat hade också trängt undan oppositionens attacker. Fortsatte det så här var hela valrörelsen förlorad.

”Nu ligger vi under med sju procent och vi är inte ens med i matchen”, konstaterade Hjalle, mer för sig själv. ”Sju procent, hur mycket är det?”

”Typ trehundra tusen pers”, svarade Petra.

Linus skakade bekymrat på huvudet.

Egentligen skulle det ha varit en artikel på DN Debatt, där en undersökning visade att arbetslösheten skulle öka om den nuvarande regeringen fick fortsatt förtroende. Det var en organisation som hette Välfärd genom företagande som hade betalat undersökningen, och den bestod av tio noga utvalda ekonomer som var och en talade för en borgerlig valseger. Artikeln var författad på Hjalles tankesmedja och så hade ekonomerna godkänt den. Nu blev det ingenting med det. I sista stund hade DN lyft artikeln och i stället publicerat en artikel där terroristexperten Magnus Ranstorp skrev att Sverige hade varit det mest effektiva av alla EU-länder när det gällde terroristbekämpning.

Var fanns alla rättssäkerhetskämpar? hade Hjalle stönat när gruppen samlades en halvtimme tidigare. Men det verkliga utbrottet fick han när de kom in på Gerd Lundins uttalande, där hon gav regeringen sitt fulla stöd.

”Hon är ju politisk motståndare. Har hon inte fattat det än? Vad säger du, Petra, som har arbetat för henne?”

”Gerd Lundin är kliniskt ren från allt vad politisk strategi heter”, svarade Petra.

”Nu är det negative campaigning som gäller. Vad ska vi gå på?” frågade Hjalle.

”Vi har kollat allt: kronofogden, fortkörningar, parkeringar på handikapplatser, you name it”, stönade Linus.

”Det finns en sak som är obetalbart för en minister”, sa Petra.

”Otrohet?” frågade Hjalle.

Både Linus och Petra tittade förvånat på honom. För att vara någon som lagt ned halva sin själ, och många miljoner, på att rätt parti skulle komma till makten, var Hjalle förvånansvärt okunnig om vad tidningarna skrev om.

”I USA kanske”, svarade Petra.

”No way, inte ens vi skriver om sådant”, sa Linus. ”Vissa bloggar kanske, men det slår bara tillbaka mot den som har skrivit det.”

”Så man får knulla med vem man vill?” frågade Hjalle.

”Nej, om två gifta kändisar har sex så blir det en story. Men om en gift kändis har sex med en okänd person, så anses det inte ha allmänintresse”, förklarade Linus. ”Vi får in tio tips om dagen, men de faller till marken direkt.”

”Så säg vad vi ska satsa på då, ni som är så jävla smarta?” frågade Hjalle.

”Vi ska visa fram Catarina Björks rasistiska sida”, sa Petra och såg finurlig ut.

Mattias tittade på Henry Molander.

Fortfarande kändes första mötet med en klient efter ett gripande lika märkligt. Två män i ett kalt rum med så totalt olika utgångslägen. Bara det att Mattias när som helst kunde resa sig och gå därifrån. För Henry väntade inlåsning på åtta kvadratmeter i många dygn, månader och år framåt. Som alla som befann sig i hans situation hade han redan börjat räkna på när han skulle komma ut igen. Vid förra tillfället hade han dömts till fyra års fängelse och kommit ut efter att ha avtjänat två tredjedelar av straffet.

”Du vet spelreglerna”, sa Mattias. ”Det du säger i en rättegång ska du säga till mig, du kan inte ha olika versioner.”

”Men du har tystnadsplikt”, frågade Henry.

”Absolut, säger jag något blir jag själv åtalad.”

Henry suckade djupt.

Han var en fårad man, märkt av ett liv fullt av motgångar. Ändå hade det börjat så bra. Redan vid tjugotre års ålder hade han börjat arbeta på sin pappas företag, en firma som sålde maskindelar. Tjugo år senare hade han tagit över rodret. Med fjorton anställda och en omsättning på arton miljoner var det ett välmående litet företag. Så för några år sedan hade det blivit skatterevision. Momsredovisningen från försäljningen till Tyskland hade underkänts. Hela taxeringen blev föremål för granskning med ett skattetillägg på 40 procent som konsekvens.

Det hade varit Mattias enda skattemål hittills. Han hade suttit på kvällarna och läst på förarbeten och rättsfall så att ögonen blödde. Efter en process som varade i tre år visade det sig att Henry inte hade gjort något fel. Men skattetillägget hade Henry ändå varit tvungen att betala in i förskott. Det hade lamslagit hela verksamheten och veckan före kammarrättens dom försattes företaget i konkurs. Efter att regeringsrätten hade nekat prövningstillstånd hade Mattias överklagat till Europadomstolen. Problemet där var att handläggningen var ännu långsammare än i Sverige. När Molander hade varit tvungen att betala skattetillägget hade han blivit desperat och fifflat med arbetsgivaravgifterna till de anställda. Efter att det avslöjats dömdes han till fyra års fängelse.

Den bitterhet som Mattias mött hade, av förklarliga skäl, varit obeskrivlig.

Henry hade engagerat sig i en organisation som hette Rättvisa utan gränser. Den bestod av en samling människor som alla hade råkat illa ut. Mattias hade varit inbjuden till ett möte för att tala om processen i Europadomstolen. Hans intryck hade varit att medlemmarna var allt från tvättäkta rättshaverister till förnuftiga människor som Henry.

Fast det är klart, att kidnappa och hota politiker var inte så förnuftigt. Du är nog ändå inte den person jag trodde att du var, tänkte Mattias och visste hur lätt det var att göra det misstaget som advokat. Att man sänkte sin professionella gard och började bilda sig en egen uppfattning om människor som man inte hade en aning om vad de egentligen tyckte och tänkte. Eller så hade Henry förvandlats under resans gång, tänkte Mattias vidare.

”Här blir jag kvar ett bra tag, va?” frågade Henry.

Mattias nickade.

”Ja, de kommer inte att släppa ut dig före rättegången.”

”Så vad tjänar jag på att prata med polisen.”

”Ingenting, förutom att förundersökningen kan gå fortare.”

Henry nickade långsamt och såg fundersam ut. Det var tydligt att han vägde de olika alternativen mot varandra.

”Men du får räkna med att det blir en viss tid i fängelse och då räknas tiden av.”

”Och du kommer att stötta mig när jag vägrar prata med polisen.”

”Hundra procent”, svarade Mattias.

Henry såg nästan full i fan ut. Som om han äntligen kommit på ett sätt att ge igen på ett rättssamhälle som hade svikit honom så grovt.

”Ledaren för Rättvisa utan gränser hade rätt när det gäller dig”, sa han.

”Vad menar du?” frågade Mattias förvånat.

”Han har valt ut tolv advokater som vi ska anlita, du är en av dem.”

”Jag trodde att du begärde mig för att vi tidigare har jobbat ihop.”

”Nix”, svarade Henry.

”Och vem är er ledare?”

”Eftersom jag tänker förneka all kännedom om det i rättegången ...”

”... är det bättre att du inte säger något till mig”, fyllde Mattias i.

”Men du vet vem det är”, sa Henry och sken upp för första gången under mötet.

10

Catarina Björk satt i mörkret och såg den stora klockan räkna ned de sista sekunderna innan Aktuelltsändningens välkända signatur hördes. Alexandra Pascalidou gick rakt mot kameran samtidigt som hon presenterade kvällens nyheter.

Gisslandramat och Catarina toppade förstås, det hade hon gjort varenda nyhetssändning de senaste dagarna. Tänk vad partikamraterna skulle vara stolta över henne. Fast riktigt så enkelt var det inte, på grund av den avundsjuka som fanns i partiet. Men statsministern måste i alla fall vara mer än nöjd, och det var det viktigaste. Catarina hade också fått flera sms de senaste dagarna som bevis på detta.

Hennes pressekreterare hade exklusivt för Aktuellt sålt in en nyhet om att förbättra informationsutbytet mellan EU-länderna. I TV4 verkade de inte kunna ge tillräckligt stort utrymme, så det fick bli SVT, efter långa förhandlingar med båda pressekreterarna. Där var hon även garanterad att få sitta ensam i studion.

Igen. Det var bara två dagar sedan hon hade varit där senast.

Efter att Alexandra Pascalidou dragit några snabba nyhetsklipp blev Catarina hämtad av en studiovärdinna. De snubblade fram över sladdarna tills hon stod vid bordet där hon skulle bli intervjuad. Hon satte sig på en av de höga stolarna och log ett avspänt leende medan Alexandra Pascalidou kom fram till Catarina. Hon hade för länge sedan lärt sig att ignorera kamerorna framför sig. Om det hade varit debatt nu skulle hon ha följt pressekreterarens ständiga råd om "relax, smile and attack". Nu var hon ensam, så det räckte med de två första delarna av strategin. Dessutom var hon bättre på att resonera, även om det kunde bli lite långrandigt, än på snabba oneliners. Hennes bästa retoriska gren var att prata på utan att staka sig, vilket var resultatet av mycket träning. I yngre år hade hon tittat på nyhetssändningen, valt ut ett inslag och gått till spegeln där hon sedan hade argumenterat emot.

"Välkommen till Aktuellt, Catarina Björk", sa Alexandra Pascalidou och log.

Catarina nickade svagt och ansträngde sig för att se ministeraktig ut – något hon visste att unga kvinnliga ministrar alltid måste tänka på.

"Vi ska börja med att titta på hur den internationella brottsligheten kan hota vår trygghet", sa Alexandra Pascalidou och det första inslaget började rulla. Catarina kunde följa inslaget på en TV-monitor, som visade ett enormt knarktillslag i Holland, där påsarna med kokain hade fyllt en hel container. Det var ett ovanligt långt inslag, 4 minuter och 30 sekunder, som räknades ned högst upp i rutan. Catarina misstänkte att Aktuellt hade fått ensamrätt till nyheten och därför ville slå på stort. Den här typen av nyheter var perfekt för TV. Varken i radio eller i tidningarna hade det blivit lika effektfullt som med dessa bilder. Inslaget hann också med att visa människohandel i Spanien och avslutade med bilder från ett stort vapenförråd i Tyskland.

"Då vänder jag mig till dig, Catarina Björk, det här vill du sätta stopp för?" sa Alexandra Pascalidou.

Just det här har man ju redan satt stopp för, annars hade man ju inte kunnat visa bilderna, tänkte Catarina och hoppades att ingen annan skulle reflektera över det.

"Ja, den internationella brottsligheten slår hårt mot oss medborgare och ytterst hotar den vår demokrati", svarade hon och sneglade mot TV-monitorn som hade börjat räkna ned från tre minuter. Då hade hon alltså gott om tid fortfarande.

”På vilket sätt hotar den demokratin?” frågade Alexandra Pascalidou.

”Den snedvrider konkurrensen för seriösa företag, angriper vårt rättsväsende och hotar oskyldiga medborgare.”

”Och därför vill du nu ta ett initiativ i EU.”

”Ja, det räcker inte med att vi lyckas bekämpa den grova organiserade brottsligheten i Sverige. Brottsligheten känner inga gränser och då måste vi agera gemensamt. Därför tänkte jag på vårt nästa ministermöte i EU föreslå att vi måste bli bättre på utbyte av information samt förbättra samarbetet mellan myndigheterna”, sa Catarina Björk.

Även om hon visste att många sagt exakt samma sak förut gällde det att paketera om det så att det lät nytt.

”Och när kommer det här att ske?” frågade Alexandra Pascalidou.

”Redan på nästa möte, som hålls om två veckor.”

”Då tackar jag dig för att du kunde komma hit och vänder mig i stället till vår inrikesexpert Margit Silberstein. Vad säger du om regeringens förslag?”

”Det är intressant hur regeringen har kopplat greppet om agendan. Man rider fortfarande på framgången med gisslandramat, där Catarina Björk visade mod och handlingskraft. Det är precis de egenskaper som varje politiker drömmer om.”

”Och hur har oppositionen tacklat det här?”

”Så här långt har de hamnat helt i bakvattnet och opinionssiffrorna talar nu för att regeringen sitter kvar, trots att vänsterpartiets opinionssiffror just nu pekar mot att de riskerar att hamna utanför riksdagen. Det är klart att det här inte kommer att vara för evigt, men än så länge finns inga moln på regeringens himmel.”

”Jaså, det gör det inte”, skrockade Hjalle.

”Wait and see”, skränade Linus tillbaka.

De satt lutade över Hjalles nyinköpta mobiltelefon. Det var perfekt TV-bild fast de satt på Teatergrillen. Det där med att undvika att träffas på krogen verkade inte vara så viktigt längre, tänkte Petra. Efter hennes förslag om hur de skulle gå till väga hade Hjalle fått ett ryck och ringt direkt till Anders Timell, som var källarmästare på Teatergrillen. Nu satt de bekvämt bakåtlutade i ett av båsen med röd sammetsklädsel, med var sin dry martini i handen.

Petra hade redan från början varit emot det, men ändå känt trycket att följa med. Och det är klart att man kunde ha det värre än att dricka drinkar och äta god mat. Säga vad man ville om Hjalle, men snål var han inte. Valallians 2.0 verkade inte vara så noga med redovisningsplikten.

"Hon överlever inte helgen", fortsatte Hjalle.

Petra lyssnade på dem med blandade känslor. Å ena sidan var det sådant här hon var bra på. Det var ju hon själv som hade lagt upp den nya motstrategin. Men planerna hade inte utvecklats på det sätt som hon hade velat. Dessutom blev hon bara mer och mer irriterad på de båda andra i trojkan. När det drog ihop sig till konkret agerande märkte hon hur lite de hade gemensamt egentligen.

Hjalle var en obehaglig glidare, en övervintrad brat med dyra kostymer och blå skjortor utan slips. Kläderna var lika exklusiva som enformiga, allt såg ut att vara inköpt på NK samma dag. Redan i tjugoårsåldern, när Petra hade träffat honom första gången, hade han enbart haft dyra märkeskläder.

Ändå föredrog hon det framför Linus klädstil. Sladdriga T-shirtar satt sällan bra på lönnfeta män som dessutom såg tio år äldre ut än de var. Varför skulle alltid svenska journalister tävla i att klä sig så fult som möjligt? När Petra hade varit pressekreterare åt förra justitieministern hade hon med jämna mellanrum åkt med till Bryssel. Där hade hon slagits av att personer från media var prydligt klädda, de hade stil helt enkelt.

"Har ni hört historien om kommunalarbetarna?" frågade Linus och frustade.

Det hade inte Petra, och hon var säker på att hon kunde klara sig utan den. Men eftersom Hjalle nickade gillande kände Linus att det var fritt fram att fortsätta.

”Jo, plötsligt vände sig den ena kommunalarbetaren om och slog ihjäl en snigel, varpå den andra frågade varför han gjorde så.”

Linus gjorde en kort konstpaus innan han fortsatte.

”Då sa kommunalarbetaren: den där jäveln har följt efter mig hela dagen.”

Både Hjalle och Linus skrattade så att de tjöt. Petra drog på munnen för att inte väcka uppmärksamhet.

Servitören hindrade Linus från att dra flera historier när han kom in med biff Rydberg till männen och bouillabaisse till Petra. Hjalle beställde in en ny flaska vin efter lite dividerande om druva och årgång.

”Skål för vår kommande framgång”, utbrast han.

”Skål för politik at it's fucking best”, skränade Linus och slog sitt glas i Hjalles, som tittade ogillande tillbaka.

”Vi är väl inga jävla vikingar”, fräste han och Linus tystnade genast.

Petra tittade diskret på klockan.

LÖRDAG 6 SEPTEMBER

15 DAGAR KVAR TILL VALET

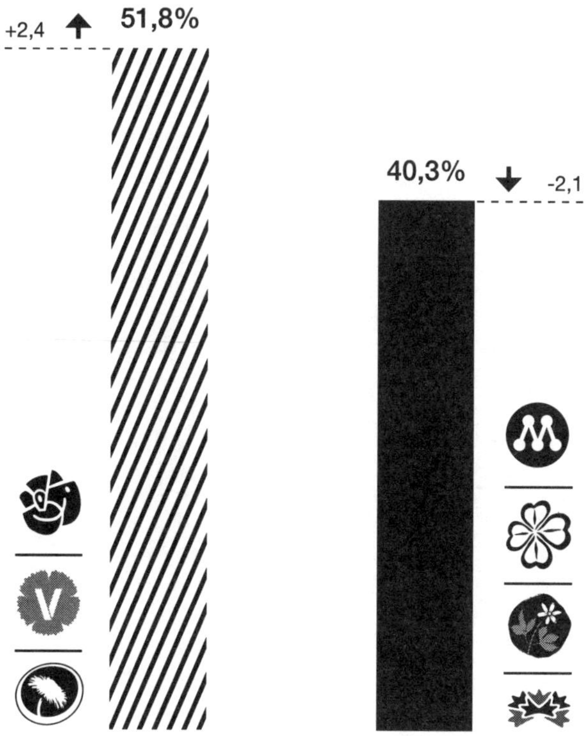

11

Catarina kände sig på ovanligt bra humör när hon gick in genom den stora svängdörren till köpcentret Stinsen i Sollentuna. Det hade bara gått tre dagar sedan gisslandramat, ändå kändes det som en evighet.

Familjen hade också påverkats positivt av den lyckliga upplösningen. Så var det alltid. När det gick bra för Catarina i politiken spred sig en positiv energi i resten av familjen. Hennes man Patrick, som arbetade som SO-lärare i högstadiet, gladdes åt hennes framgångar. Till och med hennes två döttrar, Olivia, sju år, och Julia, fem år, var ännu mera tillgivna mot henne.

Hon hade jublat när hon hade läst opinionsmätningen i morse. En ledning på mer än elva procentenheter. Men det bästa av allt var att hon själv ansågs vara anledningen till det. "Catarina-effekten", som det stod i rubriken. Nu skulle de inte bara vinna valet, hon själv satt säkert på sin post. Ingen statsminister petade en minister som ansågs vara en bidragande orsak till att de hade vunnit valet.

Hela hennes roll i politiken hade förändrats. Från att ha varit en i mängden, en minister som inte stack ut, hade hon blivit en av de mest omtalade. Kanske var det inbillning, men hon tyckte att respekten hade ökat även bland hennes statsrådskolleger. Som om man måste fått sitt elddop för att vara en minister på riktigt.

Men framför allt märkte hon en skillnad hos människor hon mötte. Inte bara i radhusområdet i Solängen, utan även människor i allmänhet uppmärksammade henne på ett annat sätt. De igenkännande blickarna följdes upp av leenden.

Och Catarina log tillbaka, och njöt av situationen.

Hon stannade till och köpte flera tidningar, bara för att läsa om det politiska läget och sig själv. En så stor ledning så nära valet hade aldrig tappats tidigare, förklarade valforskaren Sören Holmberg. Det enda hotet var om Vänsterpartiet skulle ramla ur riksdagen. Men sedan bottennoteringen för ett par dagar sedan hade väljarna visat att gamla "kamrat fyra procent" levde än.

Centrumet var byggt med stora ytor och högt i tak, vilket gav ett luftigt intryck. Hon tog en smal rulltrappa upp till andra våningen.

Eftersom det var helg hade hon inte Säpovakterna med sig. Det var lite inkonsekvent, men för Catarina var det nödvändigt att få vara ensam någon gång. Hur professionella och trevliga de än var, tärde det på integriteten att alltid vara bevakad. Därför hade de en överenskommelse om att hon skulle informera vakterna om planerna för helgen, och så skulle de hålla sig i närheten. Endast om hon hade något offentligt framförande var de med som vanligt.

Rakt fram fanns Clas Ohlson och hon gick in i affären utan något särskilt ärende. Hon fingrade lite på en alkoholmätare. Att åka fast för rattfylleri var den värsta mardrömmen för en politiker i Sverige. Varje mandatperiod var det någon riksdagsledamot som avslöjades med att ha kört bil med för mycket alkohol i blodet. Visserligen var Catarina restriktiv med alkoholen – särskilt efter att hon hade blivit minister – men hon visste att det inte behövdes mycket för att det skulle ge utslag morgonen efter en fest. Det var också stor skillnad om en minister åkte fast – och särskilt en justitieminister.

Catarina skakade på sig av obehag och la ifrån sig alkoholmätaren. Hon strosade vidare i affären och kom så småningom till utgången. Mittemot fanns en klädaffär som hette Name it. Det slog Catarina att Julia behövde en ny pyjamas, hon började bli så stor nu att hon inte bara kunde ärva sin storasysters kläder.

Affären var liten, men hade just sådana barnkläder som Catarina var ute efter. Det var mycket folk och hon fick tränga sig fram. Hon bestämde sig för att leta någon annanstans i stället och gick mot utgången. Kanske finns det något på den nedre våningen, tänkte Catarina när hon passerade metallbågarna som fanns vid utgången.

Längre hann hon inte förrän larmet började tjuta.

Mattias stod hemma och strök skjortor.

Av alla måsten var det nog det tråkigaste, till och med värre än att skura toaletterna. På sommaren vågade man inte fuskstryka heller, alltså bara stryka kragen, framsidan och manschetterna. Så här års kunde det hända att kavajerna åkte av, till och med i tingsrätten hade det hänt en gång.

Häktningen var bestämd till klockan ett och han hade ännu inte berättat något för Lotta. Mattias gillade inte att arbeta på helgerna, men ibland var han tvungen. Det hade Lotta aldrig någon förståelse för, hur ofta han än försökte förklara reglerna med häktning.

Eric Olivecrona var tvärtom. Han ville ha häktningarna på helgerna, eftersom det var dubbel taxa då. Det hände att han instruerade sekreteraren att klämma in det på helgen. Ingen på tingsrätten misstänkte att det kunde finnas några ekonomiska motiv bakom en sådan begäran.

Rebecka skulle ha fotbollsmatch på eftermiddagen och satt nu vid datorn. Där tillbringade hon alltför mycket tid – en av få saker han var helt överens med sin fru om. Över huvud taget hade dottern blivit mera sluten under det senaste året. Mattias var orolig att det var en följd av det torftiga äktenskapet, och hans dåliga samvete plågade honom med jämna mellanrum. Men hon hade ju också fått ett syskon att konkurrera med, och det var en ny situation för henne.

Nu hade de fått riktiga tränare i hennes fotbollslag. Därmed hade Mattias förlorat sitt uppdrag som lagledare. Han hade gillat att vara engagerad i laget, även om han inte kunde tillföra så mycket rent fotbollsmässigt, men framför allt hade han haft ett gemensamt intresse med sin dotter.

Rebecka hade också börjat simträna två gånger i veckan. Han hade inte hjärta att tala om hur tråkigt han tyckte det var att sitta och titta på någon som simmade fram och tillbaka i en bassäng. Vid ett par tillfällen hade han smugit med sig jobb, vilket dottern genast hade avslöjat och blivit upprörd över.

Sonen lekte på golvet utan att göra mycket väsen av sig. Varför var han så tyst jämt? kunde Mattias undra. Borde han inte stoja och stimma lite mera, som andra barn? Eller som andra pojkar i alla fall, tänkte Mattias.

Förra helgen hade han försökt få Johan att leka med andra barn i bollhavet när familjen var och åt på McDonald's. Då hade Johan plötsligt börjat kräkas. Det uppskattades inte av de andra barnen eller deras föräldrar. En av cheferna hade kommit springande och börjat yra om ersättningsskyldighet för tvätten av alla bollar. Efter att Mattias hade fått läxa upp henne, med en kort föredragning angående principerna om föräldrars skadeståndsansvar, hade chefen tystnat.

I bilen hem hade Mattias varit nöjd och förklarat fördelen med att vara advokat för sin fru, men hon hade bara tyckt att allt var pinsamt och att de borde ha betalat för tvätten.

Så hade den dagen varit förstörd.

Lotta gick genom vardagsrummet, där han stod och strök, och vidare in i köket utan ett ord.

”Du, jag ska på en häktning klockan ett”, sa han och tog sats för att få höra hennes förebråelser.

Lotta vände i dörröppningen och blev stående.

”Själv ska jag till gymmet”, svarade hon.

”Men barnen då?”

”Min mamma ville ändå komma förbi.”

”Vad bra”, var det enda Mattias kom sig för att säga.

Så slog det honom att han hade missat att kolla mobilen, som låg på köksbänken. Under några sekunder var han rädd att Lotta hade upptäckt något. Precis som de flesta lördagskvällar hade han fått ett meddelande från Susanne. Han läste sms:et, som inte skilde sig från hennes övriga. Ganska oskyldigt, men ändå tillräckligt innehållsrikt för att det skulle sluta i en katastrof om hans fru läste det.

Det spelade ingen roll att han hade bett Susanne att låta bli, hon skickade i alla fall. Han läste det igen, och kände en ilning i kroppen när han tänkte på att det bara var två dagar tills han skulle ligga i hennes säng igen.

”Pappa, vad gör du?”

Rebecka stod plötsligt i dörröppningen.

”Inget särskilt”, svarade Mattias.

”Får jag spela på din mobil?” frågade hon bedjande. Med viss fingerfärdighet lyckades han radera meddelandet och gav henne telefonen.

Hon försjönk omedelbart i något spel, men tittade upp efter bara någon halvminut.

”Pappa, kan vi inte åka till Thailand i jul? Det ska alla mina kompisar”, sa hon och såg bedjande på honom.

”Jag har verkligen inte försökt stjäla något”, sa Catarina med eftertryck.

En man med arabiskt utseende skrek åt henne.

”Det har du visst det, jag hörde larmet.”

Catarina fick svårt att andas. Ett stöldlarm hade gått igång när hon lämnade affären. Hon hade hamnat i gången utanför affären tillsammans med den frustande mannen. Människor runt omkring henne drog sig undan lite, som om de inte ville bli inblandade. På lite avstånd följde de sedan dramat. Det var förstås extra spännande med en person som de kände igen, och särskilt som det var Sveriges justitieminister.

”Få se i väskan då?” gapade mannen.

”Du är väl ingen vakt”, försvarade sig Catarina, som önskade att hennes Säpovakter hade varit där. De skulle ha lyft bort mannen på två röda sekunder.

”Öppna väskan!”

För att komma undan den pinsamma situationen stoppade Catarina ned handen i väskan.

Hon stelnade till. Där fanns definitivt något som inte skulle vara där. Hon kunde känna ett tunt tyg mellan fingrarna. Långsamt halade hon upp en liten barnpyjamas, som hon tidigare hade hållit i sin hand.

”Alltså, nu förstår jag inte ...” började hon, men kom av sig.

”Vad var det jag sa?” ropade mannen. ”Du har stulit den.”

”Verkligen inte”, svarade Catarina.

Hon kände hur svetten klibbade i armhålorna. Sånt här fick bara inte hända, allra minst under en valrörelse.

”Hur har den hamnat i väskan då?” frågade mannen triumferande.

”Jag ... alltså ... jag kan inte svara riktigt på det.”

Catarina hörde hur dumt det lät. Hon kände sig helt förvirrad. Hade hon inte lagt tillbaka pyjamasen?

”Vakt, här har vi en tjuv”, skrek mannen.

Allt fler människor hade kommit till platsen, men fortfarande höll de ett visst avstånd. I ögonvrån såg Catarina hur några pekade på henne.

”Vi kan gå tillbaka till affären och klara upp det här missförståndet”, sa Catarina och undrade varför ingen hade kommit ut från affären redan.

”Vakt!” ropade mannen och tog tag i armen på Catarina.

Det gjorde ont och hon kände hur ilskan växte. Hon hade alltid haft en kort stubin, något hon hade lärt sig att tygla i politiken, men det här var annorlunda.

”Släpp, din idiot.”

Ut från Clas Ohlson stormade plötsligt en vakt och kom fram till henne.

”Den här kvinnan är en tjuv”, sa mannen upphetsat. Han hade släppt sitt grepp.

”Allt är ett missförstånd”, förklarade Catarina och försökte sig på ett leende. Hon hoppades att han skulle känna igen henne och inse att allt var ett misstag.

”Så kallade hon mig svartskalle.”

”Men vad är det du säger?” utbrast Catarina förskräckt.

”Du gjorde det.”

”Det gjorde jag verkligen inte.”

Vakten såg förvirrad ut. Han hade omedelbart känt igen Catarina och visste inte riktigt hur han skulle agera.

”Ska vi gå tillbaka till affären och klara ut det här?” frågade han.

”Gärna”, sa Catarina, som kände att paniken närmade sig.

”Hon är en tjuv och hon kallade mig svartskalle”, upprepade mannen.

Magnus Granath satte sig självsäkert till rätta i stolen, plockade fram sina papper och log mot domaren.

”En sådan här fin dag borde man inte sitta inomhus”, sa han.

Domaren log tillbaka och mumlade något ohörbart.

Mattias som satt mittemot kände omedelbart hur ilskan steg i kroppen. Bredvid honom satt Henry, en person som skulle sitta inlåst en lång tid framöver. Att då beklaga sig över att behöva vara inomhus en halvtimme visade bara hur inskränkt åklagaren var. Mattias hade ofta synpunkter på åklagarnas brist på inlevelseförmåga. Visst kunde man alltid säga att de kriminella hade sig själva att skylla, men för den skull kunde man väl ha ett minimum av empati för andra människor.

Efter yrkanden och grunder reste sig Magnus Granath upp och lämnade ett protokoll, först till domaren och sedan till Mattias.

Det var daterat med gårdagens datum.

"Varför har det här inte lämnats tidigare?" frågade Mattias när Magnus Granath var på väg tillbaka till sin plats.

Åklagaren vände på klacken mitt i salen och stirrade stint på Mattias.

"Uppfattade jag något som kan betraktas som kritik?" sa han fränt.

"Ja, det är verkligen bedrövligt att få ett häktnings-PM under förhandlingen, särskilt som det blev klart igår."

"Jag kanske felaktigt utgick från att det var en etablerad och erfaren advokat."

Lugn nu, tänkte Mattias. Han skulle inte låta sig provoceras av en skitstövel.

"Jag tycker det är viktigt att kunna gå igenom det med min klient i lugn och ro, särskilt som det så ofta är fel i åklagarnas promemorior", svarade han.

Magnus Granath hade hunnit tillbaka till sin plats och drog in stolen med samma kraft som tidigare.

"Jag önskar att advokaten läser på rättegångsbalken till nästa gång, men nu kanske jag kan utveckla omständigheterna, för att sedan ställa frågor till Henry Molander."

Domaren visade med en gest att han tyckte att det var en bra idé. Mattias märkte att domaren inte var bekväm när det blev för mycket tjafsande i rättssalen.

"Då vill jag redan nu meddela att min klient inte kommer att svara på några frågor", svarade Mattias.

"Vad är det för dumheter?" utbrast Magnus Granath.

"Han har rätt att tiga."

"Det är en sak att vara tyst under förhör, men inför en domare är det inget annat än processmissbruk."

"Jag föreslår att åklagaren läser på lite om Europakonventionen innan han fäller sådana uttalanden", svarade Mattias och lutade sig tillbaka.

12

”Hela grejen är helt sjuk!” utbrast Catarina där hon gick på stigen längs sjön Norrviken. Sedan fyra år bodde hon i Solängen, ett litet radhus- och villaområde i Sollentuna. Det var precis lagom, medelklass som inte stack i ögonen ens om man var socialdemokrat.

”Det fattar alla”, svarade Leo Holmberg.

Hon hade ringt statssekreteraren direkt efter att hon hade hört att Kvällspressen jagade henne. Den ena pressekreteraren hade informerat henne redan när hon satt i bilen från köpcentret. Än hade hon inte ringt tillbaka, först ville hon diskutera frågan med Leo. Med tiden hade hon lärt sig att inte rusa iväg och göra en intervju utan att ha tänkt igenom saken först.

Nu gällde det att väga orden på guldvåg, vartenda litet misstag kunde bli ödesdigert. Skarpt läge, som statsministern brukade säga.

”Ska jag ta intervjun med Kvällspressen?” frågade Catarina.

”Absolut, annars har du dem i trädgården inom ett par timmar. Och då väntar en natts belägring utanför huset med förfärliga bilder i morgon. Efter att de har kört det på nätet kommer alla andra springande också. Ta allihop.”

”Men vad ska jag ha för strategi?” frågade Catarina.

Leo tänkte efter en stund innan han svarade.

”Jag tror att det bästa är att gå på offensiven.”

”Men hur ska jag kunna göra det när det är jag som är anklagad för stöld?”

”Du måste vara upprörd över vad som har hänt.”

”Hur menar du?” sa Catarina och kände en klump i magen.

”Upprörd över att någon har stoppat en pyjamas i din väska. Det är klart att jag fattar att det här är planterat.”

Catarina flämtade till. Hur jobbigt det än lät så var det den enda logiska förklaringen. När hon nu hade blivit utsatt för något sådant här, måste hon givetvis reagera över det. Annars var det lätt att man som politiker började be om ursäkt, trots att man inte hade gjort något fel. Det fanns många som gjorde en pudel i syfte att försöka blidka en aggressiv opinion. Men det var också samma sak som att erkänna att man hade gjort fel, och det gick ju inte i det här fallet.

”Sedan är det en sak till”, påpekade Leo.

”Vadå?” svarade Catarina. Hur skulle hon komma ihåg allting?

”Du har fått både journalistens mobil och fasta nummer, va?”

”Ja.”

”Ring på mobilen, och säg att du har bråttom.”

”Vad är poängen med det?”

”Då kanske han inte hinner koppla den till sin bandspelare, den fasta är det redan”, svarade Leo. ”Det är bättre, om du råkar säga något som du sedan ångrar.”

”Okej”, sa Catarina och tyckte att hon nog borde ha kunnat lista ut det själv.

”Och du, kör så det ryker. Det här klarar du galant.”

De la på och Catarina skänkte en tacksamhetens tanke till sin erfarna statssekreterare.

Leo Holmberg var inne på sin första mandatperiod. Egentligen gjorde hans kompetens och erfarenhet honom överkvalificerad. Catarina var helt övertygad om att han skulle platsa i regeringen. Anledningen till att han aldrig kunde bli minister var att han hade en dom på ett års fängelse för bedrägeri från sin tid som SSU-ordförande. Han hade spåtts en lysande karriär när det plötsligt uppdagades att det hade blivit fel på redovisningen av medlemsbidragen. Han hade dömts mot sitt nekande, och så var det kört att nå en ministerpost. Catarina hade aldrig tvivlat på sin statssekreterares ord. Men även om domen hade varit riktig, så var konsekvensen alldeles för hård. Det var bara i politiska sammanhang en dom från det förflutna hängde med för alltid. Herregud, det hade gått tjugo år, men så fort Leos namn nämndes i media så påmindes läsaren om tingsrättens dom. Till och med en del partikamrater kunde fortfarande ta upp det när han kom på tal. Inga dömde politiker så hårt som andra politiker.

Och nu hade hon själv blivit gripen för snatteri. Även om vakten uttryckligen sagt att han var övertygad om att det var ett misstag, så kändes det obehagligt. Om hon åtalades och dömdes för det här kunde det bara sluta på ett sätt, hur obetydligt brottet än var.

Catarina ökade takten av ren nervositet, trots att hon redan höll ett högt tempo. Hon var mån om att hålla sig i form, väl medveten om hur viktigt det var för en politiker att se bra ut. Hon visste att hon hade ett fördelaktigt yttre utan att för den sakens skull vara vacker. Det rågblonda tjocka håret, klippt i en pagefrisyr, och de stora blå ögonen gjorde sig bra på bild. Ärliga blå ögon, hette det inte så? Perfekt för en politiker. Men på sistone hade hon börjat få lite problem med vikten. Framför allt ville hon bli av med de tjocka låren. Därför var hon noga med att promenera flera gånger i veckan. Vid något tillfälle hade hon provat stavgång. Det var skönt, men hon stördes av blickarna från omgivningen. Som om hon hade svårt att gå, liksom.

Hon kom fram till en liten badstrand längst bort i området. Några barn lekte i vattnet medan ett par mammor satt med sina kaffetermosar och småpratade. Kyligare vindar hade kommit in från norr och stackmolnen rörde sig över den klarblå himlen. Björkarna hade börjat skifta färg och det märktes för första gången att hösten närmade sig.

Catarina hälsade flyktigt på grannarna och gick vidare. Om

några timmar skulle de höra eller läsa om hennes gripande idag. Vad konstigt livet som politiker var. Hennes upplevelser flyttade in till andras vardagsrum på nolltid. Hon var allas egendom.

Susanne satt ensam hemma och tittade på TV.

Hon kände irritationen i kroppen. Hur länge hade hon haft det så här nu? Hon borde inte behöva sitta ensam en lördagskväll. *En* lördagskväll förresten, tre av fyra var nog mera korrekt.

Hon saknade verkligen inte tillfällen att gå ut. Fortfarande blev hon ofta utbjuden av kolleger. För det mesta av singlar, men också ibland av dem med fast sällskap.

Tidigare hade hon ibland tackat ja, inte minst för att slippa vara ensam. Visst hade det hänt att hon hade haft sex också. Efter sin skilsmässa för åtta år sedan hade hon haft ett par korta förhållanden, men inte fallit för någon ordentligt förrän hon hade träffat Mattias.

Då hade allt blivit annorlunda. Nu kändes det fel att träffa andra. Det var egentligen helt ologiskt. Han var fortfarande gift och levde med sin fru ute i Mälarhöjden. Varför skulle då inte hon få träffa andra? Men så hade det alltså inte blivit. I stället begränsades hennes förhållande till tre timmar i veckan. Visserligen med ett regelbundet sexliv, men det var också allt.

Nej, så här kunde hon inte ha det, nu måste de komma till ett avgörande, tänkte hon för säkert hundrade gången och gick ut och hämtade ett glas vin i köket.

Tillbaka i vardagsrummet igen slog hon över till Rapport.

”Justitieminister Catarina Björk gripen för snatteri.”

Så följde ett långt inslag från köpcentret Stinsen. En reporter stod framför ett par jättelika ingångar och berättade vad som hade hänt. Därefter följde en intervju med Catarina, som med eftertryck dementerade att hon skulle ha stulit något. Det märktes att inte ens reportern trodde det heller.

Även Susanne misstänkte att det här antagligen var ett misslyckat skämt eller ett försök att misskreditera ministern. Tillbaka i studion igen gav Mats Knutson sina kommentarer.

"Där ser man hur det kan svänga i politiken", sa han på sin knarriga Blekingedialekt, och såg påtagligt nöjd ut. "Igår hjälte i gisslandrama, idag gripen för snatteri. Man kan utan överdrifter säga att Catarina Björk dominerar svensk inrikespolitik fullständigt just nu."

"Men kommer det här inte att bli ett problem i valrörelsen för henne och för Socialdemokraterna?" frågade studioreportern.

"Jag tror faktiskt inte det", sa Mats Knutson. "De flesta tror nog inte att en justitieminister skulle gå in och stjäla i en affär. Förutom de rent rättsliga konsekvenserna ska vi komma ihåg att en minister idag tjänar mer än hundra tusen kronor i månaden, så hon har råd."

"Men hon hade ändå uppenbarligen ett obetalt klädesplagg i väskan när hon lämnade affären."

"Ja, det kan förstås vara ett misstag. Mera troligt är att någon har försökt sätta dit henne. Tyvärr tror jag att vi kommer att få se mera av det här i valrörelsens slutskede."

Susanne hade redan tröttnat och bytte kanal utan att hitta något intressant. Hon gick ut på balkongen och blickade ut över vattnet. Hon tittade ned mot Långholmen, där segelbåtarna låg på rad vid bryggor som sköt ut från stranden. Med irritationen krypande i kroppen rökte hon en cigarett, fimpade på askfatet som stod på det lilla bordet, tog fram mobilen och skickade ännu ett sms till Mattias.

SÖNDAG 7 SEPTEMBER

14 DAGAR KVAR TILL VALET

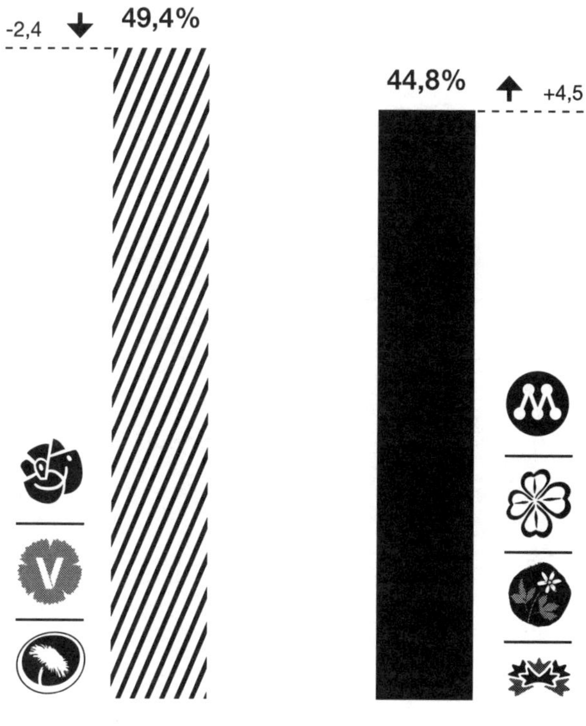

13

Catarina trodde inte sina ögon när hon läste artikeln.

Kvällspressen låg framför henne på köksbordet. Hennes man hade varit hygglig och åkt iväg till närmaste mack för att köpa tidningen. Sedan hade han tagit med sig barnen till lekparken. Själv orkade hon inte möta alla menande blickar, alla de som undrade men som inte vågade fråga. Ännu värre var grannar som försökte visa medlidande, men som inte kunde dölja att de tyckte att det var lite spännande också.

Trots att de flesta uppgav att de hade lågt förtroende för kvällstidningarna, så var det få som tvivlade på historier som den här.

Hon anklagades för att ha kallat den där mannen för svartskalle. Det var ett uttryck som hon aldrig hade använt i hela sitt liv. Bara tanken på det var befängd. Visst fanns det främlingsfientlighet i rörelsen, det fanns det i alla partier. Men att en ledande politiker skulle uttrycka sig så offentligt fanns bara inte. Det gick ju ut över alla.

Men så var det beskrivet. Uppgifterna i artikeln gick inte att ta miste på.

Aggressiviteten hade också skruvats upp. Under gårdagen hade rubriken varit ”Pyjamastjuven”, nu var tonen råare.

Artikeln toppade på nätet, där det även fanns en läsarundersökning. Frågan var om man tyckte att Catarina borde avgå om anklagelserna var sanna.

Nittiotvå procent tyckte att hon borde det.

Ändå såg det ännu värre ut i tidningen. Hennes ansikte täckte halva förstasidan. Men det var inte alls en lika bra bild som det hade varit de senaste dagarna. Nu var det i stället ett fotografi där hon såg rent av aggressiv ut.

Den förorättade mannen la ut texten ordentligt.

Han hade bara velat göra sin plikt, och vad hade han fått för det. Jo, en rasistisk förolämpning. Dessutom av en minister av alla människor. Hur skulle han någonsin kunna tro på en politiker igen?

Han hade bott trettiotvå år i Sverige efter att han hade flytt från Iran. Inte ens i Teheran blev man förolämpad av politiker på det här sättet.

Catarina gick över till att läsa opinionssiffrorna. Det blev hon knappast gladare av. På en enda dag hade de tappat halva sin ledning.

Hon tog tidningen och tryckte ned den i soppåsen under slasken, satte sig på stolen igen och höll händerna för ansiktet och grät.

Jag går i bitar, tänkte hon. Jag orkar inte släpas i smutsen på det här sättet. Då avgår jag hellre.

Det plingade till i mobilen, som det hade gjort flera gånger den här morgonen. Det var vänner som ville ge sitt stöd. Den här gången var det statsministern som försäkrade att Catarina var en stor tillgång för regeringen.

Men inte ens det fick Catarina att känna sig bättre till mods. Tvärtom undrade hon varför statsministern inte kunde skriva att uppgifterna om att Catarina hade stulit något eller använt rasistiska tillmälen naturligtvis var påhittade. Var det inte självklart för alla? Sms:et fick henne att inse att det kanske inte var så givet som hon hade hoppats.

Patrick dröjde sig kvar med barnen på lekplatsen för att hon skulle få vara ensam. Men det ville hon inte vara hur länge som helst. Hon kände sig mer ensam än någonsin. Släkt och vänner överallt, men ändå ingen som förstod henne. Förutom hennes man förstås, han gjorde alltid vad han kunde för att sätta sig in i hennes situation.

Catarina slutade gråta tvärt och satte sig upp. Nu kände hon sig arg i stället, rent av urförbannad.

Aldrig att någon lögnare skulle få förstöra hennes karriär. Hon skulle slå tillbaka, tänkte hon. Det var det enda hon kunde göra.

Det handlade om hennes politiska karriär. Och det handlade om hennes heder. Men framför allt handlade det om partiets anseende.

”Hej, mitt namn är Linus Wiberg, jag ringer från tidningen Kvällspressen.”

”Jaha ...”

”Är det Kennet Hansson jag talar med?”

”Mmm ... det stämmer.”

”Var det du som arbetade som ordningsvakt igår i köpcentret Stinsen i Sollentuna?”

Det blev tyst några sekunder.

”Ja, men jag vet inte ...”

”Det är bara några korta rutinfrågor.”

”Men det är väl ingen intervju, för det har jag verkligen ingen lust med.”

”Du är förstås ingen huvudperson i det här, men jag vill bara kolla så att det inte blir något fel.”

”Okej då.”

”Och då undrar jag om det var du som var med när justitieminister Catarina Björk greps igår.”

”Alltså, jag tror inte att hon är skyldig till något.”

”Nej, det är ju självklart. En minister skulle nog inte göra något sådant.”

”Vad skönt att du säger det. Jag menar ... jag vill ju inte medverka till att någon oskyldig får problem ... särskilt inte om det ska stå i tidningen.”

”Om jag förstår saken rätt så var det inte du som var först framme.”

”Nej, när jag kom fram stod hon och pratade med den här mannen … alltså han var ganska arg.”

”Hörde du vad de pratade om?”

”De pratade om vad som hade hänt.”

”Inget annat?”

Det blev tyst igen.

”Nej … inte vad jag kan komma ihåg.”

”Hörde du inte något om svartskalle?”

”Alltså jag hörde inte att hon, Catarina Björk, sa något sådant.”

”Men du hörde ordet svartskalle?”

”Ja, men det var den där mannen som sa att hon hade sagt det, men jag hörde det aldrig själv.”

”Han sa visst det i en intervju igår.”

”Det förvånar mig faktiskt, varför gjorde han det egentligen?”

”Ja, det var verkligen konstigt, det håller jag med dig om. Så när var det du hörde ordet svartskalle?”

”Det var när jag kom fram till Catarina Björk och den utländska mannen.”

”Och du är säker på att det var just svartskalle som nämndes.”

”Jamen, men jag hörde alltså aldrig Catarina Björk säga det.”

”Men du är helt säker på att det var just svartskalle som uttrycktes.”

”Hundra procent säker.”

Linus tackade mannen, la på luren, stängde av bandspelaren och spolade tillbaka. Vant spelade han över ett par av de näst sista meningarna. Så satte han på bandspelaren igen och lyssnade hur det lät när han hade klippt ihop en fråga med det nya svaret. Det lät perfekt, även om det blev ett par sekunders uppehåll innan vakten svarade. Men det lät bara som om han svarade med eftertryck.

Han tog mobilen och slog numret till Hjalle.

”Lyssna, ska du få höra på något jävligt bra”, garvade han. ”Nu är justitiebruttan stekt.”

Magnus Granath såg nöjd ut när han tittade ut över sina medarbetare. Allt fler poliser hade tillkommit i gruppen.

De befann sig i stabsrummet. Med på mötet var också Petra, något som Magnus Granath gärna hade sluppit. De hade sedan tidigare en ansträngd relation, och det fanns inget som tydde på att den var på väg att förbättras.

”Som jag informerade om gick häktningsförhandlingarna enligt planerna. Alla fyra är häktade på sannolika skäl.”

Han får det att låta som om han har uträttat något storverk, tänkte Susanne och tittade sig omkring för att se om någon av de andra poliserna verkade imponerad. Att få fyra personer häktade som tagits på bar gärning efter ett gisslandrama var väl inget att yvas över. Det hade en juridikstudent klarat.

”Advokaterna försökte köra sina vanliga patetiska invändningar, men det var förstås kört när jag drog argumentationskedjan.”

Susanne utbytte en blick av samförstånd med Petra.

”Det finns ett problem”, fortsatte Magnus Granath och gjorde en paus för att konstatera att alla hängde med, ”och det är att en av de misstänkta vägrar att säga något över huvud taget.”

”Men det har de ju rätt till”, invände Susanne.

Magnus Granath visade med en blick vad han tyckte om hennes åsikt.

”Vi kommer till frågorna om en stund”, sa han.”Jag tror att det är ett påfund av hans försvarare Mattias Berglund.”

Susanne kände hur kinderna hettade och hoppades att ingen skulle se det. Hon märkte hur Petra betraktade henne från sidan.

”Om det är så är det mot de advokatetiska reglerna och då ska vi anmäla honom till advokatsamfundet”, sa Magnus Granath och några av poliserna nickade svagt.

Susanne visste att advokater sällan stod högt i kurs hos poliser, som hade svårt att förstå deras roll.

"Är du säker på det?" kunde hon inte låta bli att fråga till slut.

"En advokat får inte instruera någon att vara tyst."

"Nej, det förstår jag", svarade Susanne. "Men är du säker på att det verkligen är advokaten som har gjort det?"

Blickarna i rummet riktades mot Susanne. Magnus Granath tittade på henne en lång stund innan han svarade.

"Då får han väl yttra sig om det till samfundet, det är knappast vårt problem."

Susanne sa inget mer.

"Om vi inte har mera att säga om den frågan", sa Magnus Granath med eftertryck, "så vill jag att Kuten berättar vad ni har fått fram."

Mannen från kriminalunderrättelsetjänsten ställde sig upp.

"Samtliga misstänkta är medlemmar i en organisation som heter Rättvisa utan gränser. Den består av en grupp personer, som alla är dömda mot sitt nekande och som efter domen har fortsatt att jobba för att bevisa sin oskuld."

"Lycka till", sa Magnus Granath och flinade.

"De är dömda på ganska svag bevisning", sa Susanne.

Åklagaren tittade på henne som om hon var en idiot.

"Om de är dömda så är det ställt utom rimligt tvivel, annars skulle de väl inte dömas, eller hur?"

"Men bevisningen är ju inte alltid lika stark i alla domar", invände Susanne.

"Vems sida står du på egentligen?" svarade Magnus Granath och vände sig demonstrativt mot mannen från Kuten. "Nu vill jag höra mera om vad ni har kommit fram till."

"Vi har tidigare inte betraktat dem som våldsamma, men det är uppenbart att något har hänt i organisationen."

"Förhören med samtliga medlemmar har påbörjats och blir klara om någon dag", inflikade en av de nya utredningsmännen.

"Hur många är de sammanlagt?"

”Ett femtiotal. Eftersom det inte finns något medlemsregister har vi inget exakt antal”, sa mannen från Kuten.

”Jaja, högsta prioritet nu är ändå att försöka få fram ett erkännande att de hade varit beredda att döda gisslan.”

Susanne trodde inte sina öron. Tyckte han att de skulle släppa det här spåret redan? Här hade de något konkret att jobba med, en organisation som hatade rättsväsendet. Det kunde finnas personer ända upp i toppen av den kriminella världen.

Uppenbarligen var hon inte ensam om att bli bestört över vad deras förundersökningschef sa. Den som var personalansvarig räckte upp handen och Magnus Granath nickade åt henne samtidigt som han kastade en blick på sitt armbandsur.

”Ska vi inte försöka få fram vilka som ligger bakom det här?”

”Ja, det måste finnas en eller flera ledare som kan ha kommit in sent”, fyllde Susanne i. Hon visste att även bland de tyngsta kriminella fanns personer som hade lika bra ledaregenskaper som företagsledare.

”Mycket möjligt”, svarade Magnus Granath.

”Kan det inte vara så att de försöker begå nya brott igen?”

Magnus Granath tittade överlägset på henne.

”Tror faktiskt inte att de är så dumma.”

”Så vi ska inte fortsätta med den inre spaningen då?” frågade mannen från Kuten.

Magnus Granath gjorde en halv grimas för att visa vad han tyckte om det förslaget.

”Gör väl varken till eller från. Om vi åtalar fyra eller sex stycken spelar ingen roll. De här ska in bakom lås och bom, så låt oss inte krångla till det i onödan.”

Därefter visade åklagaren att mötet var över genom att samla ihop sina papper. Susanne tittade sig omkring och retade sig på att inte fler såg missnöjda ut. Visserligen visste hon att poliser var en ovanligt hierarkisk yrkesgrupp, men hans beteende var en förolämpning mot dem alla.

En stund senare stod Petra och Susanne ute på gården och rökte.

"Måste han vara en sådan besserwisser?" undrade Susanne.

"Han är typ en jävla idiot", svarade Petra. "Fast jag undrar ändå varför du bryr dig om den där advokaten."

Susanne böjde sig ned och fimpade mot marken. Hon ville inte möta Petras blick. Om det var någon som skulle fatta hur det hängde ihop, så var det hon. Smartare människa än Petra fanns inte.

"Äh, jag vill bara att det ska gå rätt till", svarade hon och stoppade fimpen i cigarettpaketet. Petra tittade forskande på henne några sekunder.

"Jaså, på det viset ..." sa hon sakta.

"Nu måste jag gå upp till mitt rum", sa Susanne.

MÅNDAG 8 SEPTEMBER

13 DAGAR KVAR TILL VALET

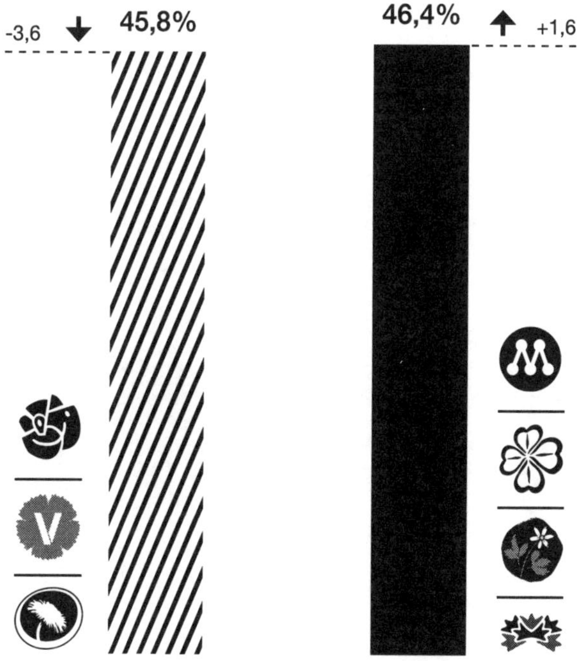

14

Catarina halvlåg i den blå soffan med kaffekoppen framför sig. Det var säkert den tredje bara under den senaste timmen. Tröttheten värkte i kroppen på henne och det kändes som om hon hade grus i ögonen. Mittemot henne, framåtlutad på stolen, satt Leo och försökte peppa henne. Det hade han gjort hela helgen. Catarina kände att hans engagemang var genuint, utan honom skulle hon aldrig ha orkat.

Alla nyhetssändningarna var fyllda av ”affären” nu. I tidningarna dominerade den förutom nyhetssidorna också ledarsidor, debattsidor, insändarsidor och krönikor. Det gick inte att undvika att läsa om hennes rasistiska uttalanden.

”Hur kan opinionssiffrorna sjunka så fort?” frågade Catarina.

Leo la huvudet på sned och funderade en stund innan han svarade.

”Du vet att 25 procent av alla människor bestämmer sig för vad de ska rösta på sista veckan, då är de väldigt känsliga för minsta lilla.”

”Så det är jag som har förstört allting för partiet.”

”Nej, men förbered dig på att det blir ett varv till idag, det är bara att använda sig av samma taktik som igår”, sa han.

Strategin hade gått ut på att ta en intervju i taget, att inte låta alla journalister få stå i en ring med mikrofonerna under näsan på henne. Därför hade hon tagit alla medier med en halvtimmes mellanrum under hela gårdagen. De hade stått på den lilla innergården vid radhuset, där grannbarnen hängt på sina cyklar utanför grinden.

Värst hade killen från Kvällspressen varit. Han hade haft ett obehagligt självbelåtet flin under hela intervjun. Det var samma journalist som hade ringt en kvart efter gripandet, och det var ingen tvekan om att det var han som var drivande i hela affären.

Det var också han som hade skrivit en artikel idag om vakten, som nu bekräftade att han hade hört ordet svartskalle.

”Han var så äcklig, den där killen från Kvällspressen”, sa Catarina. ”Svettig och skitig på något sätt.”

Leo skrattade till lite grann.

”Det är kanske inte vårt största problem, men jag förstår verkligen att du inte gillar honom”, sa han. ”Men det är en grej som är konstig.”

Catarina tittade upp på honom.

Leo hummade lite. Han var alltid eftertänksam och ville aldrig säga något som han inte hade täckning för.

”Jag tror att det här är planterat, och att det är ännu mer organiserat än vad vi misstänkte först.”

”Varför tror du det?” frågade Catarina. Hon hade fått ont i magen av allt kaffe.

”Jag tror att journalisten är med på ett hörn.”

”Så du menar att Kvällspressen skulle ha varit med och riggat det här?”

”Nej, säga vad man vill om Kvällspressen, men jag tror knappast att tidningsledningen skulle ha godkänt en sådan här grej. Däremot är jag säker på att den här enskilda journalisten är inblandad.”

Catarina satte sig upp i soffan.

”Hur kan du veta det?”

”Han ringde för tidigt. Du vet, när de får in ett tips så måste de ändå kolla upp det. Trots allt får de in massor varje dag som bara är påhitt.”

”Han ringde när jag satt i bilen från köpcentret”, svarade Catarina och tittade bort mot fönstret.

”Just det”, sa Leo och nickade. ”Han måste alltså ha vetat om det här i förväg.”

”Att en journalist från en av Sveriges största tidningar är inblandad ... det känns ju för jävligt.”

”Det är något vi måste gå till botten med.”

Catarina hisnade vid tanken. Frågan var vilka krafter som låg bakom det här? Och vad var då nästa steg?

Leo reste sig och sträckte på sig. Catarina misstänkte att hans sömn också hade varit minimal de senaste dygnen, något han aldrig skulle knysta ett ord om.

”Det gäller att få stopp på raset i opinionssiffrorna”, sa han och lutade sig över ryggstödet på en stol. ”Vi behöver ett kraftigt motdrag, snabbt och effektivt.”

”Hur ska det gå till?” frågade Catarina och hörde hur olycklig och ynklig hon lät.

”Jag ska diskutera det med de övriga statssekreterarna på lunchen idag, så återkommer jag.”

Catarina reste sig. Det var dags att gå till tjänstemännens beredningar, som alltid på måndagar. Några minuters föredragningar i varje ämne, sedan väntade alla på ministerns ställningstagande. Egentligen ville hon slippa det. Som tur var så var det betydligt mindre nu på grund av det stundande valet. Det var kutym att man låg lite lågt med olika initiativ när man kunde ha en ny regering om bara några veckor. Tjänstemännen spekulerade för sig själva om hur det skulle gå. Efter vad som hade hänt skulle de till och med kunna få en ny chef på departementet redan före valet. Om hon ställde in beredningarna nu skulle spekulationerna bara öka ytterligare.

”Vi ska nog kolla upp den där mannen i affären också”, sa Leo. ”Det här kommer att ordna sig, tro mig.”

Han reste sig från stolen, log lugnande och gick fram och klappade henne på armen.

”Och därför är det viktigt att ni går och röstar nästa söndag”, sa Gerd och det knastrade i mikrofonen. Hon sneglade mot skyn där tunga regnmoln närmade sig i hotfull takt från Nordsjön.

Platsen var Angered, alltså nästan Gerds hemmaplan. Ändå rusade människor bara förbi. Ingen stannade och lyssnade på henne. Teoretiskt skulle hon kunna sitta i en ny regering om bara några veckor, även om det inte var så troligt. Inte för att det gick dåligt för partiet, alliansen kunde mycket väl vinna valet, utan för att hon inte längre hade partiledaren med sig. Under de två år som hon hade suttit i regeringen hade förtroendet från den dåvarande statsministern dalat. Sedan de hamnat i opposition hälsade han knappt längre när de träffades med de övriga i riksdagsgruppen på tisdagarna.

Gerd kände missmodet växa och bestämde sig för att sluta prata lite tidigare än hon hade tänkt sig. Om ingen ville lyssna – varför skulle hon då stå här och prata. Förresten var det knappast något som bara gällde henne. Torgmöten var ute helt enkelt. Nu skulle det vara bloggar, Twitter och Facebook och allt vad farao det nu hette. Det var inget som Gerd hade en aning om hur man använde.

”Missa nu inte chansen att utnyttja er demokratiska rättighet att rösta nästa söndag”, avslutade hon, och förbannade sitt sätt alltid upprepa sig.

Rakt framför henne började två killar att mucka med varandra, efter att ha kallat varandras mammor för horor. Men slagsmålet slutade innan det ens hade hunnit börja och kombattanterna gick åt var sitt håll medan svordomarna haglade. Gerd hade ändå hunnit bli så uppskrämd att hon kände hur obehaget spred sig i kroppen. Hon borde ha haft livvakter, men Säpo var uppenbarligen inte av samma uppfattning. Eftersom det inte var samma uppmärksamhet kring henne nu, fanns det inget behov längre, hade hon fått förklarat för sig av sin kontaktperson. Även om Gerd tyckte att det var skönt att slippa den mediala stressen, hade det varit en smula sårande. Inte ens gisslandramat hade fått dem att ändra sig. Det fanns inget som tydde på att det var riktat mot henne personligen. Men vad än polisen sa kände hon en stark misstanke att det var henne som kidnapparna hade haft sikte på.

Gerd skakade på huvudet och gick tillbaka till valstugan, där det bjöds på kaffe och karameller. Några äldre tappra partiveteraner, som la ned tid och kraft på det kommande valet, hade fått sällskap av ett par ynglingar från studentförbundet. En av dem hade en vit overall med en massa knappar och medaljer på, den andra en tröja som det stod Chalmers på över hela bröstet.

De verkade glada att se Gerd och någon ville ta kort med mobiltelefonen. Gerd kände sig smickrad.

”Nu ligger vi före i opinionsundersökningarna”, utbrast en ung kille som hade ansiktet fullt med finnar.

”Ja, det är bra”, svarade Gerd samtidigt som de första regndropparna började falla.

”Visst, sörru. Nu släpas Catarina Björk i smutsen – är det inte underbart?” skrockade han, och hans kompis hakade på.

”Det är precis en sådan här affär vi behöver, titta bara på de nya siffrorna.”

Gerd stördes av skadeglädjen hos de unga aktivisterna. Var det därför de hade börjat med politik, för att gotta sig åt andras olycka? Själv kunde hon inte känna någon glädje över vad som hade hänt hennes efterträdare. Dessutom var hon faktiskt tacksam över att Catarina Björk hade förkortat gisslandramat genom sitt resoluta handlande.

”Ska vi inte koncentrera oss på vår egen politik?” sa hon men förstod att hon inte hade med sig de unga partikamraterna.

Leo tittade sig omkring i rummet där alla kollegerna hade samlats.

Genom sin långa erfarenhet i regeringskansliet hade Leo byggt upp ett stort förtroende i statssekreterarkretsen, där de som fick störst respekt traditionellt var de från statsrådsberedningen och finansdepartementet.

Måndagslunchen åts alltid gemensamt i en lokal längst ned i Rosenbad, och ministrarna åt i rummet bredvid. Leo brukade reta sig på att vissa ministrar störde när de skulle gå tillbaka till sina departement efter lunchen.

Idag var läget spänt. Alla kunde konstatera att det hade varit en katastrofhelg utan dess like. Från ett perfekt utgångsläge inför valet hade situationen nu förbytts i panik. Rasistaffären rullade vidare med ökad kraft. Nu gällde det att krishantera, och det måste gå fort.

Efter den allmänna diskussionen, där inget nytt egentligen hade framkommit, dröjde sig några kvar. Det var statssekreterarna från statsrådsberedningen och finansen, men även en representant för socialdepartementet samt statsministerns presschef var där. Faktum var att dessa under mandatperioden hade utvecklats till en informell grupp, som genom presschefen förmedlade sina budskap till statsministern. Naturligtvis hade presschefen också daglig kontakt med statsministern, men genom en tyst överenskommelse pratade de aldrig om vad som kom fram i gruppen. Det var viktigt att ha brandväggar, särskilt när det gällde den här typen av informell politisk verksamhet.

”Har ni sett opinionssiffrorna?” frågade statssekreteraren från finansen.

”Påminn mig inte”, suckade Leo.

”Utöver vårt tapp är det otroligt att Sverigedemokraterna tjänar så mycket på en sådan här grej”, sa statssekreteraren från statsrådsberedningen.

”Politikerföraktet ligger där och bubblar”, sa kvinnan från socialdepartementet. ”Men du Leo, det är inte så att Catarina Björk kan ha sagt något olämpligt, alltså att det kan ligga något i det här och …”

”Absolut inte”, klippte Leo av och gav henne en hård blick. ”Ni fattar väl att det här är planterat.”

Statssekreteraren från finansen harklade sig och en obehaglig tystnad spred sig i rummet.

”Jo, men ibland kan det ligga något även i riggade saker, att det provoceras fram liksom”, sa statssekreteraren från socialdepartementet.

”Här är det påhittat från början till slut”, sa Leo och tittade på var och en av dem.

”Nu gäller det för oss att göra ett starkt motdrag som får media på andra tankar, eller hur?” sa statssekreteraren från statsrådsberedningen till slut.

Det höll alla med om, frågan var bara vad det draget skulle vara.

”Kanske kan man tänka sig ett rejält tillskott till rättsväsendet”, föreslog kvinnan från socialdepartementet.

Statssekreteraren från finansen såg missnöjd ut. Vad som helst, men inte något som kostade pengar.

”Finns det verkligen inget riktigt skarpt lagförslag? Det får gärna vara populistiskt. Kanske fördubbla straffen för våldtäkter”, föreslog han i stället.

Leo skakade på huvudet åt de andras förslag.

”Ni tänker helt fel, vi måste komma med något som förändrar hela bilden. Som gör att Catarina får tillbaka sympatierna.”

”Och vad skulle det vara?” frågade statssekreteraren från finansen.

”Vi ska plantera en historia om att justitieministern ska kidnappas.”

15

Mattias tog en klunk öl och tittade på Susanne. De satt på hennes balkong på fjärde våningen med utsikt över Långholmen. Det hade just haft sex, men det hade inte varit riktigt lika bra som i vanliga fall. Annars var det något som Mattias längtade efter hela veckan. Han förstod inte hur Susanne, som hade så stark integritet, kunde hänge sig så starkt när det gällde sex. Men idag hade det varit mera mekaniskt, som på rutin.

Plötsligt fanns det som en hinna mellan dem, något som ibland uppstod när de hade haft en diskussion. Att Susanne hade en stark vilja var det inget tvivel om. Det var också något som han uppskattade. Men hon kunde ibland bli omotiverat sur på ett sätt som faktiskt var ganska enerverande, tyckte Mattias.

För det mesta handlade det om Mattias skulle lämna sin fru eller inte. Hur länge skulle hon behöva vänta? brukade hon fråga. För att snabbt tillägga att det var hans beslut, att han inte fick känna sig stressad, men att han måste förstå att det inte var så lätt för henne heller. Det trodde inte Mattias. Ändå tyckte han att Susanne borde inse vad det innebar att lämna fru och barn.

Hon hade ju själv varit med om det, även om situationen då varit den omvända. Hennes man hade lämnat henne för en yngre kollega på sin egen advokatbyrå. Susanne hade bara knapphändigt berättat om det, det märktes att hon inte gillade att prata om det.

Den här kvällen hade Susanne inte frågat om hans äktenskap.

I stället hade de hamnat i en diskussion om det mål de hade gemensamt. Mattias var naturligtvis noga med att inte säga ett knyst om vad hans klient hade berättat. Han visste att Susanne var lika samvetsgrann när det gällde uppgifter i utredningen som omfattades av sekretess. Ändå fanns det en hel del saker som redan nu var känt för dem båda och som gav upphov till hetsiga diskussioner.

Susanne tände en cigarett och blåste demonstrativt ut röken åt sidan. Som för att markera mot Mattias, som var överkänslig när det gällde hennes rökning.

”Rökare är också människor”, sa Mattias. ”Fast inte lika länge.”

Susanne suckade och himlade med ögonen, men bestämde sig för att föra in samtalet på Rättvisa utan gränser. Hon hade alltid beundrat Mattias för hans känsla för rättssäkerhet och hon ville höra vad han tyckte om organisationen.

”Den består av människor som av olika anledningar känner sig kränkta av rättssystemet. Fram tills nu har ingen av medlemmarna tagit till våld utan de har nöjt sig med ständiga överklaganden, insändare och demonstrationer”, svarade han.

”Jag tror i alla fall att det finns flera inblandade i organisationen, det måste vara någon utifrån som har planerat det här, en ledare som styr allting.”

”Det har jag ingen uppfattning om”, svarade Mattias kort.

”Men om det nu finns en massa människor som känner sig felbehandlade av rättssystemet får de väl söka resning”, sa Susanne.

Mattias suckade.

”Till att börja med får man ingen rättshjälp, vilket gör att man antingen måste ha pengar själv eller så får advokaten jobba gratis.”

”Er går det väl ingen nöd på”, svarade Susanne syrligt.

Det blev tyst mellan dem. Susanne släckte cigaretten.

”Även om man känner sig orättvist behandlad måste man väl följa våra lagar”, sa hon efter en stund.

”Om du visste hur vårt rättssystem kan förstöra livet för människor i Sverige, skulle du förstå det bättre.”

”Det kan ändå aldrig vara rätt att ta till våld”, sa Susanne.

Mattias skakade långsamt på huvudet.

Catarina kände sig vimmelkantig av trötthet.

Hon försökte samla tankarna, där hon satt i baksätet på Säpobilen. Livvakterna läste också tidningarna och hade lojalt anpassat konversationen efter Catarinas sinnesstämning.

En hel dags beredningar var över, beslut hade fattats som hon inte hade full kontroll över. Ju mer ur slag Catarina var, desto mer följde hon tjänstemännens förslag utan invändningar.

Ytterligare ett antal intervjuer hade genomförts, mest för att det inte skulle framstå som att hon höll sig undan. Några av journalisterna hade nästan sett medlidande ut, andra verkade hoppas på att få vara med och avsätta en minister.

Affären hade tagit ytterligare en ny vändning.

Trots att det var en oskriven regel i partiet att stå enade när någon partikamrat blev angripen, fanns det alltid undantag.

Efter mycket letande hade media hittat en partikamrat som var kritisk mot Catarina och nu krävde hennes avgång. Det var mycket allvarligare än när oppositionen gjorde det. Kommunalrådet från Norrland framstod nu som en av de ledande inom partiet. Aldrig var karriärstegen så brant i media som när en politiker kritiserade den egna partiledningen. Då befann man sig plötsligt i partiets innersta krets.

Stämningen hade varit tryckt under statsrådslunchen. De var inte så många, de flesta var ute på valturnéer. Flera hade öppet stöttat Catarina och beklagat sig över medias hänsynslöshet. Ändå fanns det något där som inte kunde tolkas som annat än kritik. Efter gisslandramat hade Catarina känt att respekten ökat mot henne, men hon hade också upplevt en viss avundsjuka hos några av kollegerna, antydningar om att hon bredde ut sig för mycket i media. Trots att det var uppenbart för alla att regeringen och partiet tjänade på det, vilket borde vara det enda som räknades. Nu var det i stället ett par kolleger som uttryckte sig som om det ändå var Catarinas fel, även om de inte sa det öppet. Försiktiga frågor om varför hon varit i det där köpcentret, hur situationen hade uppkommit och funderingar på vilket motiv den där invandraren hade till att ljuga. Och när hon hade förklarat att det här måste vara organiserat utifrån hade flera sett tveksamma ut.

Catarina hade gått redan efter tjugo minuter, och hon visste när hon lämnade lunchen att samtalet skulle låta annorlunda utan henne.

Statsministern, som var på valturné i Skåne hela dagen, hade ringt vid tretiden. Då var planerna på den påhittade kidnappningen redan klara. Men om det nämndes inte ett ord, och Catarina undrade om statsministern ens var informerad om vad som var på gång. Hela planen hölls inom en mycket begränsad krets. Hennes man Patrick skulle få veta det först efter att allt hade satts igång.

Catarina hade återigen blivit försäkrad om att hon hade statsministerns förtroende. Hon förstod att statsministern hade fått frågor om affären hela dagen, och på en valturné gick det inte att komma undan. Statsministern berättade att samarbetspartierna hade börjat knorra, något som var oroväckande. En spricka i regeringen några veckor före valet skulle tolkas som en oförmåga att leda landet.

Samtalet hade lämnat en besk eftersmak.

Så hade hon slutligen haft mötet med pressekreterarna och Leo, där det var tydligt att den senare nu styrde allting. Något Catarina bara tyckte var skönt i det här läget.

Catarina tänkte igenom vad de hade kommit överens om att hon skulle säga till media. De skulle sälja in nyheten till Ekot under morgondagen, de ansågs mest seriösa. Sedan skulle det omedelbart bli en kö av journalister.

”Jag vill inte spekulera närmare i det som kommit fram om kidnappningshotet mot mig. Nu vill jag bara vara tillsammans med min familj. Det finns inga planer på att avgå. Tvärtom skulle det vara en seger för den grova brottsligheten.”

Just så skulle hon säga. Inget annat, åtminstone inte i första skedet. Om allt gick enligt planerna skulle det bli en kraftig gir i medierapporteringen, för att använda Leos uttryck.

En viktig del av planen gick ut på att Säpo aldrig kommenterade hot, vilket naturligtvis lät som om det verkligen fanns en hotbild. I sista stund hade Leo kommit på att de nog skulle behöva informera oppositionen också, annars skulle de hitta en vinkel att komma med kritik utifrån. Nu var de i stället tvungna att uttrycka sin sympati för Catarina.

Det var kö på E4:an, men det var inget hinder för Säpo. Vant körde de ut i vägrenen och passerade de andra bilarna i hög fart.

Ikväll skulle hon bara vara hemma med familjen, strunta i media och sova ordentligt. Förmodligen hade Patrick redan lagat middag och hon längtade efter att få somna i hans famn. Han hade verkligen ställt upp under de här jobbiga dagarna, han var alltid lika lojal och uppmuntrande.

Det var inte bara nu som Patrick var ett starkt stöd. Redan efter att de hade träffats, på en konferens för socialdemokratiska studenter i Reykjavik, hade det varit underförstått att det var hennes karriär som familjen skulle satsa på. Hennes man hade lämnat politiken och börjat på lärarhögskolan. Nu arbetade Patrick deltid. Det var en förutsättning för Catarina att hon hade en man som anpassade sig efter hennes agenda. Hon såg till att lämna Julia på dagis ett par dagar i veckan – hon kunde ju inte företräda ett parti som förespråkade att man skulle satsa på barnen, och sedan inte leva som hon lärde. Ändå var det åtskilliga gånger som Patrick hade fått rycka in, när hon skulle vara med i någon morgonsoffa eller var på tjänsteresa. Han hade aldrig klagat över det.

Efter en stund svängde de av från Frestavägen och kom in på Solängsvägen. Grannarna hade för länge sedan slutat att bry sig om att en kraftig mörk bil med tonade glas körde in i det lilla radhusområdet. Alla ansträngde sig så för att behandla henne som vem som helst, att det till slut blev onaturligt.

Catarina tackade för skjutsen och kände ett styng av dåligt samvete för vad de planerade. Visserligen hade inte livvakterna något med den påstådda kidnappningen att göra, men hela myndigheten skulle hamna i fokus. Allt för att dra bort intresset från den pågående affären. Hon hade svårt att förstå hur allt hade kunnat gå så långt. Det fanns visst inga gränser längre.

Petra satt tyst och betraktade Hjalle och Linus. Hon skulle aldrig ha givit sig in i det här. De båda andra höll på med saker som hon absolut inte ville vara med om. Hur långt var hon egentligen beredd att gå för att få komma tillbaka till regeringskansliet vid en eventuell valseger? Dessutom hade Petra börjat misstänka att Hjalle var involverad i något som han inte ville berätta om. Vid flera tillfällen de senaste dagarna hade han gått undan när han hade fått mobilsamtal, annars brukade han låta alla höra vad han pratade om, gärna affärer som handlade om miljonbelopp.

Hon var trött på dem båda två. Hjalles stil stod henne upp i halsen, för att inte tala om Linus som var en stor slusk. Varför de skulle träffas så ofta kunde hon inte heller förstå. Hon hade fått allt svårare att smita från jobbet, särskilt nu när gisslanmålet pågick. Att sitta i Hjalles etagelägenhet som bara var ett skrytbygge, säkert renoverad för svarta pengar, gav hon inte mycket för. De hade mycket väl kunnat kommunicera via mail och telefon, men det var som om Hjalle ville träffas för sakens skull – och den fjäskande Linus hade inte några invändningar.

Hon visste också att de inte gillade henne något vidare, särskilt inte Linus. Enda anledningen till att de ville ha med henne i Allians 2.0 var att hon var den enda med erfarenhet från regeringskansliet. Dessutom hade hon värdefulla kontakter med vissa politiker, och då i synnerhet Gerd Lundin. Visserligen en nolla i de andras ögon, men ändå en före detta justitieminister och numera ordförande i justitieutskottet. Hjalle hade förstås det bästa kontaktnätet och hade till och med inflytande på flera ledande personer i partiet. Men när det gällde Gerd och andra inom kriminalpolitiken var Petras kontakter ovärderliga.

Hon harklade sig och skulle precis säga att hon ville hoppa av när Hjalles telefon ringde. Han svarade, och Petra och Linus försökte förstå vad telefonsamtalet handlade om. Vilket inte var så lätt, eftersom Hjalle bara nickade och gav några kortfattade jakande svar. Men de förstod av hans min och hans förändrade kroppsspråk att det var något viktigt.

När han avslutat samtalet gav han till ett glädjetjut.

”Valet är vunnet”, skrek han och började med någon märklig krigsdans i rummet innan han stannade upp mitt i steget. Han vände sig till de båda andra och tittade på dem med allvarlig min.

”Catarina Björk ska kidnappas”, sa han och satte sig ned vid bordet.

”Shit, vad säger du?” fick Linus fram till slut.

”Alltså, hon ska inte kidnappas, men det ska se ut som att hon ska bli det.”

”Jag fattar ingenting”, sa Petra.

”Det gör jag”, utbrast Linus. ”De ska fejka en kidnappning för att få slut på affären förstås.”

Hjalle nickade.

”Så här måste det ha gått till. Några i regeringskansliet har kommit på idén att iscensätta en kidnappning. För att det ska vara trovärdigt måste de ringa oppositionen, det vill säga Gerd Lundin. Hon ringer till Säpo för att få mera information och då får hon veta att det inte är någon kidnappning på gång. Vad gör Gerd Lundin då? Jo, hon ringer till gruppledaren i partiet, Fredrik Rosenqvist. Som tur är så är han med i Vallians 2.0, det var därför han ringde nu.

”Vilket fett flyt. Jag måste iväg till redaktionen, vilken grej alltså”, skrek Linus.

Hjalle skakade på huvudet och log.
”Med tanke på alla miljoner vi pumpar in i det partiet så har jag lite krav på honom.”

TISDAG 9 SEPTEMBER

12 DAGAR KVAR TILL VALET

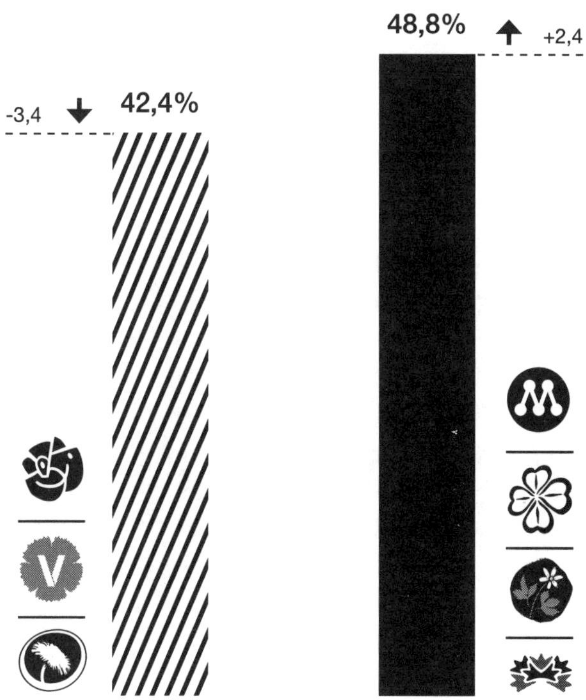

16

Catarina vaknade redan klockan fem på morgonen. Hon hade bara sovit några timmar, trots att hon hade varit alldeles utmattad kvällen före. Huvudet hade varit som en bikupa när hon lagt sig.

Hon gjorde vad hon kunde för att somna om. Patricks djupa regelbundna andning påminde henne om att hon hade vaknat för tidigt. På något sätt irriterade det henne att han kunde sova så gott när hon mådde så dåligt.

Det fanns något som oroade henne så att hon blev alldeles kallsvettig: dagens opinionssiffror. Tidningarna låg där ute i brevlådan och väntade. Men inte bara i hennes egen, utan i hundratusentals brevlådor runt om i landet. Uppgifter som sedan skulle spridas vidare till radionyheter och text-TV. Det var enormt jobbigt om det kom dåliga siffror just när man själv förekommit på ett negativt sätt i media. Då kände man sig verkligen som en svikare inför regeringen, sina partikamrater och partiet.

Hon försökte intala sig själv att fallet hade stannat upp, att det kanske skulle vända uppåt igen. I så fall skulle hela den påhittade historien med kidnappningen kunna stoppas. Bara tanken på vad som skulle hända i fall det avslöjades fick hennes puls att gå upp. Men Leo hade försäkrat att det inte skulle kunna hända, eftersom Säpo aldrig kommenterade sådana saker till media.

Klockradion matade fram siffrorna och varje gång hördes ett lågt mekaniskt ljud. I normala fall tänkte hon inte på det, nu störde det henne hela tiden.

När klockan var kvart i sex klev hon upp. Det var redan ljust. Hon gick fram till fönstret och drog undan persiennerna. En varm dag med lättande dimma visade att sommaren fortfarande ville vara kvar ett tag till. Nedanför låg gräsmattan nyklippt och i ena hörnet stod det lilla växthuset, där hon odlade sina grönsaker. Sedan flera år var det Catarinas stora intresse vid sidan av politiken, och ungefär så mycket som hon hann med. Nu i början av hösten var också rabatterna fulla av höstanemoner, kärleksört och rudbeckior. Egentligen ville hon bara smyga ut i trädgården och stanna där hela dagen och sköta om blommorna. Men nu behövde hon förbereda vad hon skulle säga i intervjun om kidnappningen, och allra först skulle hon läsa tidningarna.

Försiktigt satte hon på sig morgonrocken och smög ut ur rummet. Hon passerade Olivias och Julias rum och såg deras toviga hår som stack upp på kuddarna. De hade varit avvaktande under gårdagskvällen, väl medvetna om att allt inte var som det skulle.

Efter lite letande hittade hon träskorna och gick ut på den lilla innergården. Vid brevlådan stod en skåpbil med ett firmamärke hon inte kände till. Catarina tvekade om hon skulle hämta tidningen senare. Kunde man gå ut som minister i morgonrock och träskor?

Så blev otåligheten för stor. Hon öppnade brevlådan och tog tidningen, tittade mot skåpbilen som verkade vara tom. Av gammal vana började hon läsa direkt, stående vid brevlådan. Dagens opinionsundersökning var uppförstorad på grund av den dramatiska förändringen som ägt rum de senaste dagarna.

Partiet låg under 30 procent, den magiska gränsen.

Det socialdemokratiska partiets skamgräns!

Bredvid mätningen fanns en artikel med rubriken ”Catarinadefekten”.

Det högg till i Catarina när hon såg den.

Nedanför visades en bild på den partikamrat som hade kritiserat henne och krävt hennes avgång. Catarina kunde bara komma ihåg att hon hade träffat honom vid ett enda tillfälle tidigare, vid distriktskongressen i Norrbotten, men hon kände instinktivt hur illa hon tyckte om honom. Fattade han inte hur mycket han skadade partiet och gynnade motståndarna? Var det verkligen värt allt det här för att få vara i riksmedia en dag eller två?

Hon vände sig om för att gå in i huset då hon kände en hand på sin axel. Innan hon hann reagera dök en skugga upp vid hennes sida. Sedan gick allting mycket snabbt. Först trädde någon en säck över hennes huvud, och sekunderna efter kastades hon in i skåpbilen. Någon tryckte ned henne mot golvet, samtidigt som dörren slogs igen och bilen startade. Nu fick Catarina äntligen luft att skrika. Hon skrek högre än hon någonsin hade gjort, men ingen kunde höra henne längre. Efter några sekunder lyckades hon kränga av sig säcken, men då var de redan på väg.

Bilen krängde i kurvorna, så att Catarina kastades mot väggarna. Hon var så rädd att hon hade svårt att andas. Plötsligt kände hon något vått i trosorna och förstod att hon hade kissat på sig. Olivias och Julias ansikten virvlade förbi framför henne, ändå var det sin egen mamma hon ropade på. Det var som om hon lämnade sig själv, som om hon hörde sin egen röst utifrån. Hon bankade på rutan till förarsätet, men hon kunde inte uppfatta hur de som satt där såg ut. De låtsades inte om henne.

"Stanna, snälla släpp ut mig", skrek hon så att det värkte i bröstet på henne.

Föraren svängde till med bilen och Catarina flög på nytt in i ena väggen med huvudet före. För några sekunder svartnade allt, tills hon kände hur blodet rann längs tinningen på henne.

Hon satte sig upp igen, kastade sig mot bakdörrarna, slet och drog i låset utan att det hände något. Hon rev med fingrarna mot glaset, så att naglarna gick av. Jag dör, tänkte hon. Jag kommer aldrig att få se Olivia och Julia igen. Tanken var outhärdlig.

Så plötsligt tvärstannade bilen. Återigen tappade Catarina balansen, denna gång slog hon emot väggen mot förarsätet. Innan

Catarina hade hunnit sätta sig upp igen slets dörrarna upp och in kröp två män iförda var sin rånarluva. Den ena höll en trasa i handen. Innan Catarina hann reagera slet han tag i fotleden på henne och drog henne till sig. Hon flög som en vante och han tryckte ned henne mot golvet. Hans kraftiga hand höll runt hennes nacke, så att hon inte kunde röra sig. Catarina försökte skrika, men då dunkade han hennes huvud i golvet. Allting gungade till och hon fick en metallisk smak av blod i munnen. Just som hon skulle skrika igen kände hon trasan över ansiktet.

17

Patrick Björk vaknade vid halvsjutiden och upptäckte att hans hustru saknades i sängen. Det var inget han reagerade på, utan han tog för givet att hon hade smugit upp och hämtat tidningen. Förmodligen satt hon nu i köket och läste tidningarna, samtidigt som hon följde P1-morgon på låg volym. Ju mer stressad Catarina var av det politiska läget, desto tidigare gick hon upp på morgnarna.

När Patrick inte hörde något ljud från köket gick han upp och fann radhuset tomt, förutom Olivia och Julia som låg och sov i sina rum. Han tittade ut i trädgården och på den lilla innergården, men där fanns hon inte heller.

När Patrick såg Catarinas mobil på bänken i hallen blev han orolig. Den skulle hon inte lämna ens för en kort stund, särskilt inte i ett sådant här läge.

Patrick satte snabbt på sig tröja och byxor och sprang ut. Han kom ut på den lilla gångstigen som gick längs radhusen och såg sig om åt alla håll innan han rusade upp till parkeringen, som låg på en liten avsats högre upp tillsammans med garagen. Han tänkte på diskussionen under gårdagskvällen, som nästan hade övergått i gräl. Men för den sakens skull behövde hon väl inte bara försvinna.

Kallsvettig började Patrick undra om det hade hänt Catarina något. Hon skulle aldrig gå en promenad utan att säga något och utan sin mobil. Han ropade hennes namn, först lite försiktigt, sedan allt högre. Han visste inte var han skulle leta. På måfå sprang han fram och tillbaka, men ingen människa syntes till på den lilla parkeringen. Nu skrek han ännu högre, så högt att rösten gick upp i falsett. Ingen reagerade, vilket var konstigt, alla i området borde höra honom. Var fanns alla människor? Varför kom de inte ut? Så vek en granne, som var ute och gick med sin hund, runt hörnet av det sista huset i radhuslängan. Han förstod direkt att något var på tok när han såg Patrick irra runt skräckslagen. Grannen tog tag i Patricks axlar och försökte lugna honom. Han berättade att han inte hade sett Catarina, däremot en vit skåpbil som hade lämnat området. Grannen hade reagerat på att bilen körde från radhusområdet så tidigt på morgonen.

Patrick vände tillbaka mot huset. När han var några meter från brevlådan stelnade han till. Där i gräset fladdrade en Svenska Dagbladet. Han tog försiktigt upp den och såg att det var dagens datum.

Det var som om luften gick ur honom. Han stapplade in i huset och tryckte på överfallslarmet som var kopplat till Säpo. Bara några minuter senare svängde den första radiobilen in med tjutande däck framför radhuset. Strax efter kom de två livvakterna som var i tjänst. De hade befunnit sig i den lägenhet som Säpo hyrde i Edsberg, ett höghusområde tre kilometer från Solängen.

Kort därefter var det fullt av radiobilar och poliser i hela området. De skarpa sirenerna skar genom den tysta morgonen.

Susanne fick sitt sms fyra minuter efter att det första larmet hade kommit.

Eftersom det var tidig morgon fick hon det från vakthavande befäl. Det hade stått klart för alla att något mycket allvarligt förmodligen hade hänt. Susanne, som stått i badrummet, blev alldeles kall i hela kroppen. En minister försvinner inte bara. Tidningsfyndet utanför brevlådan gjorde att det var svårt att tro något annat än att hon hade blivit bortförd mot sin vilja. Till detta kom att en granne hade sett en okänd vit skåpbil lämna området i hög fart. En kidnappning av en minister var inget annat än en mardröm för svensk polis. Nu gällde det ändå att ta kontroll över läget, tänkte hon. Jag är rätt person för det här, jag kommer att klara det, intalade hon sig.

Susanne ringde omedelbart en taxi, och tio över sju, tjugofem minuter efter det första larmet, hade hon klivit in på länskrim. Redan på vägen till polishuset hade hon utsetts till kommenderingsman av länspolismästaren Christian Agdur. Den stab som redan var upprättad fick fortsätta att jobba.

I vanliga fall tog Susanne god tid på sig på morgonen. För det mesta tränade hon, men oavsett om hon gjorde det var hon alltid mån om sitt yttre. Hon klädde sig aldrig utmanande och var försiktig med smink på jobbet. Däremot var hon noga med att ge ett fräscht intryck, och hennes långa ljusa hår tog det alltid tid att få fason på. Den här morgonen hade hon satt upp det i en slarvig tofs och hon hade samma kläder som under gårdagen.

Stabsrummet fylldes snabbt med folk. Än så länge lät Susanne vakthavande befäl leda det operativa arbetet. Vägspärrar var uppsatta runt om Sollentuna och rikslarm hade gått ut efter den vita skåpbilen. Grannen som hade observerat den hade redan blivit förhörd och lyckats ge en hygglig beskrivning av bilen.

Kvart i åtta var alla samlade. Sist in kom Magnus Granath grymtande och svärande.

De hann inte mera än starta stabsmötet förrän han började gorma på Säpos representant.

”Hur i helvete har ni kunnat släppa på bevakningen?”

Säporepresentanten såg redan skärrad ut och det här gjorde inte saken bättre.

Stammande började han förklara att såvitt han visste hade justitieministern uttryckligen bett att få slippa vakter på nätterna, annat än i offentliga sammanhang.

”Det är ingen jävla ursäkt”, dundrade Magnus Granath.

”Men jag bara rapporte...”

”Inkompetensen verkar inte ha några gränser hos er”, gapade åklagaren vidare och Säporepresentanten sjönk ännu djupare ned i stolen.

Linus satte händerna för ansiktet och böjde sig ned. Det var så ofattbart. Allt hade ju varit klart, inget kunde gå fel. Ändå var det just vad som hände. Och värre kunde det inte gå heller.

Catarina Björk kidnappad!

På riktigt.

Det här var ingen fejkad kidnappning, det hade verkligen hänt.

Samma dag som Kvällspressen toppade med att det var en fejkad kidnappning på gång, allt för att få slut på snatteri och rasistaffären, så hade det hänt på riktigt.

Det här skulle ju vara Linus stora scoop.

Vem hade lurat honom?

På redaktionen rådde full panik. Nu gällde det att begränsa katastrofen så gott det gick. Den nya tidningen skulle ersätta den gamla. Artikeln om den påhittade kidnappningen hade bytts ut mot den som beskrev vad som verkligen hade hänt. Fast egentligen visste inte någon så mycket. Bara att justitieminister Catarina Björk med all sannolikhet blivit bortförd i en vit skåpbil, strax efter klockan sex samma morgon.

För att markera förändringen gällde det att fylla tidningen så mycket som möjligt. Bredare typsnitt utan att det märktes, större bilder och rubriker gjorde att man kom upp i tolv sidor i alla fall. Artiklarna om den påhittade kidnappningen hade varit på enbart fyra sidor.

I den nya versionen fanns en stor artikel av chefredaktören, som bad om ursäkt till i första hand Catarina Björks familj, men också till läsarna som hade blivit lurade. Det var ett desperat försök att minska risken för en polisanmälan för förtal. Att de skulle bli prickade av PO stod redan klart, om nu familjen skulle anmäla.

Frågan var hur många nya tidningar som kunde distribueras på så kort tid. Tryckerier låg i Göteborg, Malmö och Umeå, men de kunde ändå bara täcka en liten del av Sverige. Några möjligheter att med kort varsel klara det med flyg fanns inte. I stället fick man förlita sig på speditionsfirmor, som nu körde de nya tidningarna till affärer, kiosker och bensinmackar runt om i landet. Dessutom var det viktigt att nya löpsedlar kom upp överallt.

Ändå fanns det ingen chans att nå de ställen som låg mest avsides, dit hade de första upplagorna kommit redan under natten. Nu skulle dagens första upplaga bli kvar, med Kvällspressens största misstag genom tiderna.

Linus satte sig upp och stirrade blint in i dataskärmen. Runt omkring honom låg tidningsredaktionens stora kontorslandskap. Som tur var hade han stora skärmar runt sig, så att han slapp möta kollegernas blickar. Linus visste att han inte var särskilt populär bland de andra på redaktionen. De retade sig på att han tog så mycket utrymme, och att krönikan Linus på linjen hade en så framträdande plats i tidningen, med bildbyline längs hela sidan. Ingen av medarbetarna hade kommit fram och pratat med honom, utan bemött honom med kompakt tystnad.

"Linus, vi behöver prata."

Han tittade upp och såg nyhetschefen Spiken stå vid skärmen.

"Nu?" frågade Linus, och hörde hur korkat det lät. I normala fall hade han en hög svansföring mot tidningens chefer. Han hade till och med drivit med dem i sin krönika, men nu var läget annorlunda.

Spiken nickade och pekade mot ett av de få rum som fanns i lokalen, chefredaktörens rum.

Några minuter senare försökte Linus förklara hela historien. I rummet fanns chefredaktören Anders Schyman och även Ulf Isaksson, tidningens advokat.

"Alltså, min källa har själv pratat med Gerd Lundin, som i sin tur har pratat med Säpo."

”Har du försökt få tag på Lundin?” frågade Anders Schyman.

”Klart att jag har, men hon vägrar att uttala sig.”

Linus ville för allt i världen inte berätta hela bakgrunden. Hur Gerd Lundin hade ringt Moderaternas gruppledare Fredrik Rosenqvist, som var med i Valallians 2.0. Om tidningsledningen fick reda på att Linus var med i en sådan organisation, så skulle han vara rökt.

”Och Säpo?” frågade Spiken.

För första gången på hela morgonen kostade Linus på sig ett leende.

”De har aldrig någonsin kommenterat uppgifter om en kidnappning.”

”Nu har de väl dessutom fullt upp ändå”, fyllde Spiken i.

Anders Schyman suckade djupt.

”Och vad blir nu konsekvenserna?” frågade han.

Ulf Isaksson tog tid på sig innan han svarade.

”Att publicera uppgifterna är förstås försvarligt i sig. Men kan vi inte visa att det var sant eller att det fanns skälig grund att tro det, så har vi problem”, sa han.

”Blir det åtal?” frågade Spiken.

”Vi får nog räkna med den risken”, svarade advokaten.

Alla tittade på Linus, som hellre tittade ned i golvet.

Susanne tittade på åklagare Magnus Granath. Han såg blek ut. Efter utbrottet mot representanten för Säpo hade han närmast sjunkit ihop, satt sig vid väggen och låtit Susanne sköta resten.

Då hade redan vakthavande befäl givit sina första order. Det var fullt pådrag. Vägspärrar var uppsatta och alla poliser i hela länet hade engagerats. Dessutom var ytterligare personal inkallad. Kontrollerna hade ökat vid flygplatser och hamnar, och vid landets gränser var beredskapen höjd.

Kidnappningen av justitieministern var nog mer än vad Magnus Granath klarade av, även om han aldrig skulle erkänna det ens för sig själv. Dessutom vägrade han att försöka hitta fler personer – kanske till och med en ledare – i organisationen Rättvisa utan gränser. Hur var det nu han hade sagt: jag tror inte att de är så korkade att de försöker igen. Susanne undrade om han nu skulle erkänna att hans strategi hade varit misslyckad.

De satt med var sin kaffekopp i stabsrummet och försökte överblicka läget.

”Vi måste få ut mera från Kuten”, sa Susanne.

”Om vad då?”

”Övriga medlemmar i organisationen Rättvisa utan gränser förstås.”

Magnus Granath såg fundersam ut.

”Ja, det kan väl aldrig vara fel”, svarade han dröjande.

Susanne tittade förvånat på honom.

”Men visst måste det vara samma grupp som ligger bakom gisslantagandet i riksdagen och kidnappningen av justitieministern?”

”Nog för tidigt att säga”, svarade Magnus Granath bestämt. Men Susanne kunde ändå skönja en osäkerhet i hans röst. Det var inte samma självbelåtna åklagare som vanligt. Hon skulle vilja påminna honom om sina tidigare farhågor om att det kunde hända igen, något som han bara hade viftat bort. Men det var inte läge för ett ”vad-var det-jag-sa” just nu, fast hon hade god lust.

På något märkligt sätt hade Magnus Granaths nedsjunkna attityd fått motsatt effekt på Susanne. När hon såg hur nedslagen åklagaren var, så växte hon i stället med uppgiften. Från att ha haft panikkänslor på morgonen så var hon nu egendomligt lugn. Susanne kände att hon klarade av pressen, att hon var rätt person att leda polisarbetet i en så här allvarlig situation. Nu gällde det bara att få Magnus Granath på fötter igen. Det var trots allt han som beslutade om de operativa åtgärderna. Hon var tvungen att få honom att tänka i rätt banor, hålla honom fokuserad.

”Kan det inte vara en huvudhypotes i alla fall?” försökte hon.

”Vadå?”

”Att det rör sig om hur organisationen Rättvisa utan gränser ser ut och hur den agerar.”

”Möjligt.”

”Och då måste vi få tag på dem som ligger bakom det här.”

”Umm”, sa Magnus Granath och kliade sig på hakan.

”Det måste finnas en ledare där ute, som styr allting. Någon som har både pengar och ledarförmåga och ett sinne för logistiskt tänkande, eller hur?”

Magnus Granath tittade plötsligt upp i taket för att sedan långsamt sänka huvudet och stirra stint på Susanne en lång stund innan han svarade.

”Jag tror att vi måste tänka stort.”

”Hur menar du?”

”Att vi måste vara beredda att gå utanför gränserna för vad som är tillåtet.”

Susanne kände obehaget växa inom henne. Det här hade hon hört förut. Men då hade det varit poliser som hade uttryckt det, åklagare brukade i stället vara de som satte stopp för eventuella olagligheter.

”Du tycker väl inte att vi ska arbeta utanför lagen?”

”Vill du verkligen ha Sveriges justitieministers liv på ditt samvete? Jag vill i alla fall inte det.”

Han tittade närmast uppgivet på henne.

18

Leo satt tillsammans med de tre övriga statssekreterarna och presschefen, alla lika spända. Leo, som annars var lugnet självt, var den som var mest skakad. Redan på morgonen hade de bestämt sig för att träffas och planera hur de skulle agera. Nu satt de uppe på statsrådsberedningen med tonfisksmörgåsar, mineralvatten och kaffe.

”Så vad vet vi?” frågade till slut presschefen.

Leo slog ut med händerna.

”Egentligen ingenting, hon är som uppslukad av jorden.”

”Borde inte kidnapparna höra av sig?”

”Det tycker man”, svarade Leo och såg sig omkring från den ena till den andra.

Ingen av dem hade varit med om något liknande. För nästan trettio år sedan hade det funnits planer på att kidnappa den dåvarande arbetsmarknadsministern Anna-Greta Leijon i en specialbyggd låda, men det hade avslöjats innan planen hade genomförts. Kvällspressens argaste konkurrent hade bilder av en låda på sin nätupplaga med rubriken: ”I den här kan Catarina Björk hållas fången”.

Kvällspressen gjorde vad den kunde för att reparera sin grova fadäs.

Men det var inte bara de ansvariga på tidningen som hade anledning att vara oroliga. Den samlade kretsen av statssekreterare var i allra högsta grad inblandade, eftersom det var de som hade planerat och diktat ihop hela historien om den påhittade kidnappningen. Det märkliga var att en kidnappning verkligen hade genomförts timmarna innan de skulle släppa nyheten till Ekot. Men lika otroligt var att deras plan hade avslöjats i Kvällspressen.

”Egentligen hade ju Kvällspressen rätt. De hade avslöjat våra planer på att hitta på en historia om kidnappningen, vi hade bara inte hunnit förverkliga dem”, sa Leo.

”Så just när vi ska berätta att hon ska bli kidnappad, så blir hon det på riktigt”, sa presschefen.

”Just det, vår påhittade historia blev verklighet.”

”Det betyder att det är någon som har läckt om våra planer till Kvällspressen”, sa statssekreteraren från finansen.

”Kan bara vara Gerd Lundin”, svarade presschefen. ”Var det så smart att säga det till henne egentligen?”

”Om vi inte hade informerat ordföranden i justitieutskottet om en planerad kidnappning, skulle ingen ha trott på oss”, försvarade sig Leo. ”Och till henne sa vi förstås att det var en riktig kidnappning.”

”Men hur kunde hon då komma på att det var en bluff?” frågade statssekreteraren från socialdepartementet samtidigt som hon spillde tonfiskröra på glasbordet.

”Det är obegripligt”, svarade Leo, ”och hon skulle aldrig ringa media.”

”Hur vet du det?” frågade presschefen tvivlande.

Leo tittade förvånat på honom.

”Gerd Lundin är Sveriges mest beskedliga politiker, hon har knappt medfört bekymmer för oss vid ett enda tillfälle under hela mandatperioden. Dessutom är hon livrädd för media.”

De andra tittade på honom, inte helt övertygade om att han hade rätt.

”Faktum är att kidnappningen räddade oss”, sa statssekreteraren från finansen eftertänksamt.

”Det kommer ändå att komma fram senare vad vi hade planerat", svarade statssekreteraren från socialdepartementet lakoniskt och torkade upp på bordet med en servett.

Det var något alla hade tänkt på, men ingen velat säga. Eftersom det nu hade blivit en riktig kidnappning skulle den följas av ordentliga utredningar och kommissioner. Försök skulle göras för att komma fram till sanningen, man skulle vända på alla stenar. Det skulle vara omöjligt att dölja något.

"Det kommer det säkert, men inte före valet", sa presschefen. "Det kommer att bli ett antal KU-anmälningar, men det får vi ta hand om senare."

Plötsligt ställde sig Leo upp, högröd i ansiktet.

"För min del är inte det viktigaste hur vi klarar oss politiskt utan att Catarina återkommer med livet i behåll."

"Du kan inte mena allvar", utbrast Petra och blängde på Linus.

De befann sig åter i vindsvåningen och stämningen kunde inte vara sämre. Det var sen eftermiddag och solen lyste in genom fönstret i det sneda taket.

Linus och Petra satt vid bordet och gapade på varandra medan Hjalle vankade av och an i rummet.

"För sista gången, det är vår enda chans", sa Linus.

"Så du menar typ att jag ska ta hela skiten?"

Linus nickade och spände käkarna.

"Och exakt hur skulle det gå till?" frågade Hjalle och stannade upp ett ögonblick vid bordet.

"Petra måste kliva fram som källan och säga att hon har hittat på allting", svarade Linus. "Jag måste ha hennes medgivande, annars kan jag själv bli åtalad."

Petra skakade långsamt på huvudet.

"Och vad är poängen med att Petra träder fram?" frågade Hjalle.

"Poängen är att då har vi någon som tar på sig skulden och då är det inte tidningens fel. Därmed slipper min chefredaktör dömas i en rättegång, jag slipper få sparken och vi har en chans att vinna valet.”

”Vi ligger ganska lika nu”, sa Petra.

”Vänta tills i morgon, då har sympatierna gått över till sossejävlarna på grund av kidnappningen”, skrek Linus och dunkade näven i bordet.

Han hade en ljusgrå T-shirt med stora svettmärken under armarna.

”Och vad tror du att konsekvenserna blir för mig”, frågade Petra.

Det blev tyst i rummet.

”Jo, jag kommer att bli känd som den största idiot som funnits i det här landet”, fortsatte hon.

Hjalle stödde händerna mot bordet innan han reste sig och tog ett nytt varv i rummet. Han stannade till vid en av träbjälkarna, som löpte mellan långsidorna i rummet, och slog handflatan i den.

De båda andra tittade på honom, väl medvetna om att hans ord vägde tungt.

Så vände han tillbaka till bordet och satte sig.

”Du har nog rätt, Petra, du kommer att framstå som en idiot”, sa han.

Petra blev lättad. Skönt att någon äntligen förstod henne.

”Då fattar du att jag inte kan göra det”, sa hon.

”Det sa jag inte.”

”Nu förstår jag inte riktigt”, sa Petra och kände kalla kårar längs ryggen.

”Det jag menar är att du får betala ett högt pris för det här och då är det inte mer än rätt att du får ersättning för det.”

”Ska jag få betalt?” frågade Petra förvånat.

”Se det som ett skadestånd från Valallians 2.0.”

Petra kom sig inte för att säga något. Ta betalt för att berätta en historia som inte var sann. Tala om att sälja sig själv.

”Aldrig i livet”, sa hon till slut. Hon kände hur det brände bakom ögonlocken. Vad som helst, men inte börja gråta inför dem, tänkte hon.

”För mig är det självklart att du ska få betalt för en sådan uppoffring”, sa Hjalle.

”Tänk på att du räddar oss alla”, sa Linus. Han såg nöjd ut och hade satt sig upp på stolen.

”Ska vi säga en mille?” frågade Hjalle.

Petra tittade från den ena till den andra. Nog för att hon visste att det pågick skumma saker, och helt oskyldig var hon inte själv. Men nu hade det gått för långt. Och hon tänkte inte ensam offra sig.

”Jag föreslår att du öppnar ett konto på Isle of Man, jag har folk som hjälper dig med det. Så kan du ta ut det när du vill via ett konto jag har i Liechtenstein”, sa Hjalle och log vänligt.

Petra visste inte vad hon skulle säga, bara att hon ville därifrån så fort som möjligt.

”Tänk på hur fort folk glömmer”, sa Linus.

Han lutade sig bakåt och knäppte händerna bakom nacken.

”Jag tänker ändå inte göra det”, sa Petra.

Hjalles ansiktsfärg skiftade. Han harklade sig och spände blicken i Petra.

”Låt oss vända på det”, sa han.

Petra ryckte till.

”Vad menar du?”

Hjalle ställde sig upp igen. Han tog åter tag i bordet och lutade sig fram, så att hans ansikte kom bara några centimeter från Petra, som instinktivt lutade sig bakåt.

”Om du inte förstår hur viktigt det är att vi får en ny regering”, sa han och gjorde en kort paus innan han fortsatte, ”så ska jag se till att du aldrig får ett jobb någonstans. Du kommer att vara kvar på polisen tills du ruttnar.”

Petra tvivlade inte en sekund på att han hade rätt. Om det var någon som kunde förstöra andras karriärer inom politiken så var det Hjalle. Han kände alla inom partiet och om någon hamnade på hans svarta lista så var det kört. Det spelade ingen roll att han inte själv hade arbetat i regeringskansliet, hans tentakler nådde överallt.

Petra befann sig i en återvändsgränd. Om hon inte accepterade så kunde hon glömma att få komma tillbaka till politiken, något hon hade drömt om ända sedan förra valet. För även om hon gillade jobbet inom polisen gick det inte att jämföra med att arbeta i regeringskansliet. Hjalle tillhörde också den typen av människor som inte glömde. Han hade ett minne som en elefant. Om någon hade svikit honom så gick det inte att återställa förtroendet.

Till slut insåg Petra att hon måste bestämma sig, en gång för alla. Det gick inte att dra ut på det längre.

"Då får det väl bli så då", sa hon och reste sig. Utan ett ord lämnade hon lägenheten. Varken Hjalle eller Linus försökte övertala henne att stanna.

ONSDAG 10 SEPTEMBER

11 DAGAR KVAR TILL VALET

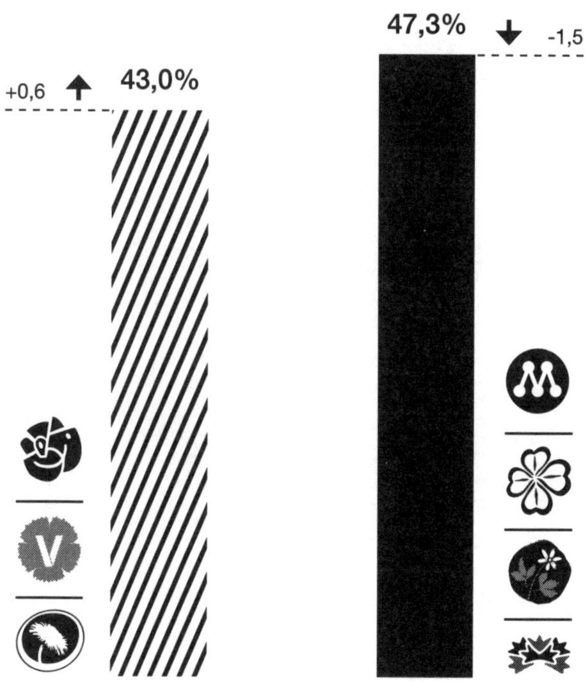

19

Susanne kände sig obehaglig till mods där hon satt i rummet som tillhörde statssekreteraren på justitiedepartementet. Det var ett stort rum som låg jämte justitieministerns på plan sex i Rosenbad. Ett bord med tio, tolv stolar vittnade om att det hölls många möten här.

Längs ena kortsidan stod ett stort skrivbord med handlingar i tjocka travar.

Vid fönstret stod en mindre soffgrupp, där Susanne antog att mera informella möten hölls.

Statssekreteraren Leo Holmberg såg trött ut. Han såg inte ut att ha sovit många timmar den senaste tiden. Det var i så fall naturligt. Först hade de haft den besvärliga affären med anklagelserna om rasism, där Susanne inte visste vad hon skulle tro. Och sedan hade det följts av kidnappningen av justitieministern.

Nu var han dessutom tvungen att leda departementet själv, samtidigt som han naturligtvis kände en stark personlig oro över vad som kunde ha hänt. Av medarbetare hade Susanne förstått att de hade ett ovanligt bra samarbete.

Leo hällde upp kaffe till Susanne ur en röd termos.

”Automatkaffet smakar illa, så jag beställde upp det här från köket”, förklarade han med samma lugna tonfall som tidigare.

Susanne nickade förstående.

Hon gillade inte alls att komma till regeringskansliet. Justitiedepartementet fick regelbunden information om vissa speciella utredningar. Susanne hade svårt att förstå anledningen till det. Om nu regeringen inte fick lägga sig i det operativa arbetet – varför skulle de behöva veta så mycket?

”Tack för att du kunde komma med så kort varsel”, började Leo.

Susanne vande sig aldrig vid den överdrivna artighet som fanns bland tjänstemän i regeringskansliet, där budskapen ofta behövde tolkas för att man skulle förstå vad de egentligen betydde.

Det behövdes inte här.

Kallade justitiedepartementet på en polis, så var det i princip samma sak som att regeringen gjorde det.

Då kom man, så enkelt var det.

”Självklart kommer vi när ni anser att vi ska det”, sa Susanne och skruvade på sig.

”Hur går arbetet?” frågade Leo vänligt.

”Inget genombrott än så länge. Vi jobbar med en grupp som heter Rättvisa utan gränser, som vi tror ligger bakom kidnappningen.”

”Ja, det har jag läst om.”

Susanne berättade om vad de hade fått fram om organisationen. Att det var personer som var dömda för helt skilda brott, men som hade det gemensamt att de drev målen vidare även efter avtjänat straff. Hon förklarade också att de tidigare hade hållit sig inom lagens råmärken, men att de nu verkade ha tagit till våld.

”Det måste väl finnas någon som leder gruppen, att både organisera ett gisslandrama i Riksdagen och sedan kidnappa en minister kan det inte vara många som klarar av”, sa Leo.

Susanne kände lättnad över att ha fått stöd för sina teorier. Det var det här hon försökte banka in i skallen på den där motsträviga åklagaren.

”Det är just det spåret jag tror på”, svarade hon. Även om hon och Magnus Granath hade helt olika spår ville hon inte avslöja det för Leo. Det skulle vara att gå bakom ryggen på åklagaren, och det ville hon absolut inte.

”Tack, fortsätt att hålla oss informerade”, sa Leo.

”Naturligtvis.”

”Men den här gången handlar det inte bara om att få information, utan jag vill berätta om vad som har hänt, och det var därför jag ville träffas så fort som möjligt.”

Susanne såg frågande ut.

”Vi har fått ett livstecken från Catarina och ett kravbrev”, sa Leo och räckte fram ett brev.

Susanne ögnade snabbt igenom det och läste det sedan mera noggrant.

Det var en handling med en bild på Catarina. Hon såg blek ut men ändå välbehållen. I handen höll hon dagens tidning, som bevis på att hon fortfarande levde.

Under bilden fanns tolv namn med en medföljande text.

”Om inte dessa fångar släpps före klockan tolv på torsdag den 11 september kommer ett mord att ske i Sverige.”

Gerd undrade hur det kunde vara möjligt.

Justitieministern kidnappad och bortförd, hennes efterträdare på posten.

Det kunde ha varit hon själv.

Hon blev stående i köket medan nyhetssändningen övergick i väderleksrapport.

Hela Ekot hade dominerats av vad som hade hänt.

Gerd kände att hon måste göra något. Hon tog en liten plastkanna, fyllde den med vatten och gick ut på balkongen, där hon hade sina krukväxter över sommaren. Nedanför på gården spelade några barn fotboll, helt obekymrade över vad som pågick i Sverige.

Och varför skulle de bry sig. De var alltför små för att förstå hur fruktansvärda saker vuxna kunde hitta på.

Hon småpratade tyst med växterna för att lugna sig, vilket var bra terapi. Hon kände hur pulsen hade gått upp, och visste att hennes höga blodtryck skulle ge henne huvudvärk om hon inte fick hejd på det nu. Hon vattnade och rättade till bladen på den ena pelargonen samtidigt som hon berömde den lite.

Plötsligt stack grannen från balkongen bredvid fram huvudet och skrockade belåtet.

”Från blommorna får du väl görbra svar i alla fall.”

Innan Gerd hann svara något så var han borta igen.

Nu stod hon där med kannan i handen och kände irritationen växa.

Vad var det där för tölp?

Inte nog med att han hade varit oförskämd – hur kunde man bara hålla på och skämta när en person var kidnappad och bortförd. Förstod han inte hur allvarligt det var?

Om han hade haft det minsta hyfs skulle han ha tänkt på att det bara var några dagar sedan hon själv hade råkat ut för något liknande.

Men det visste han kanske inte, den obildade människan.

Gerd gick in i lägenheten igen.

Det värsta var att han knappast var ensam. Så var det alltid när det gällde politiker, då fanns det minsann inget utrymme för någon medkänsla. Dem kunde man behandla lite hur som helst, helt utan respekt. Hon påmindes om vilket liv det hade blivit när hon hade tagit vaccin mot svininfluensan för några år sedan. Trots att det var fritt fram för allmänheten hade det påståtts att hon hade trängt sig i kön.

Hon kände att det var för mycket nu. Vid ett tidigare tillfälle hade hon känt likadant, när hon hade blivit påhoppad av sin gruppledare inför hela riksdagsgruppen, trots att hon indirekt hade medverkat till att ett dubbelmord hade klarats upp. Efter den förnedringen hade hon bara lämnat gruppen och gått ut utan ett ord, helt övertygad om att inte komma igen.

Tre dagar senare var hon tillbaka. Det främsta skälet var att hon inte hade något alternativ. Att börja jobba som kommunjurist i Mölndal igen hade hon verkligen inte någon lust med.

Nu kändes det annorlunda. Inte bara på grund av grannen så klart, det var mer droppen som fick bägaren att rinna över. Hans beteende visade att det var omöjligt att vara politiker i det här landet.

Gerd tog telefonen och ringde sin man, som verkade måttligt road av att bli störd. Efter att deras barn hade flyttat ut för flera år sedan hade deras äktenskap blivit allt tråkigare. Sedan länge hade de skilda sovrum.

”Jag ska sluta”, sa Gerd.

”Med vadå?” frågade hennes man släpigt, och Gerd stördes av hur ointresserad han lät. I bakgrunden kunde hon höra hur TV:n stod på. Kunde han inte åtminstone förmå sig till att skruva ned ljudet.

”I riksdagen.”

”Jaha”, svarade hennes man.

Gerd kände hur blodtrycket steg igen.

Visst hade han varit snäll när hon hade kommit hem efter gisslandramat. Men det hade varat i två dagar. Redan till helgen hade han varit ute på golfbanan igen, både lördag och söndag. Med motiveringen att det gällde att passa på att spela så länge det gick, trots att det nu var september och han brukade spela ända till november.

”Är det allt du har att säga?”

”Det är lite svårt att prata just nu, kan vi inte ta det ikväll i stället. Nej, visst fan, då är det ju travkväll. Okej, varför ska du sluta?”

Men Gerd orkade inte ta det nu. Dessutom tyckte han nog att det var skönt att hon var borta flera kvällar i veckan.

”Vi kan prata om det sedan”, svarade hon och suckade.

”Du gör som du vill, men tänk på att du har en hög lön nu”, sa hennes man.

Gerd la på luren utan ett ord.

20

”Välkommen hit”, sa statsministern.

Runt det ovala bordet satt alla regeringens ministrar. I normala fall skulle det ha varit en handfull med tanke på den pågående valrörelsen. Men när nyheten om Catarina Björks kidnappning hade kablats ut under gårdagen hade samtliga avbrutit valarbetet och skyndat till Stockholm.

Det gick inte att prata vård, skola och omsorg när deras kollega och vän var kidnappad och i värsta fall redan mördad.

Leo Holmberg hade blivit anvisad en plats vid den bortre kortsidan. Även om Leo hade arbetat inom regeringskansliet, och vid det här laget sett ministrar både komma och gå, var det speciellt för en statssekreterare att föredra ett ärende för regeringen.

Längs rummets långsida fanns några stolar uppställda och där hade riksdagens gruppledare från regeringspartierna placerat sig.

”Innan vi släpper in statssekreterare Holmberg vill jag bara uttrycka den personliga oro jag känner för Catarina och mitt medlidande med hennes familj.”

Det blev knäpptyst i rummet, flera ministrar tittade ned i bordet innan ministern från näringsdepartementet harklade sig och sa:

”Det är verkligen förfärligt obehagligt, det enda positiva är väl möjligtvis att vi ökar i opinionsmätningarna.”

Statsministern gav honom en sträng blick.

”Jag betackar mig för den typen av kommentarer.”

Ministern från näringsdepartementet blev högröd i ansiktet.

”Då vill jag höra vad Holmberg har att säga.”

Leo hade några stödord antecknade framför sig, men han föredrog att prata fritt.

”Det är helt enkelt samma tolv fångar som gisslantagarna i riksdagen begärde skulle friges.”

Statsministern såg fundersam ut.

”De kräver alltså att vi beviljar dem nåd och att de släpps fria.”

”Precis så är det.”

”Och hur lång tid har vi på oss?” frågade finansministern.

”Tjugotre timmar.”

Ministrarna sneglade upp på klockan över dörren som nu visade ett på eftermiddagen.

”Jag föreslår att utrikesministern formellt kliver in i Catarinas ställe tills hon eh ... kommer tillbaka”, sa statsministern.

Flera av ministrarna gav sitt stöd för det och utrikesministern nickade i samförstånd mot Leo.

”Vi behöver ju ett statsråd som formellt föredrar nådeärendena”, sa statsministern. ”Men i praktiken är vi förstås ändå måna om att höra din åsikt i frågan.”

Leo började i försiktiga ordalag dra bakgrunden till deras agerande vid gisslandramat i riksdagen.

”Vår bedömning då var att gisslantagarna inte skulle avrätta riksdagsledamöterna.”

”Och det visade sig ju vara en korrekt bedömning”, inflikade försvarsministern och fick en irriterad blick av statsministern.

”Vad hade ni för grund för det?” frågade socialministern.

Leo slog ut med armarna.

”Ingen vetenskaplig förstås. Men vi, eller justitieministern rättare sagt, ansåg att det alternativet bara skulle innebära krav på ytterligare nådebeslut.”

Trots den svåra situationen ansåg Leo inte att det var läge att avslöja att det egentligen varit precis tvärtom – att Catarina Björk hade beslutat att ge dem nåd men att han själv hade ändrat det på eget bevåg. Det här var en hemlighet som skulle stanna mellan dem.

”Så vad föreslår du att vi ska göra nu?”

”Jag är väl inte rätt person att tala om vad en regering ska göra och ...”

”Det är därför du är här”, avbröt statsministern.

Leo kom av sig lite innan han fortsatte.

”Om regeringen släpper fångarna följer nog bara nya krav. Jag tror i stället att vi måste vinna tid för att komma i kontakt med kidnapparna.”

Flera av ministrarna nickade.

”Är det möjligt att du ... eh ... sköter den kontakten?” frågade utrikesministern som just fått ansvaret för frågan. Men Leo var inte förvånad. Efter några år i regeringskansliet var han van vid att ministrar ville smita undan ansvaret.

”Inga problem, men jag har ett förslag”, sa Leo.

Statsministern visade med en gest att han skulle fortsätta.

”Det är nog bra att vi hemligstämplar brevet med att det finns en tidsfrist. Om något skulle hända så behöver inte regeringen stå till svars för det i alla fall.”

”Bra idé”, mumlade utrikesministern. ”Då kommer det fram först efter valet.”

”Det kanske inte behöver komma fram alls”, sa Leo.

Flera av ministrarna tittade nervöst ned i sina papper.

Mattias bad den äldre mannen i väntrummet att komma med. Eftersom det var ett civilmål visste han att klienten skulle bli irriterad om han fick vänta. Annat var det med brottmål, flyktingärenden och socialrätt. Då var klienterna många gånger tacksamma bara för att få komma dit.

De hann knappt sätta sig förrän sekreteraren kom in med kaffe.

Mattias hade ingen koll på varför han hade tagit sig an den

här klienten. Det var sekreteraren som skötte bokningen av nya ärenden. Mattias hade arbetat upp sig så att hans advokatdröm nästan var uppfylld: att kunna leva uteslutande på brottmål. Det hade sett riktigt bra ut de senaste månaderna. Först hade han fått Marco, som ansågs vara hjärnan bakom helikopterrånet, och som var en riktig hotshot till klient. Han genererade dessutom fler mål genom sitt kriminella nätverk. Och så hade Mattias fått gisslanmålet, där han dessutom fått höra att han var en av tolv advokater som organisationen Rättvisa utan gränser ville anlita.

Men än var hans mål inte nått. Civilmålen, däribland familjerätt och enklare avtals- och hyrestvister, fungerade som en regulator när brottmålen sinade.

En fördel med brottmål var att man visste att klienterna skulle behöva en advokat i framtiden också, när de begick nya brott. En nackdel var att det inte gick att ta betalt utöver rättshjälpstaxan, till skillnad från i civilmålen där Mattias började ta allt högre timarvode.

Mannen tog fram sina papper och lämnade över till Mattias, som snabbt ögnade igenom dem. Det var ett bodelningsavtal som klienten var missnöjd med. Mer än så hade inte sekreteraren hunnit berätta.

För Mattias satt det i ryggmärgen att vara kritisk till insatser från eventuella tidigare advokater. På så sätt kunde han alltid lägga över ansvaret på andra om uppdraget inte gick så bra.

”Så vad är skälet till att du har vänt dig hit?” frågade Mattias och la ifrån sig handlingarna.

”För att jag undrar hur avkastningen av fastigheten i Sörmland ska tolkas.”

”Då förstår jag”, svarade Mattias och tog upp den handling som utgjorde avtalet.

”Utgångspunkten är förstås parternas vilja. Om något är oklart faller det tillbaka på den som har skrivit avtalet”, började Mattias medan han läste vidare.

Mannen satt tyst och avvaktade.

”Men här ser det ut som om någon jurist har skrivit det, någon bank eller annan advokat kan jag förmoda”, fortsatte Mattias. ”Det var inget under av klarhet direkt, faktum är att det är riktigt dåligt. Det vore intressant att veta vem som upprättat det här avtalet.”

”Det är ju du själv”, sa mannen.

”Va?”

”Du upprättade det här avtalet för fyra år sedan mellan mig och min dåvarande fru.”

Mattias sänkte långsamt avtalet i sin hand och kom sig inte för att säga något.

En timme senare satt Mattias i telefon med sin fru.

Det var det vanliga grälet om när han skulle komma hem.

Ett skäl till att deras äktenskap var så dåligt var att han aldrig lyckats övertyga henne om att han inte styrde över sina arbetstider själv. De var helt beroende av när uppdragen kom.

”Jag måste till häktet, helt enkelt”, försökte han förklara.

”Kunde du inte ha gjort det tidigare?” invände Lotta.

Mattias suckade högt.

”I förmiddags var jag i förhandling och i eftermiddags hade jag klientbesök”, svarade han och rös när han tänkte på sin fadäs. Det var fan vad snabbt man glömde gamla klienter.

”Då måste jag alltså både hämta på dagis och skjutsa till och från simningen.”

”Ja, idag blir det så”, svarade Mattias.

”Och igår, och i morgon och i övermorgon och ...”

”Så är det väl inte.”

”Jo, det är det. Och jag som skulle behöva gå och träna”, klagade Lotta.

”Kan du inte göra det senare då?”

”Det funkar bara om min PT är där.”

Mattias suckade igen. Tänk att det var så bland de här vänstermänniskorna inom kulturen och journalistiken. Det fanns ingen hejd på kritiken mot kapitalismen, men egen personlig tränare skulle man ha. Han var så evinnerligt trött på sin frus ständiga nya infall. Nu hade det plötsligt blivit viktigast av allt att hålla sig i form med hjälp av en personlig tränare. Vad var det annat än en medelålderskris?

”Men du styrketränar ju, kan du inte göra det själv?”

Nu var det Lottas tur att sucka.

”Du fattar ingenting av det där. Man har ett program som man följer.”

”Okej, jag är hemma senast åtta.”

”Absolut senast då”, slog Lotta fast.

Mattias la sakta på luren.

Han blev sittande och stirrade framför sig. Utanför fönstret hörde han en bil accelerera uppför Kungsholms torg. Så fiskade han upp mobiltelefonen ur fickan och skickade iväg ett sms till Susanne. Det var en chansning. Hon var säkert upptagen med allt som hade hänt under dagen med den kidnappade ministern.

21

Catarina vaknade långsamt till liv. Hon hade nästan inte sovit någonting på hela natten, inte förrän frampå småtimmarna hade hon domnat bort. Drömmarna var hemska, fyllda av våld mot henne och barnen.

Ändå var det Patrick som Catarina först tänkte på när hon kom till insikt om sin situation. Sedan kom tankarna på Olivia och Julia och då var det som om det svartnade för henne. Vad gjorde de nu? Vad hade Patrick berättat? Och Olivia som var så känslig. Julia klarade det nog bättre, inte bara för att hon var yngre utan för att hon hade en helt annan självkänsla än sin storasyster. Tanken på hur hennes lilla osäkra Olivia hade det nu fick henne nästan att kräkas. Hon tvingade sig att slå bort tanken.

Hon såg sig omkring. Hon befann sig i ett sovrum. Under gårdagen hade hon inte vaknat förrän det var mörkt ute. Catarina förstod att hon hade varit nedsövd, hon hade varit illamående under natten också. Nu kunde hon bättre se hur det såg ut. Det fanns ett litet fönster, där någon hade spikat för en plywoodskiva. Endast en springa återstod så att man kunde kika ut. I övrigt var det enkelt möblerat med en bokhylla, ett bord och en stol. Allt var vitmålat och Catarina fick en känsla av att hon befann sig i en villa. Hon hörde det svaga ljudet från en motorväg och gissade att huset måste ligga i någon förort till Stockholm.

När hon rörde armen hörde hon hur det rasslade till. Först nu gick det upp för henne hur de hade låst fast henne. När hon hade vaknat under natten hade hon bara insett att hon var bojad på något sätt.

Kring handleden hade hon ett par handbojor, vilka i sin tur var fästa med ett hänglås vid en kedja. Den var fastsatt med ett annat hänglås i ena sängstolpen. För en sekund trodde Catarina att hon skulle kunna ta sig loss. Men så såg hon att sänggaveln hade en ribba och det gick varken att dra av kedjan uppåt eller nedåt. Eftersom kedjan var ett par meter kunde hon resa sig från sängen och gå ett par steg. Hon provade att dra i sängen, men den rubbades bara några centimeter och det enda som hände var att handbojorna skar in i handleden.

Så hörde hon ljud utanför rummet. Hon kände hur paniken återvände och återigen kom tankarna på barnen, hon kunde se deras ansikten framför sig. Hon la sig ned i sängen igen och undrade hur allt hade kunnat gå så illa.

Allt var så overkligt. Just som de skulle gå ut med att hon hade varit nära att bli kidnappad så blev hon det på riktigt. Om jag var religiös skulle jag vara säker på att det här var Guds straff, tänkte Catarina. Nu kunde hon inte se någon rimlig förklaring till det.

Men det gick inte att komma undan vad som hade hänt. Kidnappad, bortförd utan att veta av vem. Förmodligen var det samma personer som låg bakom gisslandramat i riksdagen. Livsfarliga människor utan medkänsla med andra. Hon borde ha förstått att det skulle kunna hända, särskilt efter vad som skedde i riksdagen för bara en vecka sedan. Inget av det här skulle ha hänt om hon inte hade börjat med politik. I så fall skulle hon ha varit hemma med familjen nu. Om ändå ...

Längre kom inte Catarina förrän två män, maskerade med rånarluvor, kom in i rummet. Catarina satte sig hastigt upp i sängen. En av männen hade med sig en tidning, Dagens Nyheter. Utan ett ord placerade han den i händerna på Catarina. Den andra mannen plockade fram en kamera ur fickan och började ta kort. När

Catarina inte höll upp tidningen ordentligt visade den ena mannen hur hon skulle hålla upp den.

Ingen av männen sa något, förmodligen för att undvika att avslöja sina röster. När männen några minuter senare lämnade rummet, fortfarande utan att ha yttrat ett ord, kände Catarina sig lite starkare.

Att de var så noga med att vara maskerade och inte ville prata tog hon som ett gott tecken. Det kunde inte tolkas på annat sätt än som att de i alla fall räknade med möjligheten att släppa Catarina levande. Kanske kunde det ändå betyda att hon skulle få se Olivia och Julia igen. Tankarna på dem fick henne att falla i gråt.

”Du är dig inte lik, Petra”, sa Susanne och smuttade på vinet.

De satt på hennes balkong efter en fjorton timmar lång arbetsdag. Egentligen var den inte slut än, Susanne hade haft flera samtal med chefen för insatsstyrkan bara under den senaste timmen.

Mest av allt skulle hon vilja gå och lägga sig. Men även om hon hade sovit lite var hon uppe i varv. Trots alla svårigheter och bristen på genombrott kände hon tillförsikt inför det fortsatta arbetet. Det kändes också som att det var hon som ledde arbetet i praktiken nu när Magnus Granath inte verkade klara pressen.

Morgonmötet med staben var satt till klockan åtta. Men Petra – hennes pressekreterare och vän sedan ett par år – hade insisterat att få prata med henne enskilt.

Då var man tvungen att ställa upp, ansåg Susanne. Och det fanns goda skäl att göra det hemma och inte i polishuset.

Susanne och Petra var mycket olika. Trots detta hade deras relation efter hand utvecklats till en nära vänskap. Medan Susanne var eftertänksam, flitig och pedantisk var Petra spontan, kvicktänkt och betydligt friare i sinnet. Men två saker hade de i alla fall gemensamt: de gillade att ta ett glas vin och de var båda rökare.

Susanne hade vid flera tillfällen haft lust att berätta om Mattias.

För honom som gift var det givetvis viktigt att det hölls hemligt, men varför skulle hon som inte bedrog någon behöva avstå från att anförtro sig åt en nära vän. Men hon hade lovat Mattias att inte berätta för någon annan om deras förhållande, och hon ville inte bryta ett löfte.

Mattias hade sms:at och föreslagit att de skulle träffas en timme mellan halv sju och halv åtta under kvällen, trots att de hade träffats för bara två dagar sedan. Det var ett gott tecken, kanske var han äntligen på väg att komma till skott. Tyvärr kunde hon inte eftersom hon hade lovat Petra, men Susanne hade föreslagit att de skulle träffas kvällen därpå i stället.

Petra rökte den ena cigaretten efter den andra.

”Är det säkert att det här stannar mellan oss?” frågade Petra.

”Det är klart”, sa Susanne.

Petra studerade glöden på sin cigarett. Endast syrsornas ljud från den lilla träddungen nedanför hördes i septembernatten. En fladdermus kom ljudlöst inseglande från Långholmen. På den svarta himlen lyste stjärnorna så starkt som de bara gjorde under den här tiden på året.

Petra fimpade cigaretten och tände omedelbart en ny.

”Är det helt säkert att du inte säger något till någon.”

”Du förolämpar mig om du fortsätter så där.”

Susanne kände hur tröttheten tog överhanden. Hon ville inte sitta hur länge som helst på balkongen, varje minut som hon fick sova var ovärderlig. Susanne hade alltid räknat hur många timmar sömn det blev per natt och det fick inte bli färre än fem.

”Vi ville stoppa Catarinas Björks framgångar genom att göra henne till rasist”, sa Petra plötsligt.

Susanne satte nästan vinet i halsen.

”Göra vadå, sa du?” utbrast hon.

”Vi planerade hela aktionen.”

Susanne satte upp båda händerna i luften.

”Nu backar vi bandet, vilka är *vi* till att börja med?”

”En organisation som heter Valallians 2.0.”

Susanne trodde knappt sina öron. Var hennes egen pressekreterare med i en hemlig organisation?

”Jag förstår att du tycker att det här är helt crazy”, sa Petra och suckade djupt.

”Det kan man lugnt säga.”

”Så är det i alla fall.”

”Men vad är poängen med en sådan organisation?” frågade Susanne tvivlande.

”Vi arbetar för ett regeringsskifte”, sa Petra och blåste ut röken.

”Men hur har du kommit in i det här?”

Susanne visste förstås att Petra hade jobbat politiskt för den förra regeringen, där hon hade varit pressekreterare åt justitieministern. För fyra år sedan, strax efter valet som de förlorade, hade hon anställts av länskriminalpolisen.

Hon hade naturligtvis inget emot att hennes medarbetare engagerade sig politiskt, det borde fler inom polisen göra. Där var det annars vanligt att inte ens säga vad man röstade på.

Men att tillhöra en lobbyorganisation som verkade ha till syfte att misskreditera andra var något helt annat. Den här typen av politiska organisationer hade Susanne bara hört rykten om, hon hade aldrig riktigt trott på att de existerade i verkligheten.

”Inser du att det ni har gjort kan vara kriminellt?” var det enda som Susanne till slut kom på att säga.

Petra nickade sakta utan att säga något.

TORSDAG 11 SEPTEMBER

10 DAGAR KVAR TILL VALET

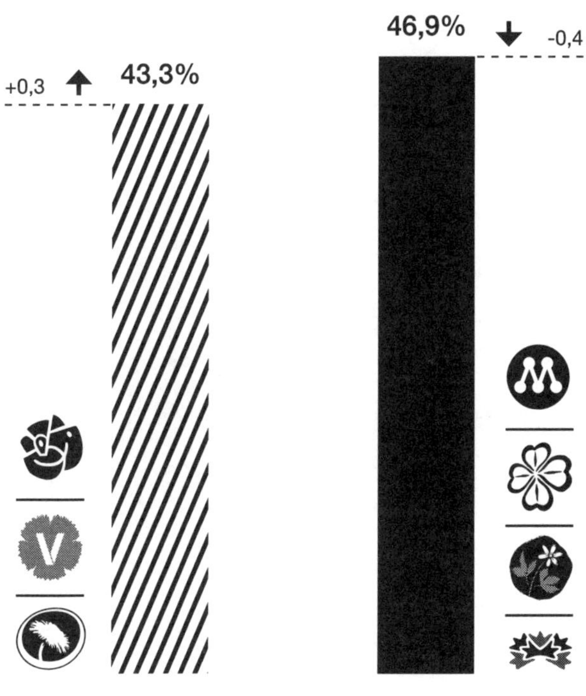

22

Susanne satt i sin soffa och tittade på morgon-TV. Regnet slog mot fönstret och det kändes som om hösten redan var här. Hon kurade ihop sig med en filt runt benen och en kopp te.

Kidnappningen hade dominerat media fullständigt hela morgonen, men nu var det ett inslag som inte kunde strykas.

Direktsändning av dragningen av skraplotter!

En tant, som var så nervös att hon darrade, hade chans att vinna fem miljoner kronor. Några sekunder senare stod det klart att det inte blev några miljoner utan femtio tusen.

Men tanten var lika glad ändå, försäkrade hon. Det spelade ingen roll att det inte blev fem miljoner, femtio tusen gick lika bra. Och för övrigt var det roligt att bara vara med i TV, la hon till och såg ut att mena det.

Kameran flyttade över till bordet, där Magnus Granath och Leo Holmberg hade placerats tillsammans med programledarna Carolina Gynning och Alex Schulman.

Gästerna såg allvarliga och myndiga ut i sina mörka kostymer.

Susanne rös av obehag när hon såg åklagaren, däremot hade hon fått ett bra intryck av statssekreteraren. Han verkade kompetent, en person som kunde ta ansvar.

”Då hälsar vi åklagaren Magnus Granath välkommen”, sa Alex Schulman och kameran svepte över från honom till gästerna.

”Från internationella åklagarkammaren”, tillade Magnus Granath avmätt.

”Hur går nu spaningarna efter den kidnappade justitieministern?” frågade Carolina Gynning.

”Inget genombrott än, men vi arbetar på bred front”, sa Magnus Granath och såg nöjd ut.

Susanne mådde illa av hans självgodhet. Han som bara gått med nedböjt huvud i två dagar medan Susanne hade fått fatta alla svåra beslut.

”Finns det ett samband mellan den här kidnappningen och det som skedde i riksdagen i förra veckan?” frågade Alex Schulman.

”Naturligtvis, och det är efter den hypotesen som jag har arbetat hela tiden. Eftersom jag insåg det tidigt ligger vi också långt fram nu. Dessutom tror jag att nyckeln till framgång är att få tag i den eller de personer som styr hela verksamheten.”

Magnus Granath sträckte på sig.

Programledarna verkar inte heller gilla honom, tänkte Susanne när frågan i stället gick över till Leo Holmberg. Hon undrade varför de hade skickat en statssekreterare och inte en minister. Men Susanne insåg att det givetvis fanns en tanke bakom det också.

”Och vad säger regeringen om kidnapparnas krav att benåda några av Sveriges farligaste fångar?” frågade Carolina Gynning.

Leo Holmberg vände sig plötsligt mot kameran och det var tydligt att han talade direkt till kidnapparna.

”Regeringen anser att den inte kan tillgodose några krav just nu, men hoppas kunna komma igång med förhandlingarna. Det är därför viktigt att vi får kontakt med kidnapparna så fort som möjligt.”

”Har ni fått någon tidsfrist?” frågade Carolina Gynning.

”Nej, ingen tidsfrist har framförts av kidnapparna till statsministern eller någon minister”, svarade Leo Holmberg, och mötte stadigt hennes blick.

Några följdfrågor kom inte. Även TV4 verkade vara nöjda med att få medverka till att föra ut budskapet till kidnapparna.

Susanne var häpen, hur kunde han sitta och ljuga? Tänk om det kom fram, vad skulle regeringen säga då? Hon fick fråga Petra senare på jobbet. Och vad var det Petra höll på med förresten? Susanne hade blivit chockad över vad hon fått höra. De hade suttit uppe till klockan ett, druckit vin och rökt och pratat. Petra hade berättat om alla miljoner som pumpades in till en del politiska partier, men också att det fanns hemliga organisationer med egna politiska agendor som klarade sig från medias granskning.

Vad Petra hade i en sådan organisation att göra kunde Susanne inte för allt i världen förstå. Hon var för bra för det. Visst kunde hon vara smart, ibland på gränsen till fräck. Men det här var något annat, det här var helt enkelt smutsigt. Nej, det var värre än så. Det var brottsligt. Hon ångrade löftet att inte göra något, men Petra hade varit stenhård. Hon hade sina egna planer, som hon inte ville berätta om just nu.

Susanne knäppte av TV:n och gick ut i köket med sin tekopp.

Gerd gick den kullerstensbelagda gatan fram genom Haga.

Små caféer och restauranger kantade gatan, där människor nu satt och tog sitt morgonkaffe.

Solen sken, och på Västnytt hade de betonat att vädret var mycket bättre här än i Stockholm.

Gerd kände sig mer illa till mods än vanligt.

Kidnappningen av Catarina Björk påverkade henne och hon kunde inte släppa tankarna på det. Det handlade inte bara om att hon påmindes om sina egna skräckfyllda upplevelser, det var också tankarna på att en kvinna riskerade att dö därför att hon hade ägnat sig åt politik.

Under gårdagskvällen hade hon fortsatt diskussionen med sin man om huruvida hon skulle fortsätta en mandatperiod till. Den här gången hade han tagit henne på lite större allvar. Det var tydligt att han ville att hon skulle fortsätta. Gerd misstänkte att det inte bara var en fråga om en hög månadslön, kanske var han lika mån om att de skulle fortsätta leva åtskilda i veckorna.

Det var också en ordning båda var nöjda med. På så sätt sågs de på helgerna, och egentligen inte så mycket då heller. På vintrarna spelade han tennis och resten av året ägnade han sig åt golf, och hon umgicks mest med barnbarnen, även om hennes egen älskling Rasmus inte längre var intresserad av att tillbringa så mycket tid med sin mormor.

Vid närmare eftertanke var Gerd övertygad om att det var riksdagsuppdraget som hade räddat deras äktenskap. För andra kolleger var det tvärtom; där hade avståndet knäckt förhållandet.

Gerd hade kommit över på Vasagatan utan att märka det. Först när hon var framme vid Avenyn stannade hon upp.

Kungsportsavenyn, Göteborgs stolthet.

Själv var hon inte särskilt förtjust i den.

Den var alldeles för gapig för hennes smak, alltid full med folk.

Det var den nu också, trots att de flesta väl borde vara på arbetet vid den här tiden.

Båda sidorna av gatan var fyllda av valaffischer. Leende partiledare, som skulle utstråla framgång, och som gjorde vad de kunde för att ge ett förtroendegivande intryck. Gerd var inte imponerad av någon av dem. Visst var de alla mycket snabbare i repliken än vad hon själv var. Men det retade henne att det var just det som verkade så viktigt i media. Som till exempel när partiledarna debatterade. Det var inte vad som sades som var det väsentliga, utan vem som ”vann” debatterna. I stället för att redogöra för de olika skillnaderna i politiken var det omröstningar och expertkommentatorer som skulle avgöra vem som var segrare eller förlorare. Gerd var övertygad om att människor var klokare än så, att man i stället röstade på den politik som man ansåg var bäst.

Alla partier hade också valaffischer fyllda med det som skulle visa ”den lilla människan” eller ”folk ute i stugorna”.

Själv hade hon inte fått något program för dagen, vilket inte gjorde henne något.

Hon gick över kanalen just som turistbåten Paddan passerade. När hon kom fram till Gustaf Adolfs torg hörde hon en välbekant röst och såg fullt med folk som trängdes framför en talare. Människorna utanför valstugorna från de olika partierna såg ensamma och snopna ut där de stod med sina flygblad i händerna.

Gerd trängde sig fram och konstaterade att Gudrun Schyman fortfarande drog mycket folk. Trots att Feministiskt initiativ misslyckades i val efter val hade hon inte givit upp.

”Idag går våra tankar till Catarina Björk. Inte för att hon är kidnappad som justitieminister utan för att hon är kvinna. Som vanligt är det män som har begått brott mot en kvinna. Hur länge ska vi acceptera det här? Lever vi på medeltiden, eller?”

Gudrun Schyman gjorde rutinerat en kort paus, för att få applåder. Därefter lyfte hon handen, som om hon var lite besvärad och genererad över applåderna, och fortsatte tala precis så att det lät som om hon fick tyst på publiken, som om de annars aldrig hade slutat.

”Och det är för att vi lever i en könsmaktsordning, där kvinnor har en underordnad ställning. Men det är slut på det här nu. Ibland får vi höra att vi i Feministiskt initiativ hatar män. Det gör vi inte, själv är jag inne på min fjärde.”

Spridda skratt hördes från publiken.

Det slog Gerd att hon aldrig hade lyckats få människor att skratta åt henne när hon höll tal, inte tack vare något skämt i alla fall. Hånskratt hade hon råkat ut för förstås.

Gerd orkade inte lyssna längre utan skulle just gå därifrån när en journalist kände igen henne och vänligt frågade om han fick ställa några frågor.

Gerd tittade sig omkring och undrade hur hon skulle komma undan. Att ge intervjuer var det sista hon önskade. Tidigare på morgonen hade hon också fått ett gruppmeddelande på mobilen från Fredrik Rosenqvist, som löd ”ligg lågt så att vi har handlingsfrihet”.

Gerd visste vad som var tanken bakom det.

Handlingsfrihet betydde att man skulle ta ställning utifrån hur saker och ting utvecklade sig. På så sätt kunde oppositionspolitiken anpassa sig efter verkligheten. Om regeringens strategi lyckades skulle det framstå som att de hade tänkt göra likadant. Om den däremot misslyckades och Catarina Björk mördades, då fanns det ordentligt utrymme att ge regeringen skulden.

Gerd mådde illa när hon tänkte på hur allt handlade om taktik, till och med i en sådan här situation. Borde man inte kunna lägga partipolitiken åt sidan och samarbeta i stället?

Kanske skulle hon slinka över gatan till partikamraterna vid valstugan och påstå att hon hade engagemang som väntade där, fast det skulle väl journalisten aldrig tro på. Dessutom var det enkelt för honom att bara hänga på. Nåja, något kunde hon nog säga. Eftersom det var valrörelse kunde hon väl alltid klanka på regeringen lite, det var sådant som partiledningen alltid predikade. När hon nyligen hade berömt justitieministern hade det blivit ett fasligt liv i riksdagsgruppen.

”Om det går fort kan jag väl svara på några snabba frågor, för jag har sannerligen inte hela dagen på mig”, sa hon och snörpte på munnen.

Journalisten försäkrade att det bara var några få frågor.

”Vad tycker du om regeringens agerande så här långt?”

Gerd tittade misstänksamt på journalisten, men han log bara vänligt. Hon var trött på att väga vartenda ord på guldvåg, och bestämde sig för att säga vad hon tyckte.

”Det viktigaste är att det inte händer Catarina Björk något”, svarade hon till slut.

”Så då tycker du att regeringen bör tillmötesgå kidnapparnas krav och bevilja fångarna nåd.”

”Om det är det enda alternativet, så tycker jag det”, svarade Gerd.

”Tack!” svarade journalisten och log med hela ansiktet.

Det var värst vad han såg belåten ut, tänkte Gerd och beslutade sig för att gå hem.

Hon var inte på humör för någonting idag.

23

Sedan ett par år tillbaka åt Hjalle sin frukost på Café Bönan, ett stenkast från Östermalmstorg. Det brukade bli caffè latte, croissant och färskpressad juice. Det kostade 122 kronor, men han gav alltid hundrafemtio.

Linus, som var där för första gången, drack svart kaffe och åt en kanelbulle.

"Det är därför du är så tjock", sa Hjalle och pekade på bullen. "Såg du siffrorna?"

Linus nickade, med munnen full av bullen.

"Nu leder de jävlarna snart, bara för att folk känner sympati för den kidnappade ministerkäringen", väste Hjalle och tittade sig noggrant omkring, men ingen tog notis om dem.

Det var mest kostymklädda män i fyrtioårsåldern, som drack cappuccino och åt frukost medan de läste Dagens Industri och Financial Times, helt upptagna av sig själva.

"Har du pratat med Petra?" frågade Linus.

"Nej, men jag kommer aldrig att förlåta henne att hon inte tog på sig att vara källa till artikeln", svarade Hjalle och fick ett bistert uttryck i ansiktet.

"Inte jag heller", sa Linus.

Hjalle tittade på honom.

"Just det kanske hon överlever", sa han sarkastiskt.

Linus tog en ny tugga utan att säga något.

"Och hur går det på blaskan?"

"Bättre än väntat, de vågar inte sparka mig."

”Det var ju märkligt”, sa Hjalle.

”Jag vet för mycket om vad som hänt på olika kickoffer, vem som prasslar med vem, vilka som krökar och en massa annat skit om dem.”

”Och då låter de sig nöja med det.”

Linus såg genast mycket muntrare ut. ”Dessutom har jag för många läsare på min blogg, plus att jag har fett bra kontakter på Resumé.”

”Vem fan läser Resumé?”

”Alla journalister.”

Hjalle nickade långsamt och smuttade på sin latte.

”Det är bra att du är kvar”, sa han efter en stund.

”Roligt att du bryr dig.”

”Inte om dig, förstås”, svarade Hjalle. ”Däremot kan det vara bra för Valallians 2.0. Och du får skärpa dig nu, för det är något som inte stämmer med den här historien.”

”Den tanken har slagit mig också”, sa Linus och såg finurlig ut. ”Jag tror att regeringen döljer något, vi måste bara ta reda på vad det är.”

Susanne satte sig på sin plats vid det åttakantiga bordet i stabsrummet.

Magnus Granath föredrog i vanlig ordning att stå upp. Han vägde lätt på hälarna med händerna på ryggen medan han väntade på att alla skulle samlas.

Det rådde ett spänt lugn i lokalen bland de åtta poliser som nu arbetade centralt i utredningen, var och en med sina medarbetare. Nya i gruppen var en kvinna som skötte de tips som kom in samt en förstärkning från den tekniska enheten.

”Vad vet vi om läget?” frågade Magnus Granath.

”Jag tycker att vi hör vad Kuten har kommit fram till”, sa Susanne.

”Vi utgår från att det är Rättvisa utan gränser som också ligger bakom kidnappningen av justitieministern. Genom kartläggningen av deras medlemmar har vi kunnat dra en slutsats", svarade mannen från Kuten och tittade sig runt. "Och det är att ingen av de personer som vi vet är med i organisationen kan vara ledaren."

"Hur vet ni det?" frågade Susanne, som kände sig lättad över att äntligen få stöd för sin uppfattning.

"Därför att ingen av dem har begåvningen, de finansiella möjligheterna eller förankringen i den kriminella världen."

Flera runt bordet nickade tyst. Om det här stämmer finns det någon eller några inom organisationen som vi inte känner till, tänkte Susanne. Det är inte ens säkert att alla i organisationen känner till det.

"Vem tror ni det kan vara som leder organisationen då?" frågade Susanne medan Magnus Granath såg besvärad ut.

"Vår huvudhypotes nu är att det är någon som befinner sig i toppen av den kriminella hierarkin. Det kan vara någon med logistisk begåvning, som själv håller sig långt ifrån det operativa arbetet men som styr det med järnhand. Det kan till och med vara en person som avtjänar fängelsestraff just nu."

"Och varför tror ni det?" frågade representanten för Rikskrim.

"Därför att samtliga av de som deltog i gisslandramat nyligen har suttit i fängelse, bland annat på Hall och Saltvik. Därmed kan kontakterna ha tagits inne på anstalterna."

Det här var något som Susanne ville spinna vidare på. Nästa gång hon träffade Mattias skulle hon fråga honom vilka som befann sig i den kriminella toppen just nu. I likhet med andra brottmålsadvokater hade han alltid bra koll på sådant. Och om de fick fram vilka som egentligen låg bakom gisslandramat skulle det vara till fördel för hans klient också.

Ordet gick vidare till den nya representanten för den tekniska enheten, som berättade om informationen från Statens kriminaltekniska laboratorium.

”Bilen, som hittades vid Rudbecksskolan i Sollentuna, har finkammats på spår.”

”Och?”

”Det fanns spår efter DNA.”

”Bingo!” utbrast Granath och tog ett steg framåt. ”Äntligen en framgång, kanske ett genombrott.”

”Problemet är att SKL:s preliminära undersökning visar att det finns spår efter flera hundra människor, varav de flesta inte finns i något register.”

”Vad i hel...?” började Magnus Granath.

”Hur kan det ha gått till?” frågade Susanne.

”De har antagligen haft tillgång till frisersalonger och spritt ut påsar med hårstrån i hela bilen”, svarade mannen från den tekniska enheten och rättade till glasögonen på nästippen.

Det var som om luften gick ur hela gruppen. När de hade fått de första uppgifterna om synliga hårstrån i bilen hade alla trott att det bara var en tidsfråga innan de kunde klargöra vilka de inblandade var. Nu var de tillbaka på ruta ett.

Det här var det värsta som en utredningsgrupp kunde råka ut för. De första viktiga tjugofyra timmarna hade gått, och de hade inga konkreta spår.

Susanne kände hur hennes nyvunna självförtroende började naggas i kanten.

Kvinnan som skötte tipstelefonen fick ett sms och halade fram telefonen. Det var tydligt att det var ett meddelande som var viktigt, kvinnan såg alldeles blek ut.

”Vi har fått ett tips från en tjallare”, sa hon medan hon läste om meddelandet.

”Vem är det?” frågade Magnus Granath.

”Han heter Tony Asplund. Han har hoppat av Rättvisa utan gränser, och verkar sitta inne med mycket information.”

”Varför vill han hjälpa oss?” frågade Magnus Granath, och såg misstänksam ut.

”En tjallare lämnar inte ut information utan att få något tillbaka.”

”Den här gången får vi betala vad han begär”, sa Magnus Granath och viftade irriterat med handen.

”Det är inte det som är problemet”, svarade kvinnan med tipstelefonen.

Susanne kände hur hon blev alldeles kall i kroppen. Hon var djupt skeptisk till hanteringen av information från kriminella som fick betalt. Det var så långt ifrån rättssäkerhet man kunde komma.

”Tala ur skägget, människa”, röt Magnus Granath.

”Tony Asplund kommer att berätta var justitieministern finns om vi lägger ned utredningen om vapenhärvan i Södertälje, som han antagligen är inblandad i.”

”Vilken jävla vapenhärva?” frågade Magnus Granath.

”Det är en mc-liga som grävt ned en massa vapen på ett ställe utanför Södertälje. Det handlar om AK5:or, kpistar och granatgevär. Jag har arbetat med det sedan i påskas”, svarade Susanne. ”Och det stämmer att det finns en Tony Asplund med i utredningen, även om han inte är delgiven misstanke än.”

”Så om vi lägger ned den där utredningen om vapen i Södertälje, kommer Tony Asplund att avslöja var Catarina Björk finns gömd”, sa Magnus Granath tankfullt med frånvarande blick.

Väl hemma kände sig Gerd fortfarande lika olustig.

Hon hade ingen lust att gå ut på balkongen igen efter den snöpliga episoden med grannen under gårdagen. Tänk att bara glo in så där när man minst anade det. Ändå visste Gerd att hon aldrig skulle säga ifrån. Då skulle det bara bli det vanliga: politiker som tycker att de är förmer än andra. I stället gick hon fram till fönstret i vardagsrummet och blickade ut på den långa raden av lastbilar som nu stod uppställda i kö, färdiga att transportera varor till Danmark.

Så påminde hon sig plötsligt att hon hade svarat på två frågor från en journalist idag. Man visste aldrig med media, men hon trodde inte att de skulle kunna göra något av så oskyldiga svar. Då slapp hon också bli utskälld av den där mallgrodan till gruppledare, som alltid skulle göra sig så märkvärdig. Särskilt om partiledaren var i närheten.

Gerd rös när hon tänkte på det och bestämde sig för att se om det fanns några nyheter om kidnappningen på text-TV.

Hon hittade till slut fjärrkontrollen mellan kuddarna i soffan och matade fram rätt sida på TV4. Hon föredrog den kanalen, eftersom SVT alltid var så positiv till regeringen.

Gerd bläddrade mellan rubrikerna, men kunde inte hitta något nytt. Just då blinkade det till och en ny rubrik dök upp.

Hon blev alldeles kall i hela kroppen.

Efter visst fumlande fick hon fram hela meddelandet. ”Förra justitieministern Gerd Lundin starkt kritisk till regeringen. Oppositionen söker politisk strid mitt under kidnappningsdramat.”

Gerd sjönk ned i soffan. Det hela kändes overkligt. Två frågor hade hon svarat på och det hade sannerligen inte funnits någon avsikt att söka politisk strid, något Gerd för övrigt aldrig önskade. Det här var inte alls vad hon hade velat. Det kanske inte var en så lyckad taktik att alltid säga det man tyckte.

En minut senare ringde det på mobilen.

”Vad i helvete håller du på med?” gapade en röst så högt att Gerd var tvungen att hålla mobilen en bit från örat.

”Jag har svarat på två frågor, det är allt.”

”Du har förstört hela vår strategi”, röt gruppledaren Fredrik Rosenqvist.

Gerd orkade inte svara.

”Nu går vi ut med en dementi, och så inga fler intervjuer, bara så att du har det jävligt klart för dig”, fortsatte Rosenqvist.

”Inte mig emot”, sa Gerd.

”Du har lyckats berömma regeringen när du ska vara kritisk,

och kritisera den när vi inte skulle ta strid", fortsatte gruppledaren sitt malande.

"Jag vill sluta", klämde Gerd fram till slut.

Det blev tyst i telefonen några sekunder.

"Vadå sluta?"

"Med politiken, jag tycker inte att det är roligt längre."

Fredrik Rosenqvist suckade högt innan han svarade.

"Det är nog inga problem, men säg inte ett ord om det före valet."

"Men det är väl nu jag ska säga det, så att väljarna vet om det."

"Absolut inte."

"Men jag står ju ändå på riksdagslistan."

"De personröster du får är nog lätt räknade", sa Fredrik Rosenqvist syrligt.

Gerd ville bara slänga på luren, men tvingade sig att fortsätta.

"Om vi inte säger det nu är det ju att lura väljarna."

"Vi kan inte ha ett avhopp mitt i valrörelsen, det borde till och med du fatta."

24

Mattias körde ut på Liljeholmsbron.

Han var försenad efter att ha haft ännu ett långt telefonsamtal med Marco. Det var ändlösa samtal, eller monologer rättare sagt, om hur man skulle kunna hämnas på det ruttna samhället. Mattias ville inte bli lika gniden som Eric Olivecrona, men kunde inte låta bli att reflektera över alla icke-debiterbara samtal under den senaste tiden. Nu skulle Marco iväg på sin första 48-timmarspermission på flera år. Han hade varit mycket hemlighetsfull om vad han skulle göra under sin korta ledighet.

Mattias slog bort tanken på sin klient och försökte i stället fokusera på vad han hade framför sig.

Nu hade han nämligen äntligen bestämt sig.

Nu fanns det inget återvändo.

Ikväll hade han lovat att ta initiativ till skilsmässan efter att ha gjort en blixtvisit hos Susanne.

Så fort han kom hem. Därefter skulle han skicka ett sms till Susanne. Om han skulle klara det här så måste han ha en ordentlig press på sig.

För nästan första gången sedan de hade återupptagit kontakten för ungefär ett år sedan hade de inte haft sex med varandra. De hade inte ens tagit av sig kläderna, en hastig kyss var allt.

Susanne hade inte varit sig lik. Det var tydligt att utredningen pressade henne. Det var förstås inte så konstigt med tanke på vad som hade hänt.

Just därför hade Mattias tyckt att det var ett lämpligt tillfälle att berätta att han hade kommit till skott. Att nu var det bestämt.

Hon hade kramat om honom. Bedyrat honom sin kärlek, men också förklarat att han måste vara helt säker på att det var rätt beslut.

Det hade irriterat Mattias en smula. Hade hon inte i flera månaders tid sagt att det inte gick längre, att han måste välja?

Mattias skakade på huvudet och körde av motorvägen in på Preemmacken. Som en dålig gammal vana brukade han sitta där och ta en kopp kaffe och en blåbärsmuffins innan han åkte hem. Som om han behövde ett litet andrum mellan kraven från arbetet och från familjen.

Nu var det inte direkt från arbetet han kom. Men Mattias trängde undan tankarna på älskarinnan. I stället slog det honom att han inte skulle behöva göra så här i framtiden. Att det här visade att det inte var sunt att vilja göra det. Om man hade ett bra äktenskap, så ville man åka hem till sin fru. Men det ville inte Mattias. Speciellt inte ikväll. För hur lockande var det att åka hem och berätta att man ville splittra familjen? Tanken på vad Rebecka skulle säga var outhärdlig, även om det kanske inte skulle komma som någon överraskning för henne. Johan var ännu för liten för att förstå vad det handlade om.

Lotta kunde inte heller gärna bli förvånad. Hon hade vid flera tillfällen tagit upp att det var lika bra att skiljas om det nu var det han ville. Vid varje tillfälle hade Mattias förnekat det, dock med allt mindre intensitet.

Men nu skulle det ske, tänkte Mattias och lämnade beslutsamt macken, där ett par långtradarchaffisar just slängde käft med den unga kvinnliga expediten.

Han hoppade in i bilen då det plötsligt ringde i mobilen. Han såg att det var Lotta och tänkte först strunta i att svara. Så slog det honom att det kunde vara bra att få en känsla av hennes sinnesstämning. Då visste han bättre hur han skulle lägga upp det.

”Hallå”, sa han.

Det kom inget svar från Lotta, bara en svag röst hördes.

”Hallå”, upprepade han irriterat. Varför ringde Lotta om hon inte ville prata med honom? Han hörde hennes röst svagt i bakgrunden och insåg att hon inte pratade med honom utan med någon annan. Han hejdade impulsen att lägga på luren och lyssnade vidare. Han stannade till vid vägkanten och stängde av motorn.

Nu hördes det mycket bättre.

Lotta pratade med en man och det lät som om de satt för sig själva. Det dröjde några sekunder innan Mattias fattade vad samtalet handlade om.

”Men om du nu säger att du älskar mig, så är det väl bättre att göra slag i saken”, sa en mansröst som Mattias inte kände igen.

Det dröjde några sekunder innan Lotta svarade.

”Så lätt är det inte, jag har två barn.”

Då förstod Mattias hur det låg till. Lotta måste ha råkat komma åt yesknappen, och därmed ringt upp den hon hade pratat med senast. Vilket alltså var Mattias, som nu hörde henne involverad i ett samtal med någon man som hon uppenbarligen hade ett förhållande med.

”Visserligen tjänar inte en personlig tränare som en advokat, men jag ska nog klara av att försörja oss”, sa mansrösten.

Mattias kände hur ilskan steg i kroppen. Var det den där jävla tränaren? Nu förstod han varför Lotta hade haft så bråttom iväg till gymmet.

”Du låter som om vi levde på femtiotalet”, sa Lotta och skrattade.

Svartsjukan rasade i Mattias, en känsla som han inte hade upplevt på flera år. Här satt en jävel och babblade om att försörja hans fru och hans barn.

”Jag kan försörja mig själv”, fortsatte Lotta och det kröp i kroppen på Mattias när han hörde det. Dessutom var det inte sant. Hennes usla inkomster som frilansjournalist hade gjort att han hade varit tvungen att jobba dubbelt så mycket. Och då hade hon passat på att skaffa en älskare. Det var tacken, tänkte Mattias.

Så hörde Mattias ljud som inte kunde uppfattas som något annat än att de kysste varandra.

”Åh, jag vill ha dig nu”, stönade Lotta och Mattias fick kväljningar.

Mannen grymtade något ohörbart.

”Du ska veta att jag längtar efter sex”, fortsatte Lotta.

Mattias tryckte ned fönstret på passagerarsidan för att få luft. Det här var bara för mycket. Han satte händerna för ansiktet och försökte gråta, men han var för arg. Närmare bestämt ursinnig, för att hans fru uppenbarligen bedrog honom.

Mattias blev sittande i bilen en lång stund. Vid flera tillfällen tutade passerande bilister ilsket över att han stod så illa till.

Efter en halvtimme insåg Mattias att det inte tjänade något till att bara sitta där. Han startade bilen och körde sedan långsamt hemåt.

Susanne hade bestämt sig för att lägga sig tidigt. Den sena kvällen med Petra hade satt sina spår. Arbetsbelastningen, med först gisslandramat i riksdagen och sedan kidnappningen av justitieministern, gjorde att hon var helt färdig. Och ändå stod hon i ett slags jour dygnet runt, där det förväntades att hon skulle kunna agera blixtsnabbt om det behövdes.

Trots att hon kände sig utmattad kunde hon inte somna. Tankarna virvlade runt. Det var intressant att Kuten hade kommit fram till att det antagligen var någon extern ledare som styrde organisationen, precis som hon själv hade misstänkt från början. Plötsligt for en tanke genom huvudet på henne. Tänk om det inte alls var någon som var så begåvad, som de hade utgått ifrån. När hon tänkte närmare på det kunde det lika gärna vara en person som hade mycket pengar. Logistik gick att köpa genom speciella kriminella kontakter. Susanne visste att det gjordes bland annat vid värdetransportrån. Det kunde vara någon som levde ett hederligt liv på ytan, men det skulle också kunna vara en person som satt i fängelse. Den gemensamma nämnaren var att det måste vara någon som var van att styra över andra människor.

Men lika mycket kretsade hennes ältande runt telefonsamtalet från den där tjallaren Tony Asplund, ett samtal som var från ett kontantkort och därför inte gick att spåra. Hon hade omedelbart förklarat det otänkbara i att de skulle ge efter för en tjallares krav, vilket hade skett så snabbt att inte ens Magnus Granath hade kommit sig för att protestera. Visserligen var det åklagaren i vapenärendet i Södertälje som fattade det formella beslutet. Men under de här förhållandena skulle han inte gå emot Susannes vilja som utredningsansvarig.

För Susanne hade det varit enkelt. Att lägga ned ett ärende på grund av att de hade blivit utpressade var otänkbart. Tydligare fall av grovt tjänstefel fick man leta efter. Eller var det verkligen så? Under dagen hade hon inte haft några tvivel om det. Men när hon kom hem hade hon börjat tveka.

Så slog det henne att regeringen befann sig i en liknande situation. Där var kraven att de skulle bevilja nåd för tolv grovt kriminella, annars skulle ett mord begås. Ändå var det inte samma sak. En regering var fri att benåda vem man ville, det fanns inget regelverk, bara egna fastslagna principer. Något tjänstefel kunde det aldrig bli fråga om, däremot hade de förstås ett politiskt ansvar. Och om kidnapparna avrättade justitieministern skulle det inte likna något annat som hade hänt i Sverige.

Susanne var åter förvånad över att regeringen stod emot kraven. Den här gången hade man inte sagt nej rakt av utan bad om mera tid genom att framföra det i TV. Men nu hade tidsfristen löpt ut. Leo Holmbergs försök att få kontakt med kidnapparna genom att gå ut offentligt hade inte givit något resultat. Och nu visste ingen vad som var kidnapparnas nästa drag. Hur nära var det att de skulle döda Catarina Björk? Eller var det någon annan de siktade på?

Susanne vred sig i sängen och såg på klockan. Den var bara halv elva, hon borde inte ha lagt sig så tidigt. Hon hade svårt att få stopp på sina egna utdragna resonemang. Det var helt enkelt för mycket som hände just nu. Egentligen var det två utpressningar som pågick samtidigt. Först var det kidnapparna från organisationen Rättvisa utan gränser som krävde att fångar skulle släppas. Till det kom tjallaren Tony Asplund som krävde att ett vapenärende skulle läggas ned för att han skulle avslöja var justitieministern hölls fången. Visserligen samma händelse, men ändå två olika fall av utpressning.

Fast det var egentligen inte tankarna på detta som gjorde det omöjligt att somna. Skulle Mattias verkligen prata med Lotta ikväll? Gjorde han det just nu? Och vad skulle det innebära för dem om han verkligen genomförde skilsmässan? Skulle de flytta ihop, bilda familj? Några barn skulle de inte få, det var hon för gammal för. Hennes egna barn var vuxna, så de skulle nog inte påverkas så mycket utan mera tycka att det var skönt att deras mamma äntligen träffat en ny man. Men Mattias barn var så små, där var situationen helt annorlunda. Skulle hon orka med att ta hand om två barn varannan vecka? Det fanns så mycket som var oklart, och Susanne avskydde att inte kunna förutse vad som skulle hända.

Nu var det två timmar sedan han hade åkt. Han skulle skicka ett sms, vilket hade varit en idiotisk idé redan från början. Susanne hade kollat mobilen på nattduksbordet flera gånger redan. Men från honom hade inte hörts ett ljud. Det var i och för sig inte så konstigt, de höll väl fortfarande på att diskutera skilsmässan.

Susanne vände sig om igen. Hennes lakan hade snott sig runt benen och hon skakade irriterat loss dem. Hon kände sig mera klarvaken än hon hade gjort under hela dagen.

”Hur var träningen?” frågade Mattias med en konstgjord gäspning. Han stod vid diskbänken med en tekopp i handen.

Lotta satt vid köksbordet med ryggen mot honom.

”Det var okej”, svarade hon sakta medan hon bläddrade i en kvällstidning. ”Har du lite te förresten?”

”Finns i kannan.”

Lotta reste sig från bordet och gick fram till tekannan som stod på köksbänken. Hon la i en ny tepåse och hällde upp vatten.

”Nej, förresten, jag känner för ett glas vin”, sa hon och tömde sitt te i diskhon. Hon tog ett vinglas ur skåpet och fyllde det från boxen med ett par ordentliga tryckningar.

Sedan satte hon sig vid bordet igen och fortsatte att bläddra i tidningen.

Mattias följde henne med blicken utan att säga något.

Från början hade han tänkt konfrontera henne med vad han hade hört. Men när han hade parkerat bilen på garageuppfarten hade han ångrat sig. Det var intressantare att avvakta för att se hur det skulle utveckla sig.

Direkt när han hade kommit in hade han gått till köket, för en gångs skull utan att gå förbi barnens rum.

”Vad får ni göra för övningar då?” frågade Mattias.

Lotta vände sig hastigt om.

”Värst vad du har blivit intresserad?”

Mattias ryckte på axlarna.

”Bara undrar.”

”Vi börjar med att springa på bandet i femton minuter och sedan går vi igenom del för del av kroppen”, svarade Lotta och återgick till tidningen.

Kan nog tro det, tänkte Mattias medan han gjorde vad han kunde för att hålla tillbaka ilskan över telefonsamtalet. Hans fru hade talat om att skiljas, kysst en främmande man och – kanske värst av allt – talat nedlåtande om deras sexliv. Det sårade Mattias manliga fåfänga mer än något annat. Visst var det ganska sällan som det blev av nu för tiden, men när det väl hände så var det väl bra. Så lät det på Lotta i alla fall. Om hon inte fejkade, förstås.

”Ska vi ha sex?” frågade Mattias plötsligt.

Lotta ryckte till och vände sig om.

”Vad säger du?” sa hon och skrattade.

”Det är väl inte så konstigt att en gift man vill ha sex”, sa Mattias gravallvarligt.

Lotta reste sig från bordet och gick fram till honom.

”Jag har mens, annars hade det varit en bra idé”, sa hon och klappade honom lätt på kinden. Han hindrade en reflex att dra bort huvudet.

”Kan man verkligen träna då?” frågade Mattias.

”Du låter som om vi levde på femtiotalet”, sa Lotta och ställde ifrån sig det urdruckna vinglaset på diskbänken.

Mattias kände hur han var nära att explodera. Var det inte just så hon hade sagt till den där jävla neanderthalaren?

Han kunde inte vara kvar i köket längre, i så fall skulle han försäga sig. Av någon anledning ville han dra ut på det. Trots att svartsjukan rasade inom honom fann han ändå situationen intressant. Att hon kunde stå och ljuga honom rakt upp i ansiktet.

”Jag går och lägger mig”, sa han.

”Ska bara kolla mailen, så kommer jag sedan”, sa Lotta och gick ut i hallen. Där stannade hon plötsligt upp och vände sig om.

”Du lämnar Johan i morgon, va?”

Mattias nickade och gick upp på övervåningen. Bortsett från att äktenskapet hade blivit allt sämre med tiden, trivdes de rätt bra i villan i Mälarhöjden. Rebecka hade fullt av kompisar i området och hade förklarat att hon skulle bo kvar där i hela sitt liv.

Efter att ha borstat tänderna gick Mattias och la sig men kunde inte somna. Han försökte tänka klart. Var inte det här egentligen det bästa? Planen hade ju varit att han skulle åka hem för att berätta att han ville skiljas. Då borde det vara perfekt att Lotta också hade träffat någon annan. Ändå kunde han inte känna så, hur mycket han än försökte.

Han kände sig bara bedragen och förnedrad. Den perfekta hämnden vore givetvis att bara säga att han ville skiljas och så ordna allt med en jävla fart, utan att Lotta skulle hänga med i svängarna. Men tanken på att hon då skulle flytta ihop med den där muskelbyggaren var outhärdlig. Skulle han bo där varannan vecka med hans barn? Äta middag och läsa sagor för dem – om han nu kunde läsa förstås.

Han försökte tänka på att det här förenklade förhållandet med Susanne. Men så lätt var det inte. Han hade till och med svårt att se hennes ansikte framför sig. Och när han tänkte på hur det var att ha sex med henne kände han ingenting.

Så hörde han stegen närma sig utanför sovrumsdörren. I sista sekunden hann han vända sig om när dörren öppnades och Lotta smög in. Han andades långsamt och rytmiskt för att hon skulle tro att han sov.

FREDAG 12 SEPTEMBER

9 DAGAR KVAR TILL VALET

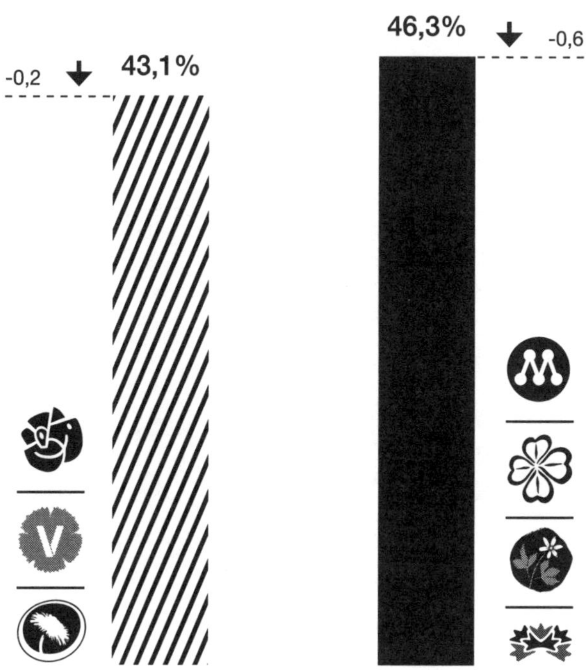

25

Justitierådet Peder Oskarssons kropp låg på den vinröda tjocka mattan i hans arbetsrum i Högsta domstolen. Ansiktet var en blodig massa och vid tinningen fanns ett hål som såg ut att gå rakt in i huvudet. Det levrade blodet hade fastnat i de yviga men tunna hårtestarna. Armarna låg i en onaturlig ställning under kroppen. Flera tänder var utslagna och läpparna var uppsvullna. Bredvid kroppen låg ett föremål som såg ut som en domarklubba, nästan helt täckt av blod. En städerska hade gjort den makabra upptäckten och ringt polis. Hon hade varit så chockad att det inte gick att förstå vad som hade hänt. Därför skickades inledningsvis bara en patrull till platsen.

De två poliserna hade haft problem att ta sig in. Eftersom klockan bara var halv sju på morgonen var porten låst i det järnstaket som kringgärdade Högsta domstolen. Till slut hade de fått kontakt med städerskan, som lyckades hjälpa dem in.

Polismännen hade följt med henne uppför den första trappan, där en stor hall bredde ut sig. Städerskan vägrade att gå längre utan pekade bara med en darrande hand åt ena hållet där en dörr stod på glänt. De två polismännen, som hade lång erfarenhet av att påträffa döda människor, hade aldrig sett något liknande. Mannen på golvet var fullständigt massakrerad. Av skadorna att döma genom trubbigt våld, förmodligen med klubban, men det var för tidigt att avgöra. De hade omedelbart kallat på förstärkning och när de civilanställda på länskommunikationscentralen fick informationen gick de genast ut med ett anrop till samtliga radiobilar i city.

En stund senare kryllade det av bilar utanför Högsta domstolens lokaler, och efter några minuter kom en ambulans från Södersjukhuset.

Området spärrades av och ingen fick passera in till byggnaden. Ambulansmännen lyckades baxa iväg kroppen på en bår nedför den stora trappan och in i ambulansen just som de första fotograferna kom till platsen. Snopna fick de se ambulansen åka iväg utan att de hunnit ta de närgångna bilder som de hade önskat.

Ryktet om att en hög domare hade mördats spred sig snabbt bland journalisterna och diskussionen om vem det var, och varför han hade mördats, hade redan mynnat ut i vilda spekulationer.

De polismän som hade upptäckt kroppen omhändertogs av kolleger och andra poliser hade fått ta vid. Tekniker finkammade rummet och resten av lokalen på spår medan blåvita band sattes upp utanför det svarta staketet.

Poliser försökte mota bort alla nyfikna som samlats, men när det inte gick beslutades det att Myntgatan skulle spärras av från två håll, för att de skulle få arbeta ifred.

Samtidigt påbörjades operation dörrknackning. Det fanns inte så många bostäder i området runt Riddarhustorget. Mittemot låg ett par restauranger, men de hade haft stängt i många timmar nu. Det var mer sannolikt att någon buss- eller taxichaufför hade sett något när de passerade platsen. Kontakter togs med SL och taxibolagen för att kartlägga vilka som hade varit i närheten.

Kanslichefen hämtades till platsen och började genast kontakta den mördades kolleger och övrig personal och informera om vad som hade hänt. Det visade sig att offret levde ensam, vilket förklarade att ingen hade anmält honom försvunnen.

Teknikernas första upptäckt var ett par tänder som låg bland allt blod en bit ifrån kroppen.

”Vi har en svår uppgift framför oss”, sa Magnus Granath.

Det var tyst bland de elva poliser som var samlade i stabsrummet. Två timmar hade gått sedan den mördade Peder Oskarsson hade hittats.

”Vi måste vidta alla nödvändiga åtgärder, det måste ske snabbt och effektivt”, fortsatte han.

”Och hur ser det ut rent konkret?” frågade representanten för Kuten.

”Det tänkte jag att kommenderingschefen skulle utveckla lite närmare”, svarade Magnus Granath och slog ut med armen i en gest mot Susanne, samtidigt som han tog ett steg åt sidan.

Susanne tittade förvånat på honom. Nu ville han inte ens leda mötena själv.

Men hon insåg att det gällde att inte missa tillfället utan ställde sig omedelbart upp.

”Vi har tekniker på plats och har fått en första rapport. Peder Oskarsson har mördats genom mycket kraftigt våld under torsdagskvällen. Han var likstel när han påträffades. Slagen har krossat skallbenet på flera ställen och gett omfattande skador på hjärnan. Som jag förstår har de förstörda hjärnvävnaderna slagit ut andning och hjärtslag. Mordvapnet är enligt kanslichefen en ukrainsk domarklubba av guld, som ser ut som en spikklubba med smaragder och rubiner. Den fanns i Oskarssons rum, han hade fått den i gåva efter ett besök av Ukrainas högsta domstol. Vi avvaktar nu den preliminära obduktionsrapporten. Högsta domstolens lokaler finkammas just nu. Men vi måste också gå igenom alla mål som Oskarsson har dömt i under de senaste tio åren.”

”Det sätter jag ett par utredare på, så får de ta kontakt med Domstolsverket”, sa kvinnan som var ansvarig för personalen och logistiken.

”Utmärkt!” sa Susanne. ”Vi måste även gå igenom hans bekantskapskrets. Fanns det några fiender? Vilka personer har han haft relationer till? Kan de andra justitieråden bidra med något?”

”Jag måste be om förstärkning om jag ska klara det”, sa samma kvinnliga polis. Susanne konstaterade att hon verkade vid gott mod, trots hennes allt större arbetsuppgifter efter varje brott som begicks.

”Inga problem, ta så många du vill. Eller hur?” frågade Susanne och vände sig till Magnus Granath, som hade tagit ytterligare ett steg åt sidan.

”Självklart, självklart”, svarade han.

”Dessutom måste vi gå igenom all telefon- och mailtrafik, och slutligen bör vi hålla nya förhör med de som är häktade för gisslandramat. Allt tyder på att mordet begicks för att regeringen inte accepterat kravet på att släppa fångarna”, sa Susanne och vände sig mot gruppen igen.

När det också var omhändertaget, som poliser gärna uttrycker det, tyckte Susanne att det kändes bättre. Hon hade ett egendomligt lugn inom sig, trots att hon visste hur svår situationen var. Minsta misstag skulle få ödesdigra konsekvenser.

”Så vill jag att vi kollar vilka som har tillgång till nyckel till grinden till Högsta domstolen. Mordet måste ha skett när domstolen var stängd”, sa Susanne.

”Det bordc betyda att det är någon anställd”, sa Petra.

”Eller att det är någon som har blivit ditbjuden, förmodligen av Oskarsson själv. Men den viktigaste frågan är att slå fast om Rättvisa utan gränser ligger bakom även detta. Att det är ett mord på en av de högsta representanterna inom rättsväsendet i Sverige tyder på det, men vi måste ha mer på fötterna för att vara säkra.”

Flera av poliserna nickade och det var uppenbart att de uppskattade att Susanne ledde arbetet.

”Vi har just fått in ett nytt meddelande från vår tjallare Tony Asplund”, sa kvinnan från tipstelefonen.

Susanne kände genast obehaget växa.

”Han skriver följande”, fortsatte kvinnan och började läsa från mailet som kommit i mobilen.

”Nu har en domare mördats, än finns chansen att hitta er minister levande, men då måste vapenärendet i Södertälje läggas ned.”

Det blev helt tyst i rummet. Susanne förklarade att det här var inget annat än ytterligare en utpressning. Dels var det Rättvisa utan gränser som krävde att regeringen skulle släppa fångar, dels var det en tjallare, som uppenbart visste var Catarina Björk hölls fången, som krävde att vapenärendet skulle läggas ned.

”Jag tycker att vi ska nappa på det”, sa Magnus Granath.

Även om ingen gillade honom var det flera i rummet som var inne på samma linje.

”Vi behöver inte avfärda det direkt”, sa representanten för Kuten.

”Ändamålet helgar medlen”, sa Magnus Granath, ”och vad är skillnaden mot att betala pengar till kriminella för information? Det handlar om motprestation till kriminella, något svensk polis har ägnat sig åt i åratal.”

”Jag gillar inte den saken heller”, sa Susanne. ”Men det här är ännu värre.”

”Då kan vi konstatera att kommenderingschefen är emot och vi måste vara enade om det ska gå”, sa Magnus Granath och smackade lite med tungan.

”Hallå, du kan väl inte lägga hela ansvaret på Susanne”, invände Petra och rynkade ögonbrynen.

”Är det här en fråga om media kanske?” frågade Magnus Granath. Hans överlägsna attityd var tillbaka.

”Nej, men ...”

”Då vore jag tacksam om du inte lägger dig i de här operativa frågorna.”

”Att lägga ned utredningar efter påtryckningar från kriminella är däremot en fråga för media”, svarade Petra och blängde på honom.

”Och en minister som blir mördad på grund av att man är förblindad av vissa principer, vad tror du att det är?”

Catarina grät så att hon skakade.

Hon kunde inte känna annat än den djupaste förtvivlan.

Nyhetssändningen var brutal: en domare i Högsta domstolen mördad. Hon hade träffat Peder Oskarsson då ett nytt justitieråd skulle presenteras av regeringen.

Nu var han död.

Hur kunde man mörda en helt oskyldig människa, och på ett så vidrigt sätt. Misshandlad till döds inne i Högsta domstolens lokaler, som ett slaktat djur.

Det var svårt att tro att det kunde hända i Sverige.

Med den hänsynslösheten fanns det inget som talade för att hon själv skulle komma levande därifrån. Och då skulle hon aldrig se Olivia och Julia igen, aldrig någonsin.

Catarina borrade ned ansiktet i kudden och kvävde ett skrik.

Nu hade hon varit instängd i fyra dagar. Ändå hade hennes hopp vuxit för varje dag. Inte för att hennes vakter gav sken av någon medmänsklighet, fortfarande hade de inte sagt ett ljud. Catarina hatade de där rånarluvorna. Det där Stockholmssyndromet, där man etablerade kontakt med sina kidnappare, förstod hon ingenting av. Hon hatade dem som höll henne fången av hela sitt hjärta, de hade förstört hennes liv.

Hon hade i alla fall räknat ut att de var fyra till antalet.

På något obegripligt sätt hade hon även fått rutiner på den korta tiden. Varje dag togs ett fotografi med dagens tidning. Toaletten låg precis utanför sovrummet, i en liten passage till något som såg ut som en hall. Då fick vakterna låsa upp handbojorna, vilket var enda tillfället då hon slapp dem. För att påkalla vakternas uppmärksamhet fick hon dunka i väggen eller ropa. Vid något tillfälle hade de tyckt att hon hade ropat för högt, det syntes att de var upprörda. Men ingenting hade hänt och hon hade fått gå på toaletten.

Det gick varken att låsa eller att stänga dörren helt. Det var extra förnedrande när de väntade utanför, även om hon hade bestämt sig för att inte bry sig om det. Trots allt var det ett litet problem i sammanhanget.

Dagarna hade hon fördrivit mest med att läsa tidningarna och titta på TV. Den fick hon bara ha på vid vissa tillfällen. Det var skönt att kunna göra något, även om hon aldrig, ens för en sekund, kunde glömma var hon befann sig.

Att hon fick se den här nyhetssändningen var nog ingen slump. De ville att hon skulle inse hur allvarligt läget var. Det var en plåga att se hur pressade statsministern och de övriga ministrarna var i sina framträdanden.

Det fick Catarina att tänka på att många ännu trodde att hon hade satt hårt mot hårt mot gisslantagarna i riksdagen. Värst av allt var den hjälteroll som hon hade fått i media, och som hon själv hade exploaterat politiskt. Det var så skamligt att hon inte ville tänka på det.

Men det fanns också en annan sak som slog henne. De hade inte mördat henne utan en helt annan person. Catarina skämdes över att hon var lättad över att hon hade klarat sig på en annan människas bekostnad. Hur mordet skulle påverka hennes egen situation var svårt att förutse.

Sitt äktenskap hade hon också haft tid att reflektera över. Aldrig hade hon älskat sin man som hon gjorde nu. Hon tänkte återigen på hur Patrick alltid hade ställt upp för henne. Hundratals resor, möten och sammanträden och han hade aldrig klagat, nåja, nästan aldrig i alla fall. Om hon bara kom ut härifrån skulle hon gottgöra honom på alla sätt. Då var det Patrick som skulle prioriteras, det var inte mer än rättvist.

Att tänka på döttrarna gick inte utan att bryta ihop. Det hände flera gånger varje dag och hon fick tvinga sig att inte tänka på dem. I stället försökte hon tänka positivt – på vad hon skulle göra när allt det här var över.

Det skulle ändå vara omöjligt att fortsätta med politik, resonerade hon. Hade man råkat ut för något sådant här gick det inte att komma tillbaka. Det var inget hon ville heller. Varför skulle man riskera sitt liv för ett yrke?

Tidigt hade hon lärt sig att man ställde upp för partiet. Det fanns inpräntat i varje cell i hennes kropp. Men här gick gränsen. Inte ens partiet kunde ställa sådana krav.

Om hon slutade hade hon fallskärm i minst ett år. Under den tiden skulle hennes man få göra allt han ville. Då skulle hon också få den tid för barnen som hon hade pratat om så mycket. Hon skulle verkligen ta hand om dem, vara hemma när de kom från dagis. Vara en riktig bullmamma och alltid vara tillgänglig. Längre orkade inte Catarina tänka förrän hon fick en ny gråtattack. Hur skulle hon kunna göra allt det här när hon inte ens visste om hon någonsin skulle få se dem igen.

26

”Vi tror att du mycket väl vet vilka som ligger bakom det här”, sa utredaren med skarp röst.

”Vi tror inte, vi vet”, sa hans kollega.

Henry Molander tittade på de båda poliserna utan att säga något.

Det där med good cop, bad cop verkade inte stämma här, båda poliserna var lika otrevliga.

Han hade tigit sig igenom alla försök till förhör.

Efter en överenskommelse med Mattias motsatte de sig inte själva förhören, däremot vägrade Henry att berätta något när de väl var på plats.

I rättegången kommer jag att berätta allt, hade han förklarat gång på gång.

Den här dagen hade utredarna med sig bilder på ett antal personer, som de misstänkte kunde vara ledare för hela organisationen. Den ena utredaren la bild efter bild på bordet framför Henry, som tittade nyfiket på dem utan att säga ett ljud. Plötsligt stelnade Mattias till. En av bilderna visade hans klient Marco. Samma karaktäristiska käkparti och ilskna blick, som Mattias redan från början hade haft så svårt för. Henry studerade bilden, på samma sätt som de andra. Ändå hade Mattias kunnat konstatera en liten ryckning i ena ögat hos Henry när han såg bilden. Frågan var om utredarna hade upptäckt samma sak.

”Vi kommer nog inte längre idag”, sa Mattias.

Den ena utredaren blängde ilsket på honom. Advokater som la sig i förhör hade de inte mycket till övers för, de var inte så positiva till advokater över huvud taget. Och om den misstänkte teg under förundersökningen trodde alltid polisen att det var advokatens påhitt. Mattias visste att de här utredarna tog alla chanser att hålla förhör direkt när någon blev gripen. Om den misstänkte begärde en advokat fick han ofta höra att det då skulle dra ut på tiden, att det inte gick att ordna någon förrän dagen därpå och att han då måste stanna i arresten över natten. Om han i stället gick med på ett förhör direkt, så skulle han nog bli släppt. Något som många gånger visade sig inte stämma alls. Han undrade om Susanne visste hur vissa poliser kunde vara, hon som alltid pratade om rättssäkerhet.

Men i det här fallet var det meningslöst att ens försöka hålla ett förhör med Henry utan att Mattias var med. Och när de pressade på för hårt grep han in med en kommentar, så att hans klient skulle känna hans stöd.

Mattias var noga med att sätta sig bredvid sin klient, så att utredarna kom att sitta mittemot dem. En del advokater valde att sitta på kortsidan, men det ansåg Mattias vara att distansera sig från sin klient.

”Nåja, då drar det ut på tiden ytterligare”, sa den ena utredaren och samlade ihop sina papper i det lilla besöksrummet. Den andra pratade in på bandspelaren att förhöret var slut, bara åtta minuter efter att det hade påbörjats.

”Vi sitter kvar en stund, vi har en del att prata om”, sa Mattias och fick hålla tillbaka ett leende.

De båda utredarna muttrade något om nästa häktningsförhandling och så gick de.

Henry såg nöjd ut när de hade blivit ensamma. Polisernas dåliga humör hade motsatt effekt på honom.

”Vad händer om de kommer utan att förvarna dig”, frågade han.

”Då får du stänga munnen och andas genom näsan”, svarade Mattias.

Henry nickade och blev sittande tyst en stund innan han fortsatte.

”Vet du hur det känns att förlora allt?”

”Nej, det gör jag inte”, svarade Mattias och skruvade på sig.

”Jag ska ge dig ett exempel. På min fyrtioårsdag kom det 140 gäster, både släkt och vänner. Massor av tal.”

”Jaha?”

”Tio år senare, när jag fyllde femtio, kom det åtta personer.”

Mattias visste inte vad han skulle säga. Det behövdes inte, för nu var Henry igång.

”Hur mycket vill du veta om vår organisation?”

Mattias tänkte efter. Han ville inte veta något som skulle kunna skapa problem i en kommande rättegång. I det låg att inte ljuga – eller medverka till att någon annan gjorde det. Men eftersom hans klient inte hade några planer på att berätta något om det här i tingsrätten, skulle det inte bli några etiska dilemman för honom. Dessutom ville han gärna veta hur det hela hängde ihop. Efter mordet på domaren hade det blivit riktigt obehagligt. Att hålla några som gisslan eller kidnappa någon var en sak, men att kallblodigt mörda en oskyldig människa var något helt annat.

”Vår organisation bildades för att ge människor upprättelse efter att ha blivit felaktigt behandlade av staten.”

”Vilka människor talar du om?”

”Föräldrar vars barn har blivit omhändertagna, oskyldiga som har dömts, de som, i likhet med mig själv, åkt på orättvisa skattesmällar, listan kan göras hur lång som helst”, sa Henry och kliade sig lite i det gråsprängda skägget.

”Det där känner jag redan till, vad är det nya?” frågade Mattias.

”Vår väpnade gren.”

Mattias la ifrån sig pennan på bordet.

”Den består av en liten kärna som har brutit sig ut.”

”Så ni har en organisation i organisationen.”

”Så kan man uttrycka det”, svarade Henry. ”Det kom en person utifrån, som kände till oss, och som har byggt upp det här som en militär enhet.”

”Nu förstår jag inte vad du menar”, sa Mattias.

”Vi har tre så kallade plutoner, med fyra personer i varje. Tolv personer sammanlagt alltså. Gisslandramat i riksdagen var vår första pluton, nu är det antagligen den andra som har kidnappat den där ministern.”

”Och den mördade domaren?”

”Det var tredje plutonen, den består av just torpeder.”

Mattias var osäker på om han verkligen ville veta mera. Ett slags paramilitär organisation som hämnades på samhället. Men just för att det var så otroligt kunde han inte hejda sin nyfikenhet.

”Är ledaren någon av dem som finns på bilderna?” frågade han och kände att han var ute på djupt vatten.

Henry tittade länge på honom innan han svarade.

”Det vill du inte veta.”

”Nu är de i gungning”, väste Linus i telefonen, så högt han nu vågade. ”Deras framryckning i opinionsundersökningarna kommer snart att stanna av.”

Även om adrenalinet hade stigit hos varenda medarbetare på hela tidningen, kunde man inte öppet visa sin upphetsning över ett bestialiskt mord på en av Sveriges högsta domare.

Särskilt inte Linus. Hans fadäs var långt ifrån glömd. Att skriva om en påhittad kidnappning samma dag som en kidnappning verkligen inträffade var ett journalistiskt misstag utan dess like.

”Och jag är back in business igen”, la han till.

”Vem bryr sig om dig?” frågade Hjalle.

”Kanske någon”, svarade Linus och la huvudet på sned, glad

över att Hjalle inte kunde se honom där han satt och hukade bakom skärmarna på redaktionen.

”Skulle inte tro det, däremot bryr man sig om att det är kaos i landet, och det betyder i sin tur att regeringen har tappat kontrollen.”

”Det är bara förnamnet, lyssna på det här pressmeddelandet från regeringskansliet.”

”Läs långsamt, och sluddra inte”, svarade Hjalle.

Linus var på alldeles för bra humör för att låta sig påverkas av ännu en förolämpning.

”Regeringen kommer i morgon att besluta om att bevilja nåd för de tolv personer som kidnapparna ställt krav på ska friges. De kommer omedelbart att frisläppas från sina anstalter. Regeringens bedömning är att flera liv inte kan äventyras, och man vill vidare understryka att beslutet om nåd endast gäller förfluten brottslighet. Om nya brott begås kommer de frisläppta att ställas inför rätta och dömas i vederbörlig ordning.”

”Mycket bra”, svarade Hjalle. ”Det där kommer att ta skruv hos folk vid köksborden.”

”You bet”, sa Linus. ”Ska vi ses i eftermiddag?”

”Nej, jag är på möten och har mycket saker att fixa.”

”Vad är det för möten?”

”Skit i det du”, fräste Hjalle.

Linus tittade sig omkring för att se om någon på redaktionen hade uppfattat vad han sa, men alla var upptagna med sitt. Så böjde han sig framåt och sa med låg röst:

”Det finns en sak som jag har tänkt på.”

”Har du tänkt också?” frågade Hjalle. ”Vilken överraskning.”

”Borde det inte ha funnits en tidsfrist för att släppa fångarna?”

Hjalle blev tyst för en gångs skull.

”Du kan ha en poäng där”, sa han till slut.

”Ja, för man kommer väl inte bara med ett krav utan att ha en bestämd tid för när något ska hända, då är det svårt att utpressa någon."

"Hur fan får vi reda på det?"

"De enda som kan veta det är folk på departementet och polisen, kanske regeringen också."

Hjalle hummade några gånger innan han svarade.

"Departementet läcker aldrig, tyvärr gör polisen inte det heller så ofta nu för tiden."

"Men det finns en som vi kanske har inom räckhåll", sa Linus.

"Vem då?"

"Petra."

27

”Hur går det med riksdagsmålet?” frågade Eric Olivecrona och tog ett steg in i rummet.

Mattias tittade upp från sina handlingar. Han ogillade att kollegan bara klampade in utan att ens fråga om han störde. Men på en arbetsplats med fem personer gällde det att försöka bemästra sin irritation och hålla god min.

Eric Olivecrona satte sig bekvämt i besöksstolen. Det såg ut som om han hade tänkt sitta där hela eftermiddagen.

”Det händer inget alls, min klient vägrar prata.”

”Det är bra, då tar utredningen längre tid. Flera besök på häktet, mer tidsspillan”, flinade Eric Olivecrona. ”Om du har flera klienter på samma häkte kan du besöka dem samtidigt men ändå debitera tidsspillan i varje mål. Kollar domstolarna aldrig”, fortsatte han.

”Hur går det själv?” frågade Mattias och la ifrån sig sina papper.

”Det är mycket nu. Regeringen klagar där hemma, borde ta det lugnt, men så säger man ju alltid”, svarade Eric Olivecrona med ett nöjt leende.

Mattias nickade.

”Är det brottmål?” frågade han.

”Nej, vet du, det blir allt mindre av den varan. Funkar inte att hanka sig fram på rättshjälpstaxan.”

Mattias hade också märkt att kollegan hade allt färre brottmål. Däremot trodde han inte ett ögonblick på att det berodde på något eget initiativ. Klienterna ville inte ha honom, helt enkelt. Han var för snobbig och sådant genomskådade klienterna.

"Så jag kör lite andra grejer", sa Eric lite högre när han märkte att Mattias hade försjunkit i egna tankar.

"Och vad är det?" frågade Mattias.

"Har en del spännande entreprenörstvister på gång, de vet att jag har jobbat på en stor affärsbyrå tidigare. Annars skulle det nog inte funka", sa Eric Olivecrona och satte händerna bakom nacken och lutade sig bakåt.

"Det låter ju skitbra", sa Mattias och försökte uppbringa lite entusiasm.

"Du vet, folk säger att vi gör vad som helst för pengar. Det är inte sant, jag skulle vilja uttrycka det så här: vi gör inte vad som helst för pengar, men det vi gör, gör vi för pengar."

Mattias prasslade lite med sina papper för att kollegan skulle fatta att det var läge att gå nu. Det var en signal som inte uppfattades alls.

"Men jag förstår att du verkligen sitter i skiten, så då får vi andra förstås ställa upp", sa Eric Olivecrona och gäspade avmätt.

Mattias tittade förvånat på honom.

"Du menar att du kan ta över mål."

"Alltså bara under en begränsad tid förstås, i oktober–november är det mycket huvudförhandlingar, men nu kan jag nog pressa in något", sa han och reste sig upp.

"Gäller det även familjemål?" frågade Mattias.

Eric Olivecrona skrattade som om han hade hört något verkligt roligt.

"Det har jag inte haft sedan jag var biträdande jurist. Men visst, det kan vara en nyttig erfarenhet att hålla sig lite à jour med det", sa han.

Mattias funderade. Kanske borde han ändå dela med sig av debiterbart arbete när han själv hade så mycket, trots allt hade de en byrå tillsammans.

”Förresten kan du få ta ett förhör med en kille som heter Marco, som sitter på Saltvik. Du får flyga till Sundsvall, det tar säkert en hel dag i anspråk.”

Eric såg nöjd ut. Det syntes att han gjorde en snabb huvudräkning hur mycket det kunde bli.

”Det kan jag nog ställa upp på”, sa han och slängde en snabb blick på sitt armbandsur. ”Oj, nu måste jag kila, ser jag.”

Mattias blev ensam igen. Han skulle just ringa Marco och informera om att Olivecrona skulle vara med vid förhöret, när han såg att han hade fått ett nytt mail om basketresultat från honom. Det var skickat till en annan kriminell, som för närvarande befann sig i frihet, och med kännedomskopia till Mattias. Antagligen misstänkte även vakterna att det kunde vara meddelanden som fördes ut och blev till instruktioner. Mattias funderade på om det bara var ett sätt att jävlas med vakterna. Han visste att kriminella älskade att driva med plitarna, till exempel hade han varit advokat åt en värdetransporträrånare som skickade vykort från Thailand. Men det här hade nog hållit på för länge för att det inte skulle finnas någon tanke bakom det.

Liksom alla andra var Mattias bestört över att en oskyldig domare hade mördats. Mattias visste vem Peder Oskarsson var, men hade aldrig processat i samma mål som han. Vilket inte var så konstigt, eftersom en advokat i genomsnitt bara var två gånger i Högsta domstolen under en hel karriär. Nu hade Henry berättat att det fanns en väpnad gren inom Rättvisa utan gränser. Och han förstod att det var de som låg bakom mordet på domaren. Men han visste också att de advokatetiska reglerna förbjöd honom att berätta för polis och åklagare om det, även om det rörde sig om mord. Det var bara om man kunde förhindra ett framtida mord som man fick bryta tystnadsplikten.

Mattias var inte alls bekväm med situationen. Han gick fram till fönstret och tittade ut över Kungsholms torg. Alkisarna var borta och han undrade vart de hade skuffats undan någonstans.

Det Henry hade berättat lät för obegripligt för att vara sant. Ändå var det kanske inte så förvånande. Det var en sak att förlora allt man har till en annan person eller ett företags lögner och mygel. Men när staten låg bakom, då var det annorlunda. Mattias hade sett åtskilliga exempel genom åren där prestigefyllda tjänstemän hade glömt allt vad hederlighet heter, eller poliser och åklagare som inte bara förlorat objektiviteten utan sett det som ett personligt kall att sätta dit folk, oavsett vilka bevis som fanns. Det var när man blev krossad av staten som man blev rättshaverist, för nästan alla människor i Sverige var uppfostrade att lita på myndigheterna. Här fanns ingen korruption eller annat mygel, här fattades korrekta och rättvisa beslut, det var vad man trodde. Om man hade förlorat sitt företag – ofta sin livsdröm – gick det åt skogen med allt annat också. Alkoholproblem ledde till skilsmässa, som innebar förlorad kontakt med barnen. Vänner och bekanta drog öronen åt sig och man blev ensam. Var det då egentligen så konstigt att det hat som skapades kanaliserades åt det håll varifrån allt startade: domare som dömt oskyldiga, myndigheter som gjort fel och tjänstemän som hade ljugit. Och då var steget inte långt till att ta saken i egna händer – om inte annat som ett alternativ till självmord.

Mattias förstod mycket väl att det var det som låg bakom bildandet av Rättvisa utan gränser.

Susanne satt i väntrummet på justitiedepartementet med en känsla av obehag i magen.

Så länge hon var i polishuset var allt bra, där kände hon sig hemma. Men det gjorde hon definitivt inte i regeringskansliet.

”Lite Loka, kanske?”

Susanne tittade upp på den leende sekreteraren.

”Nej tack, det är bra”, svarade hon.

”Statssekreteraren kommer strax, han är på beredning hos statsministern.”

Susanne insåg att det var en omskrivning för att hon fick finna sig i att vänta. Det hade hon väl inget emot, om det inte varit så att hon behövdes bättre på annat håll.

Väntrummet var mer ett utrymme som låg mitt i en vinkel, där två korridorer möttes. Det innebar att tjänstemän passerade med jämna mellanrum.

I väntan på statssekreteraren funderade hon på det som hade gnagt i henne hela dagen: Varför hade inte Mattias hört av sig? Det hade förmodligen blivit en sen kväll med många hårda ord, och säkert en del tårar, och då kanske det inte var läge för att ens skicka ett sms. Men att han inte hade hört av sig under hela dagen var riktigt oroande. Susanne saknade honom. Hon såg hans leende med skrattgroparna och de mörka ögonen framför sig, hörde hans mjuka norrländska dialekt. Hon ville så gärna få mera av det. Att få vakna på morgnarna, att äta vardagsmiddag och hitta på något på helgerna. Kanske köpa en sommarstuga eller en hund. Det fanns så mycket hon ville göra med honom.

Någonting måste ha hänt. Något oväntat, kanske hade det gått snett. Men även då borde han väl ha hört av sig, i alla fall givit henne någon form av livstecken.

”Ledsen att jag blev sen.”

Leo Holmberg hade kommit fram till henne utan att hon hade märkt det.

Susanne ryckte till. Hon hade nästan glömt bort var hon befann sig. Hon gillade inte att bli påkommen så där, då kändes det som om hon hade tappat kontrollen.

”Ingen fara”, sa Susanne och reste sig upp och hälsade.

De gick in på hans rum och han stängde dörren efter sig. I motsats till förra gången slog sig Leo Holmberg ned i en fåtölj i soffgruppen. Susanne följde hans exempel och plockade fram sina anteckningar ur väskan.

”Här har vi beviset på att justitieministern lever”, sa Leo Holmberg och la fram en bild på Catarina där hon satt på en säng med dagens upplaga av Dagens Nyheter i handen.

”Vi har kopior från de senaste dagarna med samma motiv och våra tekniker har försökt att hitta spår efter var hon kan befinna sig utan att lyckas. Men det måste åtminstone vara en lättnad för familjen att veta att hon lever.”

Leo nickade långsamt.

”Det är klart, men samtidigt är det rena tortyren för hennes man att varje dag vänta på besked om det har kommit en bild. Jag har pratat med Patrick några gånger, han är nära att krackelera. Däremot har han lyckats hålla detta borta från döttrarna, de bor hos farmor och tror att föräldrarna är bortresta.”

Susanne kände plötsligt att de kanske borde ha pratat mer med Catarinas man. Men de två förhör som hade hållits med honom hade inte givit något.

Leo suckade tungt och lutade sig bakåt i soffan.

”Det här är nog den värsta situation en svensk regering har hamnat i på flera decennier”, sa han med en djup suck. ”Lite kaffe?”

Susanne nickade och sträckte fram sin kopp. Att göra en analys av det politiska läget skulle vara förmätet, och att förhäva sig var det sista hon ville göra, framför allt i regeringskansliet.

”För att gå rakt på sak: det är fullständigt kaos. Statsministern försöker hålla god min, men det är inte lätt när ministrar vill avgå.”

”Avgå?” frågade Susanne.

”Nu tänker alla på sig själva. De är rädda att de ska råka lika illa ut som justitieministern har gjort. Dessutom trycker deras familjer på.”

”Jag trodde att det var just i sådana här situationer som det var särskilt viktigt att stå upp för kampen mot brottslighet.”

”De är inte mer än människor”, sa Leo Holmberg och slog ut med händerna. ”Och i morgon kommer tolv fångar att friges. Regeringen kan inte riskera fler liv.”

Det borde man ha tänkt på tidigare. Om man hade gått kidnapparna till mötes inom den tid som kidnapparna hade krävt skulle kanske domaren Peder Oskarsson ha levt idag, tänkte Susanne men sa ingenting. I stället frågade hon om han ville höra hur det gick i utredningen.

”Gärna”, sa Leo Holmberg och lutade sig fram. ”Jag vill höra alla detaljer.”

Trots att han såg trött ut förvånades Susanne av att han utstrålade en sådan kraft.

Utan hans energi skulle nog hela regeringsarbetet rasa ihop.

Tjugo minuter senare, efter Susannes redogörelse för läget, lutade sig Leo Holmberg bakåt.

”Så vad är den viktigaste nöten att knäcka?”

”Tre saker, för det första att ta reda på vem som leder Rättvisa utan gränser, som vi utgår från även ligger bakom mordet på justitierådet Oskarsson, och för det andra måste vi lista ut hur en person, mördaren vill säga, har kunnat ta sig in i Högsta domstolens lokaler.”

”Och hur skulle det ha gått till?”

”Antingen har han haft en nyckel eller så har Oskarsson bjudit in honom.”

Statssekreteraren mumlade lite för sig själv.

”Vi har en möjlighet att få information, men det finns en hake”, sa Susanne. Hon hade tvekat om hon skulle berätta om utpressningen av vapenärendet. Men om nu statssekreteraren krävde att få veta allt, kunde hon inte dölja något. Dessutom var det skönt att få dela med sig av problemen. Det bästa vore om också regeringen kunde ge någon form av vägledning för hur de skulle agera. Just nu kände hon hur förtroendet för henne påverkades av att det fanns krafter inom gruppen – inte minst åklagare Magnus Granath – som ville gå med på kraven.

”Så vad är problemet?” frågade Leo Holmberg.

Susanne berättade om vapenärendet, var utredningen låg, att bevisläget såg bra ut och att de nu hade blivit kontaktade av en tjallare och att det fanns krafter i gruppen som ville gå med på hans krav.

”Så nu har vi en utpressning från kidnapparna som har krävt att fångar ska släppas och en annan från den där tjallaren, som kräver att ett vapenärende ska läggas ned”, sa Leo Holmberg.

”Ja, och det här är en avhoppare från organisationen Rättvisa utan gränser som heter Tony Asplund.”

Leo Holmberg satte sig upp i soffan igen, vit i ansiktet.

”Du vet, det här ärendet kommer att granskas mer noggrant än Palmeutredningen. Jag vill ha alla namn på de inblandade så fort som möjligt.”

”Självklart”, sa Susanne, lättad över hans engagemang. Annars kände hon sig mera ensam nu än hon någonsin hade gjort.

”Och vad var det tredje förresten.”

”Hela ärendet verkar hänga ihop med siffran tolv. Det är tolv fångar som ska släppas, tidsfristen gick ut klockan tolv och Peder Oskarsson slogs med tolv slag fast det sannolikt hade räckt med ett eller två.”

Petra satt och skrev på datorn när Susanne kom in i hennes rum.

Hon tryckte genast bort dokumentet och svängde runt på stolen.

”Du, den där lobbygruppen som du pratade om”, började Susanne och blev stående mitt i rummet.

”Ska vi fika?” avbröt Petra.

”Det är alltid folk där, jag behöver prata i enrum med dig”, sa Susanne.

”Okej, då går vi och röker.”

Fem minuter senare stod de på gården med var sin cigarett i handen.

”Som sagt, den där lobbygruppen”, sa Susanne.

”Vad är det med den?”

”Får jag fråga om du är aktiv där fortfarande?”

Petra blåste ut röken och pillrade lite med glöden.
"Jag hatar dem", svarade hon till slut.
"Ärligt talat tycker jag att det är skönt om du slutar där, det lät inte bra alls", sa Susanne.
"Så lätt ska de inte komma undan."
"Petra, var försiktig nu", sa Susanne och la handen på hennes axel.
"Vad hände på departementet?" frågade Petra.
"Han är bra, statssekreteraren, men han vill verkligen ha alla detaljer."
"Berättade du om tjallaren Tony Asplund och hans krav på att vapenärendet ska läggas ned?"
"Ja, där ville han också ha alla uppgifter."
"Mysko, regeringen brukar verkligen inte vilja få sådana här problem i knäet, men samtidigt är det en fördel", sa Petra och askade rakt ned på marken.
"Varför är det en fördel?" frågade Susanne.
Petra tittade på henne som om hon hade skojat.
"Du fattar verkligen ingenting om hur politik fungerar", sa hon. "Det gäller hela tiden att slippa ta ansvaret. Om du nu berättar allt för regeringen, så är det möjligt att det blir de som får ta det om det strular sedan."
Susanne kände återigen hur hon äcklades av hur taktisk man måste vara hela tiden, men var samtidigt tacksam för alla goda råd som hon fick av sin presstalesman.
"Så vad tycker du att jag ska göra?"
"Nu behöver du inte göra något alls, du har nog lämnat över Svarte Petter till Leo Holmberg", svarade Petra och fimpade cigaretten.
"Men det är en annan sak som jag undrar över", sa Susanne.
"Och vad är det?"
"Jo, i morgon-TV sa Leo Holmberg att några krav inte hade riktats till regeringen, men det är ju inte sant. Tänk om kidnap-

parna går ut i media och säger att regeringen visst har fått informationen. Då blir de beslagna med lögn allihop."

Petra skakade häftigt på huvudet.

"Absolut inte", svarade hon. "Du måste lära dig att lyssna på hur de uttrycker sig."

"Nu förstår jag inte", sa Susanne och skakade på huvudet.

"Det som berättades var att kidnapparna inte hade framfört några krav direkt till statsministern eller några ministrar, och det har de ju inte heller."

"Nej, men till Leo Holmberg."

"Som är statssekreterare, ja, och då är det väl ingen som ljuger. Och det var förstås därför som det var just han som var i TV", sa Petra och såg ut som om det var den mest naturliga sak i världen.

LÖRDAG 13 SEPTEMBER

8 DAGAR KVAR TILL VALET

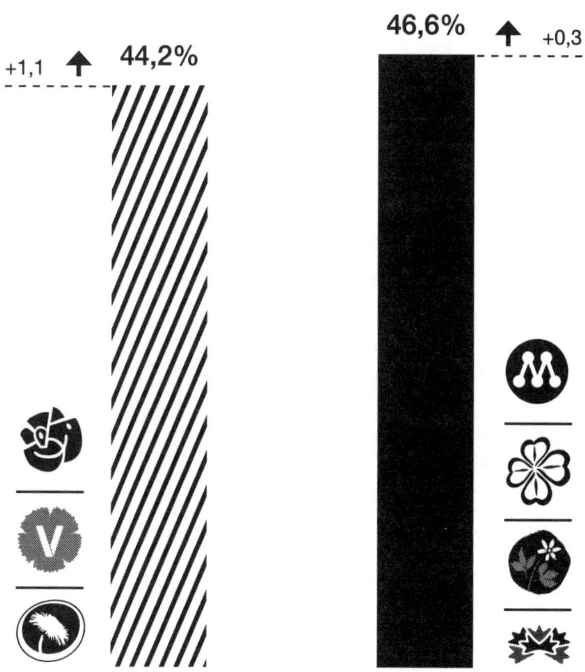

28

Valrörelsen hade kommit av sig efter ministerns kidnappning, men ännu mer efter det brutala mordet. Det gick inte att ägna sig åt hårda valkampanjer när hela landet befann sig i chocktillstånd. Partiledarna ville hålla sig nära Stockholm för att vara tillgängliga för både morgonsoffor och kvällssändningar.

Den här dagen hade flera partier valt att hålla möten med sina riksdagsgrupper, trots att det var lördag. Eller så var det just det som var poängen, att man ville visa att situationen var så allvarlig att den krävde det. Gerd hade fått avboka ett besök hos Brottsförebyggande rådet i Trollhättan, vilket hon egentligen inte hade något emot. Däremot var hon inte särskilt pigg på att åka till Stockholm för att sitta och lyssna på en gruppledare eller möjligtvis partiledare. Han brukade i och för sig hålla en låg profil på gruppmötena och såg ibland ut att ha svårt att hålla sig vaken.

Det hade Gerd också, det bara maldes på samma sak, vecka ut och vecka in. Gnäll på motståndarna, samarbetspartierna, media och gud vet vad.

Men det är klart – nu var det ett annat läge. Det syntes på partikamraternas lågmälda samtal med varandra när de började ta plats i bänkarna i förstakammarsalen.

”Jaha, bra att så många kunde komma”, började gruppledaren Fredrik Rosenqvist, och såg ut över församlingen. Det var ingen som vågade trotsa uppmaningen att komma i en sådan här situation.

”Vi befinner oss i ett svårt politiskt läge”, fortsatte han. ”Idag är det åtta dagar kvar till valet. Valrörelsen ligger nere och alla avvaktar hur kidnappningen av justitieministern ska sluta.”

Han drog efter andan och kontrollerade att ledamöterna hörde på vad han sa.

”Vid en valseger ska vi – utöver den ordinarie justitieministern – även utse en biträdande, som ska vara opolitisk.”

”Varför opolitisk?” frågade en ledamot.

”Det ger extra tyngd, vi har ju tidigare haft Reidun Laurén och Sven Romanus. Det visar att vi prioriterar rättsfrågor till skillnad från den nuvarande regeringen.”

Gerd tittade sig omkring. I vanliga fall var det många som inte lyssnade särskilt noga. Gruppmötet med riksdagen var ett bra tillfälle att sitta och skicka sms, förbereda något föredrag eller skriva en handlingslista. Nu satt alla framåtlutade, tagna av stundens allvar.

Gerd ville resa sig upp och säga att de inte skulle tänka partipolitiskt i den här situationen. Om kidnappning av ministrar, mord på domare och gisslantagning av riksdagsledamöter hotade demokratin, skulle då inte riksdagen – demokratins kärna – stå enade? Gerd tyckte att det lät så vackert, hon skulle vilja skriva ned det och skicka runt det i ett kollektivt mail till alla 349 ledamöter. Men hon visste att hon aldrig skulle göra det – lika lite som hon skulle ställa sig upp och säga det här på gruppmötet.

”Nu gäller det att tänka taktiskt”, sa Rosenqvist. ”Regeringen befinner sig i kris. När nu livsfarliga människor idag friges från våra fängelser så kommer det förhoppningsvis att leda till att de ställer till stora problem för regeringen som har gjort det här möjligt.”

Nu kunde inte Gerd hålla sig längre.

”Ursäkta”, hojtade hon och viftade med armen samtidigt som hon tryckte på knappen som visade att hon ville säga något.

Hennes bänkgranne suckade så djupt att det hördes över halva salen.

Rosenqvist gav henne motvilligt ordet och kastade en hastig blick åt sidan på partiledaren, som ännu inte hade sagt ett ljud.

"Vi måste väl ändå vara överens om att det är kidnapparna som är orsaken till att fångarna har släppts ut."

Bänkgrannen suckade igen, och spridda sura kommentarer hördes runt om i salen. Partiledaren blängde argt på henne för att hon skulle sätta sig ned igen.

"Borde vi inte stötta regeringen när deras minister faktiskt kan dödas när som helst?" fortsatte Gerd.

"Är det någon mer som har några intelligenta förslag på hur vi ska förlora valet?" ropade Rosenqvist och tittade sig runt om i salen. Några av ledamöterna skrattade dovt medan andra skakade ilsket på huvudet för att visa vad de tyckte om Gerds initiativ.

"Då återgår jag till hur vi ska agera. Nu gäller det först att avvakta. Situationen gör att journalisterna själva är chockade. Så länge de är det kommer det inte att vara så stark kritik mot regeringen. Men när det släpper kommer helvetet att braka loss för dem. Det räcker med att ett enda brott begås av några av de här frisläppta fångarna, så är det regeringskris. I det läget ska vi också ligga lågt och låta media göra jobbet. När de har spikat fast anklagelserna ska vi kliva in och säga exakt samma sak. Då kommer också TV och tidningarna av ren självbevarelsedrift att göra vad som helst för att hålla affären vid liv. Och så gäller det att inte släppa taget en enda sekund förrän valet är över."

Rosenqvist verkade själv nöjd med sin utläggning. Han satte sig lite nonchalant på kanten av bordet och inväntade kommentarerna.

"Vad säger vi ifall frågan om att skjuta upp valet dyker upp?" frågade en ledamot från Skåne.

"Det avgörs av hur vi ligger till i opinionsundersökningarna", svarade Rosenqvist självklart. "Även om gapet har minskat så är vi fortfarande i ledningen."

De fyra män som hade hållit Catarina Björk kidnappad i fyra dygn började nu se slitna ut. Sedan de hade kommit till huset hade inte heller de gått ut. Oundvikligt gick de och sneglade ut genom fönstren. De hade blivit uppmanade att inte göra just det, men det gick inte att låta bli. Trots att samtliga nyligen hade avtjänat långa fängelsestraff led de av att vara så isolerade. En viss irritation hade börjat sprida sig i gruppen.

Huset de hyrde var en lyxig souterrängvilla byggd direkt på berget med en magnifik utsikt över Skurusundet. Det fanns inga grannar i närheten, ändå vågade männen inte ens gå ut på tomten. Det gjorde de bara när de hämtade Dagens Nyheter i brevlådan, som de använde till fotograferingen av Catarina. Risken var alltför stor att det skulle irra förbi någon vilsen joggare eller svampplockare. De arbetade i skift, där minst en måste vara vaken hela tiden. Visserligen var ministern fastkedjad i en säng och inlåst i ett rum, utan möjlighet att ta sig ut. Men det gick ändå inte att ta något för givet. På övervåningen fanns det sovrum och TV-rum. På den nedre våningen fanns ett påkostat och nyrenoverat kök, vardagsrum och det rum där Catarina hölls inlåst.

Dessutom började deras fånge bli allt mer besvärlig. Sedan hon fått besked om att domaren hade mördats hade det blivit ännu värre. Vid ett par tillfällen hade hon tappat humöret och till och med skällt på dem.

Om de själva hade fått bestämma skulle de valt ett ställe utanför Stockholm, en sommarstuga långt ute på vischan. Men nu var det inte de som bestämde. Hela den väpnade grenen av Rättvisa utan gränser leddes av en enda person, som hade byggt upp den delen av organisationen från grunden.

Allt var hierarkiskt uppbyggt med en väldigt tydlig beslutsordning. Det var ledaren som bestämde, de andra skulle verkställa.

För första gången sedan kidnappningen var han på besök i huset. De hade satt sig i soffgruppen i vardagsrummet.

”Igår var vi tvungna att agera”, proklamerade han. ”Om regeringen inte håller tidsfristen, så måste vi statuera exempel. Och det gav resultat, i eftermiddag släpps tolv fångar."

"Vad händer nu?" frågade en av männen.

"Vi har inte bestämt oss. Antingen kräver vi tolv nya fångar eller så begår vi ytterligare ett mord och framställer de nya kraven efter det."

"Får man fråga vilka som är vi?" frågade en av männen. "Är vi med och bestämmer det?"

"Ni är inte involverade i beslutsprocessen", svarade ledaren kort.

Ingen av männen såg ut att vilja fråga mera.

"Det var en torped från tredje plutonen som utförde mordet igår, men jag var med när han gjorde det. Det viktigaste var att domarjäveln hann fatta att han skulle dö. Ni vet när en människa inser att han ska dö. Man ser det på skräcken i ögonen, man hör det på deras bedjande ord. Deras kippande efter luft."

De fyra kidnapparna hade alla begått grova våldsbrott, och en hade blivit dömd för mord i unga år. De visste att anledningen till att ledaren berättade dessa detaljer var att de inte själva fick tveka när det blev dags att avrätta Catarina Björk.

"Om vi nu ska döda justitieministern, varför måste vi då ha rånarluvor på oss?" frågade en av männen.

"Därför att hon ska tro att det finns en chans för henne att överleva. Hon ska inbilla sig att ni har rånarluvor för att hon inte ska kunna peka ut någon när hon blir släppt", sa ledaren, och tittade länge på var och en av dem.

Det var sedan länge bestämt vem som skulle utföra avrättningen, det var den man som hade dömts för mord. Hade man dödat en annan människa var det inte lika svårt att göra det igen. Det var ingen myt utan en sanning som de flesta mördare kunde bekräfta. Han var redo att göra det igen. Likt de andra hade han blivit oskyldigt dömd, men inte för mordet utan för en knarkaffär som han över huvud taget inte haft med att göra. Han hade varit på en efterfest med fyra ytligt bekanta när polisen stormat in. I lägenheten hittades ett halvt kilo heroin. Alla hade dömts till åtta års fängelse. Han hade just brutit med det kriminella livet, skaffat fästmö och fått en son, som hade varit två år när han dömdes. Hans fästmö hade lovat att vänta på honom under hela fängelsetiden. Det hade hållit ett halvår. Sedan hade han fått ett brev där hon förklarade att hon lämnade honom för att gifta sig med en ungdomskärlek. Sin son hade han inte sett sedan dess. Idag var sonen elva och levde på okänd ort med moderns nye man. Vårdnaden hade han förlorat och han hade inte rätt till något umgänge alls. På grund av ett brev där han hade skrivit att hon skulle få ångra det här hade han haft besöksförbud i flera år och familjen hade nu skyddad identitet.

Mannen ansåg att det var de som styrde landet som bar ansvaret för detta, och högst ansvarig var förstås justitieministern. Hon fick stå för konsekvenserna. Det skulle bli ett nöje att skära halsen av henne, det var som om han längtade efter det. Ändå tyckte han att det var bra att deras ledare visade vägen genom att själv delta när mordet på domaren utfördes.

”Domaren fick sota för vad han har gjort mot mig”, sa ledaren. ”Nästa gång ska det bli en åklagare, som ingen skulle kunna tro var i fara.”

”Som är oskyldig?” frågade den yngste av männen.

Ledaren tittade honom stint i ögonen när han svarade.

”Hur många gånger ska jag behöva förklara att ingen som jobbar i rättsväsendet är oskyldig.”

Det här kunde ha varit en vanlig familjemiddag, tänkte Mattias när han tittade sig omkring. På andra sidan köksbordet satt hans fru och skar upp fiskpinnarna till deras son. Bredvid honom satt deras dotter och petade i maten.

Om det inte hade varit för att vi båda har var sin älskare respektive älskarinna, tänkte han vidare. Och för att jag igår ville skiljas och idag känner mig helt förvirrad.

"Är det riksdagsmålet du tänker på?" frågade Lotta och tittade upp.

"Bland annat", svarade han.

"Är det inte helt otroligt det som händer just nu?" fortsatte hon. "Först gisslan i riksdagen, sedan en kidnappad minister och så nu en mördad domare."

Rebecka tittade upp från tallriken.

"Det där pratade vi om i skolan igår", sa hon.

"Det pratar man nog om i alla skolor, älskling", sa Lotta.

"Och vad sa läraren då?" frågade Mattias.

"Inget särskilt", svarade Rebecka och dök ned i tallriken igen. Mattias undrade hur ett land i kris kunde te sig för en tioårig flicka.

"Jag ska träna i morgon eftermiddag", sa Lotta och hällde upp mjölk till barnen.

Mattias stelnade till. Han fick anstränga sig för att tugga normalt.

"Du tränade ju igår, mamma", klagade Rebecka.

"Lilla älskling, om jag ska bli i bra form måste jag ta varje tillfälle som finns. Om ett par veckor börjar du få mera läxor och då går det inte alls."

Mattias lassade in en stor tugga potatismos i munnen för att ha en ursäkt att inte säga något. Men till slut kunde han inte hålla sig längre.

"Du vet, Rebecka, mamma har en egen tränare", sa han.

"Det stämmer", sa Lotta och tog lite sallad. "Varför pratar du med mat i munnen förresten?"

"Jag vet att det heter PT", sa Rebecka.

"Vad du kan", sa Lotta och klappade sin dotter på huvudet.

"Du kan gifta dig med honom, precis som Victoria gjorde med sin tränare", sa Rebecka och skrattade högt åt sig själv.

Lotta skrattade också. Johan tittade upp utan att förstå vad de andra pratade om.

”Men lilla gumman, jag är ju gift med pappa”, sa Lotta och kastade en snabb blick på Mattias.

De hade båda bestämt sig för att inte berätta om sina äktenskapsproblem för barnen. Att de gick på familjerådgivning visste ingen i deras omgivning. I villaområden som deras höll man sådant inom familjen, där var det viktigt att hålla en perfekt fasad utåt.

”Just det”, sa Mattias och reste sig från bordet. Han gick fram och ställde tallriken på diskbänken, trots att hälften av maten var kvar.

Att Sverige var i djup kris syntes överallt. Susanne märkte det när hon mötte människor på gatorna, i affären och även i polisgruppen. Det berörde hela samhället. Men alla reagerade olika.

Så här långt hade det inte kommit någon kritik mot polisen, kunde Susanne konstatera när hon tittade på Aktuellt på kvällen. Men det var en konstig känsla att se bilderna från Norrtäljeanstalten när fyra fångar gick ut genom porten med nävarna i vädret. Nyligen beviljade nåd allihop, med flera år förkortade strafftider. Efter frisläppandet hade de åkt in till Stureplan och börjat festa, med fotograferna i släptåg.

Susanne följde sin vanliga rutin och tog ett glas vin på balkongen. Än var det så varmt i luften att hon inte behövde sitt lilla värmeaggregat, som satt uppmonterat på väggen.

Petra hade rätt. Det var skönt att regeringen var involverad i frågan om tjallaren Tony Asplunds krav på att lägga ned vapenärendet. Visserligen var det inte regeringens sak att fatta det formella beslutet, men hade det bara kommit innanför regeringskansliets väggar stannade det antagligen på regeringens bord, hade Petra noga förklarat.

Susanne var emot all kohandel med kriminella. Ändå var hon inte lika säker den här gången. Människors liv stod på spel. Hennes auktoritet inom gruppen hade också påverkats och det var tydligt att det fanns flera som inte hade samma uppfattning som hon.

Även statssekreteraren hade låtit orolig när hon hade ringt honom tidigare under kvällen. Tystnaden från kidnapparna tolkade han som illavarslande. De hade inte släppt Catarina Björk, alltså var de inte nöjda än. Leo hade berättat att han var orolig för att de skulle begå ytterligare ett mord och sedan framställa nya krav på frisläppanden.

Susanne hade blivit alldeles kall när hon hörde det. Var inte situationen tillräckligt kaotisk som den var? Ett ytterligare mord skulle innebära fritt fall.

Essingebrons bilar syntes långt borta över det mörka vattnet. Hur många gånger hade hon inte stått här och sett dem? Nu satt människorna i sina bilar och lyssnade kanske på nyheterna om fångarna som hade släppts, alla med sin egen analys av läget.

Susanne rös när hon tänkte på vilket ansvar hon hade. Under eftermiddagen hade insatsstyrkan gått in i en lägenhet i Husby efter ett tips, som visade sig vara helt felaktigt. I stället för att stöta på kidnappare hade de stormat in hos en fembarnsfamilj. Alla befann sig nu på sjukhuset och enligt de senaste rapporterna hade två av barnen fått hörselskador. Mamman i familjen, som kom från Libanon, hade förts till sjukhus och vårdades för chock.

Allt hade gått så fort så att inte ens media hängt med. Först under kvällen hade nyheten funnits med i några nyhetskanaler, men inte heller där fanns det någon kritik att tala om. Det var som om man hade förståelse för att sådant här kunde hända i ett så allvarligt läge.

Så brukade det aldrig låta annars när polisen gjorde fel, då kunde minsta småsak få enorma proportioner, tänkte Susanne.

Men sådana här händelser var ytterligare ett bevis på att det fanns skäl att lyssna på tjallaren Tony Asplund, som krävde att vapenärendet i Södertälje skulle läggas ned. Om han visste var Catarina Björk befann sig, så stämde det att han var en avhoppare från Rättvisa utan gränser.

Hon huttrade till, lika mycket av kvällskylan som av den känsla av obehag som borrade sig allt djupare in. Nu fick de inte begå flera misstag, tänkte hon.

Hon fimpade cigaretten och gick in i lägenheten. För säkert tionde gången kontrollerade hon sin mobil. Fortfarande inget sms från Mattias.

När hon hade krupit ned i sängen kände hon hur oerhört mycket hon saknade honom. Det kändes fel att ligga där ensam i sängen. Hon ville ha honom nu, kunna ge sig hän åt honom, älska med honom. Det värkte i kroppen av längtan och hon undrade än en gång vad som hade hänt. Tänk om Lotta och han hade kommit fram till att de egentligen inte ville skiljas. Susanne visste inte om hon skulle klara av ett sådant besked. I morgon måste hon få tag på Mattias. Hon måste få veta.

SÖNDAG 14 SEPTEMBER
7 DAGAR KVAR TILL VALET

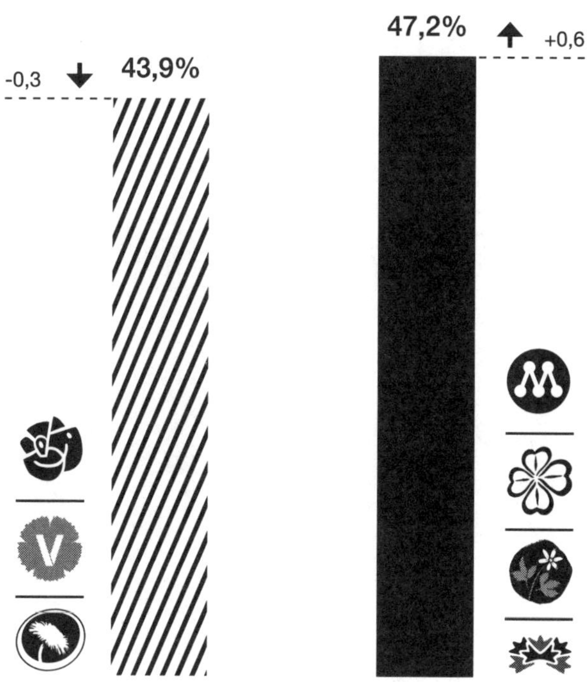

29

Det var en blek statssekreterargrupp som träffades på förmiddagen. Med som vanligt var också statsministerns presschef. Läget hade blivit än mer oroligt sedan gårdagen. Oppositionen låg fortfarande lågt, men journalisterna började trycka på allt mer.

Normalt skulle hela trycket falla på justitieministern. Nu när hon var kidnappad fördelades det på flera håll. Främst ville media få ut statsministern, men med motiveringen att man inte ville störa utredningen begränsades intervjuerna till någon enstaka per dag. Varje dag var det samma TT-reporter som lojalt skrev ned uttalandena utan alltför kritiska frågor, allt för att behålla sin förtur till statsministern.

Det var inga oväntade uttalanden. Det handlade om oron för Catarina Björk, Sveriges justitieminister men också deras kollega och vän, och – inte minst – för hennes make och döttrar. Så kommenterades också mordet på Peder Oskarsson med den upprördhet som situationen krävde.

Utrikesministern, som var den som formellt hade ansvar för justitiedepartementets frågor, hade knappt uttalat sig. Presschefen hade berättat att han hade fått ett sammanbrott på grund av rädslan för att han skulle bli nästa person som råkade illa ut.

I stället var det Leo som skickades fram och fick dra det tunga lasset. Hans juridiska kunskaper tillsammans med hans långa erfarenhet inom regeringskansliet gjorde honom särskilt lämplig som talesperson.

”Men den främsta fördelen är väl att jag kan offras”, sa Leo med ett snett leende till sina kolleger.

Märkligt nog var han den som såg piggast ut av dem alla, kanske för att han hade större erfarenhet av kriser än de.

”Du menar om det kommer fram att det har funnits en tidsfrist som regeringen inte följde, utan att fångarna släpptes först *efter* att den gick ut?” frågade statssekreteraren från socialdepartementet.

”I värsta fall får vi förneka att det funnits en tidsfrist”, svarade Leo och öppnade en Loka till sig själv.

”Det håller aldrig i längden.”

”Nej, men till efter valet.”

”Nu backar vi i opinionen igen, så vi kanske inte behöver oroa oss”, sa statssekreteraren från finansen.

Leo gav honom en ogillande blick.

”KU hinner inte ens börja sin granskning före valet”, sa presschefen.

”Vi kommer att få ränna mycket i KU. Först den påhittade kidnappningen och sedan tidsfristen”, sa Leo och tog en djup klunk direkt ur flaskan.

De befann sig i hans rum. Hela departementet såg annorlunda ut på helgerna. Många tjänstemän jobbade livet ur sig i veckorna, men på helgerna var man ledig. De långa korridorerna låg ödsliga och arbetsrummen var ordentligt låsta.

Utanför de stora fönstren sken solen när inte stackmolnen skuggade. Det var friska kyliga vindar, som en föraning om att hösten väntade runt hörnet.

Men ingen i gruppen hade ens tänkt på vädret. Här handlade det om att rädda en nära medarbetare samtidigt som valet inte fick förloras. Egentligen ville man inte tänka på valet i en sådan här situation, men det gjorde man ändå. Och någon som framför allt skulle ha gjort det var just Catarina.

”Så vad bedömer du är det värsta just nu?” frågade statssekreteraren från finansen.

”Att Catarina inte släpps, trots att regeringen nu har gått kidnapparna till mötes.”

”Men inte inom rätt tid”, påpekade presschefen.

”Regeringen gjorde bedömningen att vi skulle försöka få igång en förhandling i stället för att bara släppa ut dem – eller rättare sagt var det jag som föreslog det för regeringen, men det hoppas jag stannar inom den här gruppen. Det kom ju aldrig igång några förhandlingar heller, de svarade aldrig på vårt utspel. I stället mördade de Peder Oskarsson”, sa Leo Holmberg med en djup suck.

”Du får inte klandra dig själv nu”, sa presschefen och klappade honom på axeln. ”Och alla i regeringen var överens om strategin.”

”Dessutom skulle det bara komma nya krav”, sa statssekreteraren från socialdepartementet.

”Det känns skönt att vi stöttar varandra”, sa Leo med en ny suck. Alla var ovana vid att det blev så här personligt på ett möte i regeringskansliet, men som presschefen uttryckte det fanns det ett behov av att prata ut.

”Men det finns en annan sak som är oroande”, sa Leo.

”Och vad är det?” frågade statssekreteraren från finansen.

”Att det inte har kommit några nya krav.”

”Vad skulle det betyda?”

”Att de vänder på ordningen den här gången.”

”Du menar först begår ett mord och sedan kommer med nya krav?” frågade presschefen.

”Precis så”, svarade Leo sammanbitet.

Petra lämnade sällan sitt Södermalm på helgerna. Där hade hon bott i hela sitt liv och där skulle hon fortsätta att bo. Hon älskade Vitabergsparken, de röda stugorna och kullerstenarna uppe vid Åsögatan, grusgångarna ovanför Hornsgatan med den vidunderliga utsikten över Riddarfjärden. Det var i Tantolundens koloniområde hon hade haft sin första fylla som tonåring. Var och varannan dag satt hon på någon av kvarterskrogarna eller caféerna runt Nytorget.

Men den här eftermiddagen hade hon tagit tunnelbanan till Östermalm och vandrade nu Strandvägen fram. Det var ett rörigt promenadstråk med båtar längs kajen, och med bilparkeringar och cykelbanor om vartannat. På andra sidan låg Sveriges lyxigaste våningar. Där hade Petra bara varit några enstaka gånger på fest hos någon MUF-are när föräldrarna var bortresta.

Det var också på dessa fester som hon hade lärt känna Hjalle. Fast det var nog ingen som kände honom egentligen. Lika lite som någon egentligen visste vad han höll på med för affärer.

Hur han tjänade sina pengar nu för tiden hade Petra aldrig förstått. Det kunde omöjligt vara den där tankesmedjan. Hon började mer och mer misstänka att han var inblandad i ekonomisk brottslighet.

När Linus hade ringt på morgonen hade han varit inställsam. Borta var den hånfulla attityden som hade mött henne senast. Nu ville han och Hjalle dra ett streck över det gamla och börja om på nytt igen.

Petra trodde inte på ett ord av vad Linus sa. I den mannen fanns inte tillstymmelse till hederlighet. Ändå hade Petra tackat ja till att träffa sina gamla bundsförvanter i Valallians 2.0. Det här kunde vara en bra möjlighet att skaffa sig underlag till den hämnd hon just nu gick och ruvade på. Det bästa vore om hon kunde avslöja Hjalles brottslighet och skicka honom i fängelse i flera år. Det skulle göra honom gott, tänkte Petra. Även Linus ville hon sätta dit. De hade båda utnyttjat henne för sina egna syften. Det hade hon förstått långt tidigare, men nu hade de gått över gränsen. Hon ville göra det rätta nu.

Vädret hade blivit betydligt svalare sedan gårdagen och luften var klarare. Över trädtopparna svepte flyttfåglarna fram söderut.

Efter att ha gått grusvägen längs Djurgårdsbrunnsviken tog Petra höger upp mot Rosendals trädgård. Det var vackert, men alltför pretentiöst för hennes smak. Hjalle och Linus hade tagit ett bord ute vid växthusen och båda reste sig när Petra kom.

Den överdrivna artigheten gjorde henne bara ytterligare misstänksam. Efter att ha stått i kö till serveringen i tjugo minuter kunde de äntligen slå sig ned vid bordet igen. Petra bet avvaktande i sin morotskaka.

”Petra, vi har ju känt varandra så länge”, började Hjalle.

För en gångs skull var han inte klädd i blå skjorta och kostym utan i ljusa chinos, rödrutig skjorta med en mörkblå dunväst över och en Ralph Lauren-keps på huvudet.

Linus var däremot lika slafsigt klädd som alltid.

Petra nickade och tog en ny tugga.

”Vi har ju ett gemensamt mål och då måste vi alla dra åt samma håll”, fortsatte han.

”Absolut”, svarade Petra.

”Det var dumt att kräva att du skulle ställa upp som påhittad källa”, sa Linus och lutade sig bakåt i trädgårdsstolen.

Alltså har han fått behålla jobbet, tänkte Petra. Men det kanske finns något sätt att göra så att han förlorar det, tänkte hon vidare och drack lite av sitt kaffe.

Hon äcklades av dem. Inte bara för att de plötsligt var så inställsamma att hon mådde illa. Det var också en förolämpning mot henne. Som om hon inte skulle fatta att de hade något i bakfickan.

”Så vad är det ni vill?” frågade hon till slut.

”Vi vill framför allt be om ursäkt. Vi är ju gamla kompisar, tänk på alla galna fester du och jag har varit på tillsammans”, sa Hjalle och slog ut med händerna.

”Och tänk på alla galna fester vi kan gå på”, fyllde Linus i och gav Hjalle ett snabbt ögonkast.

Att gå på fest tillsammans med Linus var nog det sista Petra önskade.

”Jag tror ändå att ni är ute efter något”, sa hon.

”Okej, Petra”, sa Hjalle och skrattade. ”Du är för smart för oss, det är klart att vi är ute efter något.”

”Så vad vill ni veta?” frågade Petra.

”Lite om utredningen.”

Petra höll på att sätta i halsen.

”Shit, det går ju inte. Det är förundersökningssekretess fattar ni väl”, sa hon och rynkade ögonbrynen.

”Vi är förstås beredda att betala för det”, sa Hjalle.

Han såg sig omkring. När han var säker på att ingen tittade åt hans håll tog han fram ett tjockt kuvert, som han snabbt la under en tidning. Den sköt han sedan över till Petra.

”Häri ligger hundra papp. Om du svarar på en enkel fråga är det dina pengar.”

Petra sköt snabbt tillbaka tidningen över bordet.

”Ska ni försöka muta mig med pengar igen?” sa hon skarpt.

”Men om journalister betalar polisen för upplysningar kan vi väl också göra det.”

”Ja, det gör vi jämt”, fyllde Linus i.

Petra skakade på huvudet.

”Det är uteslutet.”

”Men Petra, for old times’ sake kan vi väl ...” började Linus.

”Säg vad ni undrar över så ska jag se om jag kan svara”, sa Petra.

Både Hjalle och Linus sken upp.

”Egentligen har vi bara en enda fråga”, sa Hjalle.

”Och vad är den?” frågade Petra.

Hjalle tittade sig omkring på nytt innan han frågade.

”Gav kidnapparna regeringen en tidsfrist?”

”Det brukar det ju alltid finnas”, sa Linus.

Petra tänkte efter noga innan hon svarade. Det gällde att uttrycka sig på exakt rätt sätt.

”Kidnapparna har inte framställt någon tidsgräns, vare sig till statsministern eller till någon annan minister.”

Både Hjalle och Linus såg besvikna ut.

”Är du helt säker?” frågade Linus.

”Hundra procent, ni har mitt ord på det”, sa Petra och log.

”Jaha, då är det spåret kört tills vidare”, sa Hjalle uppgivet. ”Vill du ha pengarna?”

”Nix”, svarade Petra, samtidigt som det högg till i henne. För hundra tusen skulle hon kunna göra en riktigt lång Asienresa i vinter, det gick inte att komma ifrån. Men om hon nu skulle sälja sig, så var inte Hjalle, Linus eller någon annan i Valallians 2.0 rätt personer.

”Vad bra att du kunde komma i alla fall”, sa Hjalle.

”Ingen fara, och tack för kaffet”, sa Petra och reste sig.

Idioter, tänkte hon när hon några minuter senare åter gick på gångstigen in mot stan. De lyssnar inte heller på hur folk uttrycker sig. Hon var nöjd med att ha kunnat lura dem, trots att hon faktiskt hade talat sanning. Ändå kände hon en stark oro efter mötet. Vad hade de på gång egentligen?

Hjalle och Linus satt bekymrade kvar i trädgården.

De väntade med kommentarer tills Petra var utom hörhåll.

”Vad tror du?” frågade Hjalle.

”Svårt att veta, men den vägen är nog stängd nu”, svarade Linus.

”Sluta grisa så förbannat”, röt Hjalle plötsligt.

”Va?”

”Titta hur du ser ut.”

Linus tittade ned på sin jacka där en stor kaffefläck bredde ut sig.

”Det är för att du inte sitter upp ordentligt när du dricker”, fortsatte Hjalle.

Linus masade sig upp i stolen.

”Det finns en annan möjlighet att komma åt regeringen”, sa han.

”Det går väl inte att kritisera regeringen nu när en av deras egna ministrar är kidnappad”, sa Hjalle. ”Men det kommer säkert att begås nya mord.”

”Hur vet du det?

”Fråga inte så förbannat mycket”, röt Hjalle.

”Okej, okej”, svarade Linus och slog ut med händerna.

”Nej, som sagt, vi får inte media med oss mot regeringen i nuläget.”

”Då får vi gå bakvägen.”

”Prata så att man förstår”, röt Hjalle igen.

”Polisen verkar ha stora problem, men än så länge drabbar det inte regeringen. Men om vi sätter in en attack mot polisen, så blir det snart en fråga för regeringen.”

Hjalle nickade en stund medan han begrundade förslaget.

”Inte så dumt faktiskt, särskilt inte för att komma från dig”, mumlade han.

Linus fortsatte att äta sin bulle medan han väntade på fortsättningen.

”Och hur skulle det konkret gå till?” frågade Hjalle.

”Det är en bitch som heter Susanne Dahlgren som leder arbetet. Jag har kartlagt henne och hon är inte särskilt streetsmart när det gäller media.”

”Bra”, hummade Hjalle. ”Sedan för vi in det till Rosenqvist i riksdagen, så kan han sätta fart på den där odugliga Gerd Lundin. Någon nytta ska de väl göra för alla pengar de får från oss.”

”Så finns det en fördel till.”

”Vadå?”

”Petra jobbar för Dahlgren.”

Hjalle sken upp på nytt. Han lutade sig fram och gjorde en highfive på sin vapendragare i Valallians 2.0.

MÅNDAG 15 SEPTEMBER

6 DAGAR KVAR TILL VALET

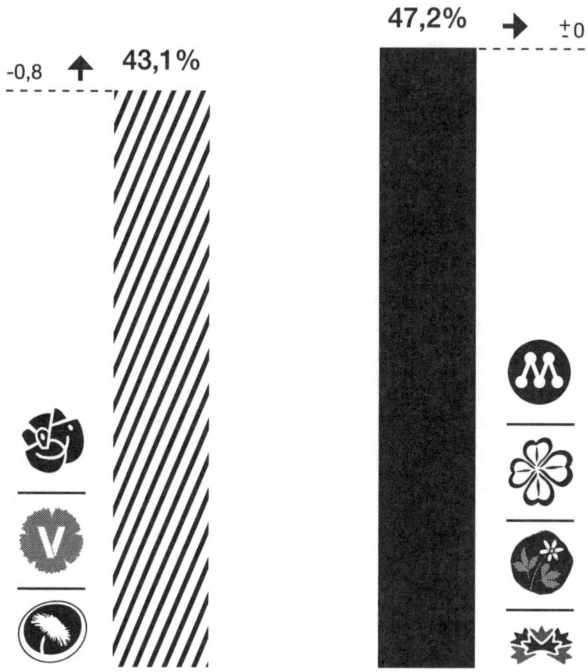

30

Mannen, som var i sjuttioårsåldern, gick alltid samma runda runt Riddarholmen. Eftersom det nästan bara låg domstolar här var det tomt tidigt på morgonen och betydligt trevligare för hundar än i Gamla stan. När han kom över bron lät han sin hund springa fritt som vanligt. Det var visserligen en väldresserad schäfer, men alltid var det någon som retade upp sig om han inte hade hunden kopplad.

Regnet hängde tungt i luften, den kyliga morgonen fick honom att dra rocken tätare omkring sig.

Han gick över kullerstenarna på Birger Jarls torg. Om han fortsatte backen upp kunde han ta sin vanliga tur runt holmen och se hur hela Riddarfjärden bredde ut sig. Rakt fram stod statyn med Stockholms grundare och till vänster reste sig den ståtliga Riddarholmskyrkan.

Hans hund sprang i cirklar runt honom, lika trofast som alltid. Så plötsligt fick han korn på något och satte av upp mot Wrangelska palatset. Mannen ropade på hunden, men för en gångs skull lydde den inte.

Mannen gick efter medan han fortsatte att kalla på hunden. När han kom närmare den breda trappan upp till Svea hovrätt såg han att hunden stod och nosade på något. Det såg ut som en säck.

Hunden viftade på svansen och nosade på säcken. Mannen ropade på honom igen. Hunden skuttade bort från trappan, gjorde en lov runt honom och försökte få sin husse att intressera sig för fyndet.

Nu såg mannen att det var en blåvit hockeytrunk med märket Jofa. Varför stod det en idrottsbag på trappan utanför hovrätten?

Med några raska steg gick han närmare trappan och stannade så. Det var något som inte stämde. Hunden var tillbaka vid bagen, som han nosade och bökade på medan han gnydde. Mannen tittade sig omkring, inte en människa syntes till. Han kände hur kroppen fylldes med obehag. Tanken på att det hade hittats en död människa inne i Högsta domstolen, bara ett par hundra meter därifrån, kom över honom. Det gick inte att öppna en tidning utan att det stod sida upp och sida ned om det brutala mordet. Borde han verkligen vara kvar här?

Hundens starka intresse för hockeytrunken höll i sig. Mannen fortsatte att försöka ropa till sig hunden, men den bara tittade upp, viftade på svansen och vägrade att lämna platsen.

När mannen närmade sig hunden för att ta tag i honom såg han något som fick honom att rygga tillbaka.

Under ena sidan av bagen växte långsamt en pöl av blod. Så upptäckte han att det fanns bloddroppar på marken framför trappan och längs några kullerstenar.

Först frös mannen till is och han fick inte fram ett ljud. Så kom handlingsförmågan tillbaka. Med hjärtat bultande sprang han tillbaka mot Riddarholmsbron samtidigt som han fumlande försökte få upp mobilen ur fickan.

Först nu lämnade hunden bagen och rusade efter sin husse.

Det var en blek skara poliser som hade samlats i stabsrummet.

Susanne visste att det här var några av de mest erfarna och luttrade poliserna, vana att lösa spektakulära mord med sönderskurna och uppbrända kroppar. Men aldrig hade de upplevt något liknande.

Det rådde en tung förstämning i rummet. Var skulle det här sluta?

"Hur styckar man en människa i tolv delar?" frågade polisen som skötte tipstelefonen.

Ingen ville svara.

Den styckade kvinnan var en äldre åklagare, Eva Lindgren, som drev sexualmål i Stockholm. Hon hade varit på kurs och därför inte saknats av sin man. Kollegerna på kursgården Rönneberga på Lidingö hade sett henne under eftermiddagen och trott att hon hade valt att sova hemma över natten.

Magnus Granath satt på sin stol och stirrade frånvarande framför sig. Till slut kände sig Susanne manad att svara.

"Utifrån den information jag har fått av rättsläkaren är det huvudet, bålen, varje arm i två delar och varje ben i tre."

Några grimaserade vid tanken, andra rörde inte en min.

"Så vad gör vi nu?" frågade Magnus Granath.

"Tekniker är på plats, förhör med folk i området pågår. Detsamma gäller åklagarens egen bekantskapskrets", svarade Susanne. Ingen såg övertygad ut.

"Och vi analyserar varför det var just tolv delar som hon styckades i", fortsatte Susanne.

"Ja, det var tolv slag mot domaren", sa mannen från Rikskrim.

"Och tolv fångar som släpptes, och tidsfristen gällde till klockan tolv", fyllde Susanne i.

Det blev tyst i rummet några sekunder innan representanten för Kuten harklade sig och såg sig omkring.

"Jo, Susanne, det finns en sak några av oss har pratat om", började han.

"Då får du gärna berätta vad det är", svarade hon.

"Den där informationen om var de håller Catarina Björk kidnappad, är det verkligen klokt att säga nej till den?"

Magnus Granath sträckte på sig och såg för ett ögonblick belåten ut. Susanne insåg att det var han som låg bakom det här. Vapenutredningen i Södertälje, som Susanne hade arbetat med sedan i påskas, var det en annan åklagare som ansvarade för, en person som inte var inblandad i vare sig gisslandramat, kidnappningen eller mordet på justitierådet. Om det skulle kopplas till den här utredningen var det Susanne som skulle få ta ansvaret för det. Utan hennes medverkan gick det inte.

Susanne hade inget emot att ta ansvar, och hon visste att hon var tvungen att göra det nu.

Helt på egen hand.

"Vi kan inte lägga ned vapenutredningen. Den har inget med de här utredningarna att göra heller", svarade hon till slut. "Regeringen blir utpressad att släppa fångar av organisationen Rättvisa utan gränser. Nu är polisen utpressad av tjallaren Tony Asplund som kräver att en vapenutredning ska läggas ned."

"Men han känner uppenbarligen till var Catarina Björk befinner sig", svarade han från Kuten.

"Ja, eftersom han är en avhoppare från organisationen", svarade Susanne.

"Men har du inte tagit upp tjallarens krav med statssekreteraren?" frågade mannen från Kuten.

"Jo, men vid närmare eftertanke anser jag att det är en operativ fråga, och då är det polis och åklagare som ska fatta besluten", svarade Susanne. "Dessutom gillar jag inte att försöka smita undan ansvaret", fyllde hon i.

En djup suck hördes i gruppen.

Till och med Petra såg frågande ut.

Där försvann den sista lilla moralen i den här gruppen, tänkte hon och kände sig värdelös. Det var hennes uppgift att ingjuta hopp bland sina medarbetare och få dem att känna ansvar och engagemang för sitt arbete. Det hade hon allt annat än lyckats med.

Det här var en grupp som var på väg att förlora hoppet om att kunna hitta alla skyldiga till det här utan att andra människor skulle få sätta livet till, allt för att hon inte gick dem till mötes.

”Kanske ska vi prata med länspolismästaren om en ny kommenderingschef”, började hon försiktigt, mest för att se reaktionen.

”Inte en så dum idé, faktiskt”, sa Magnus Granath.

Till Susannes stora besvikelse var det ingen som protesterade.

Inte ens Petra som satt och fingrade på sin mobil sa något.

”Var så god och sitt”, sa statsministern och pekade på en stol framför det stora skrivbordet.

Leo Holmberg gjorde som han blev tillsagd.

Även om han hade arbetat länge inom regeringskansliet, där han hade pratat med massor av ministrar, var det lite speciellt att kallas till statsministerns rum.

Det låg på sjunde våningen i Rosenbad, i det hörnrum som vette ut mot Norrström. Som man kunde tänka sig var det stort och vackert inrett. I ena hörnet stod en TV, med text-TV påslagen. Så hade det varit varje gång som Leo hade varit där. Det låg väl i en statsministers natur att vilja vara maximalt uppdaterad.

En stor soffgrupp dominerade andra halvan av rummet. Bredvid den ledde en dörr till ett angränsande rum. Leo trodde att det var ett privat utrymme för statsministern, på samma sätt som justitieministen hade sitt lilla sovrum och sin dusch.

Statsministern såg plågad ut. Hela landet präglades av det som hade hänt. Överallt pratades det om kidnappningen av ministern och morden på representanterna för rättsväsendet. Det handlade inte längre om ett enskilt illdåd, nu var det en attack mot hela samhället. En regeringskris kom allt närmare.

”Vi ska ha ett extrainsatt regeringssammanträde nu efter lunch”, sa statsministern, ”så jag behöver lite närmare information.”

”Det står jag gärna till tjänst med”, sa Leo.

”Min första fråga är om vi har fått något nytt kravbrev”, sa statsministern.

”Nej, det har vi inte. I så fall meddelar jag det till presschefen, så får ni hantera det på bästa sätt.”

Statsministern nickade svagt.

”Med facit i hand borde vi förstås ha släppt fångarna före tidsfristens utgång, i stället för att få igång en förhandling. Har du kontakt med familjen förresten?”

”Jag pratar med hennes man varje dag. Han är närmast i upplösningstillstånd”, svarade Leo, tacksam över att de inte fördjupade sig i hans förslag att dra ut på tiden med att släppa fångarna.

”Och barnen?”

”De är hos sin farmor. Det gick bra till en början, men nu tror de inte längre på att föräldrarna är bortresta eftersom de aldrig får prata med sin mamma.”

Det blev tyst mellan dem. Båda kände sig berörda när de tänkte på hur ledsna och oroliga barnen måste vara.

”Hur fungerar polisarbetet?” var nästa fråga.

”Det är ett svårt läge för ledningen. Susanne Dahlgren, som leder arbetet, är mycket kompetent. Åklagaren Magnus Granath är däremot svagare, en högdragen man som verkar handlingsförlamad för närvarande.”

”Är det läge att kalla upp riksåklagaren för en fråga om han bör vidta några åtgärder?” frågade statsministern.

”Om vi ställer den frågan byts Granath ut direkt”, svarade Leo.

”Det är det jag menar.”

Leo Holmberg tänkte efter en stund.

”Vi kanske ska avvakta med det lite.”

”Varför det?”

”Just nu handlar det mer om polisens arbete än om åklagarens.”

”Så då är det bättre att kalla upp rikspolischefen för eventuellt byte av polisledningen.”

”Ja, i längden tror jag att det här blir ohållbart.”

”Du måste ta upp frågan på så sätt att vi inte blir anklagade för att lägga oss i det enskilda ärendet", sa statsministern.

"Jag vet exakt hur frågan ska ställas till rikspolischefen för att undvika den risken."

Statsministern såg nöjd ut för första gången under samtalet.

"Och när tror du att situationen blir ohållbar?"

"Ganska snart."

"Sedan går de på oss", sa statsministern. "Så hur länge föreslår du att vi ska vänta?"

"Senast onsdag måste vi ha ett genombrott."

"Då säger vi det", sa statsministern. "Jag ska informera resten av regeringen."

"Samtidigt är det synd, för vi får inte tag i en bättre person än Susanne Dahlgren."

"Ibland behövs ett byte för bytets skull, och då får man inte vara sentimental", sa statsministern och spände ögonen i Leo.

"Det är jag fullt medveten om", svarade han.

Det kändes som om huvudet skulle sprängas på Mattias. Han satt i sin bil på Västerbron efter att ha besökt Molander i häktet. Dels handlade det om hans privata situation, dels om allt som hände i målet och i Sverige över huvud taget.

Mordet på den unga kvinnliga åklagaren hade lamslagit hela landet. Till och med försvarsadvokater, som i vanliga fall var fulla av galghumor, var chockade över vad som hade hänt. Det började mer och mer likna ett angrepp på hela samhället. För Mattias var det självklart att alla skulle ha rätt till advokat. Det var just det som var utmärkande för en demokrati, tyckte han. Att ge människor som försökte angripa demokratin på olika sätt demokratiska rättigheter var särskilt viktigt. Men varför var det var just han som skulle försvara dessa människor, när det fanns så många advokater som aldrig skulle reflektera en sekund över sådana här saker.

Hans klient, som hade restriktioner men inget förbud mot TV

och tidningar, blev först lite tagen av mordet, men så småningom hade han försvarat det. Hur skulle de annars agera? hade han frågat Mattias flera gånger. Det var samma resonemang som han kände igen hos utländska terrorister. För att rädda tusentals människor måste man vara beredd att offra några – allt för den goda sakens skull.

Vad den goda saken bestod i kunde Molander däremot inte förklara. Och hur det kunde vara rätt att döda oskyldiga människor blev ännu mera obegripligt. Nu ansåg visserligen inte Molander att just en åklagare var oskyldig. De representerade ett ruttet system, där det inte fanns någon möjlighet till upprättelse.

Men trots Molanders enträgna terroristresonemang, präglat av enkelspåriga lösningar, kunde Mattias skönja en förändring, han uttryckte sig mindre fundamentalistiskt än tidigare. Och även om Molander aldrig skulle erkänna det, så var Mattias övertygad om att han tyckte att det hela hade gått för långt.

Han hade även diskuterat saken med Marco, som nu var tillbaka på anstalten i Saltvik. Vad han hade gjort eller vilka han hade träffat på sin 48-timmarspermission ville han inte berätta. Han verkade närmast uppspelt av det som hade hänt. Visserligen visste Mattias att många i den kriminella världen var skadeglada när allvarliga brott begicks mot polis och åklagare, men det var osmakligt att lyssna till Marcos utläggningar. Det var skönt att han hade överlåtit till Eric Olivecrona att vara med vid förhöret under morgondagen.

Mattias svängde ned på Ringvägen från Hornsgatan. Genom gallerstaketet kunde han se Zinkensdamms gröna plastgräs och längre fram skymtade Södersjukhuset.

När Mattias parkerade bilen påminde han sig om att han ännu inte hört av sig till Susanne. Det var som om han hade förträngt det, även om det låg och skavde i det undermedvetna.

Fem minuter senare klev Mattias in i väntrummet till äktenskapsrådgivningen. Lotta satt redan där med en tidning i handen.

”Kan du skjutsa Rebecka till träningen idag?” frågade hon innan Mattias ens hade hunnit sätta sig.

”Och varför kan inte du göra det?” frågade han och satte sig en liten bit ifrån sin fru. Liksom vid tidigare tillfällen var de ensamma i rummet.

”Jag ska träna”, sa Lotta och gäspade.

”Igen?” frågade Mattias och kände hur han fick hålla tillbaka ilskan.

”Vadå igen?”

Lotta rynkade ögonbrynen och såg helt oförstående ut.

”Jag tycker att du verkar träna hela tiden”, sa Mattias.

Lotta hann inte svara förrän dörren öppnades och terapeuten Ulrika stod i dörröppningen med samma leende som tidigare.

”Hur känns det idag då?” frågade hon när de hade satt sig ned.

”Lite bättre”, pep Lotta med en röst som Mattias inte alls kände igen.

”Okej”, svarade han själv.

”Ja, förra gången klagade du, Lotta, på bristande kommunikation, kommer du ihåg det?”

Lotta nickade utan att säga något.

”Har ni pratat om det här?” frågade Ulrika.

”Det ligger väl i sakens natur att det är svårt att prata om man har bristande kommunikation?” sa Mattias.

Ulrika såg inte ut att förstå vad han menade.

”Men Lotta har jävligt bra kommunikation med sin personliga tränare”, fortsatte Mattias.

Det bara kom utan att han hade planerat det. Men nu var det sagt.

Lotta ryckte till.

”Jaha, det är väl bra det”, sa Ulrika och log osäkert.

”Det beror väl på vad det är för kommunikation”, svarade Mattias.

”Nu förstår jag inte vad du menar”, sa Ulrika.

Mattias trodde inte på ett ord av vad hon sa. Det här var väl något som måste dyka upp i vart och vartannat samtal.

”De har en mycket, mycket nära kommunikation”, fortsatte han.

Ulrika sneglade på Lotta, som till slut var tvungen att säga något.

”Vad är det du insinuerar?” frågade hon. Det blev tyst i rummet. Mattias stirrade med förakt på sin fru. Det var bara några dagar sedan som han hade hört henne bedyra en annan man sin kärlek. Nu satt hon här och frågade om han insinuerade något.

”Varför säger du inte som det är, att han är din älskare?” utbrast han.

Lotta ryggade tillbaka som om hon hade fått en smäll.

”Svara då”, skrek Mattias. ”Sitt inte här och försök förneka det.”

”Nu tar vi det lilla lugna. Jag förstår att det här väcker känslor och ...” försökte Ulrika.

”Hon knullar med sin personliga tränare, så enkelt är det”, skrek Mattias så högt att det måste ha hörts ut till väntrummet.

Ulrika la handen på Mattias arm, men han slet genast bort den.

”Hur var det nu med ärlighet?” utbrast han. ”Förklara det för henne igen.”

Lotta satte plötsligt händerna för ansiktet, böjde sig ned och grät så att hon skakade.

”Det är alltså inte meningen att man ...” började Ulrika men kom av sig.

Det blev tyst i rummet igen. Det enda som hördes var Lottas hulkande.

Mattias reste sig tvärt, och utan att säga ett ord lämnade han rummet. Han slog igen dörren, småsprang nedför trapporna och ut på gatan där bilen stod parkerad. Med en rivstart körde han därifrån. Lotta fick ta sig hem bäst hon ville, tänkte han. Han tutade på en bil som låg i fel fil och gav föraren fingret när han passerade. Först nu kom tankarna ifatt honom, som hade legat och gnagt i honom under hela mötet. Vem var han att fördöma otrohet? Vad höll han på med egentligen? Varför var han så upprörd? Han hade ju själv bedragit Lotta, förmodligen under längre tid än vad hon hade gjort.

Catarina vaknade till och stönade när hon påminde sig om var hon befann sig. Återigen hade hon drömt att hon var någon annanstans, fri, inte inlåst i ett hus med fyra män som vaktade henne dygnet runt.

Det värsta var när hon en tiondels sekund efter att hon vaknat insåg att det bara varit en dröm. Att hon inte alls var fri, utan inlåst och i andra människors våld.

Mardrömmarna var också hemska. Hon var jagad, men blev alltid tillfångatagen. Så drömde hon att någon gjorde henne illa, och om olika vapen.

Några längre stunder av sömn blev det inte, sällan mer än ett par timmar åt gången. Dagarna och nätterna började flyta ihop och ofta befann hon sig i ett slags dvala, i ett gränsland mellan vaket tillstånd och sömn. De senaste dagarna hade hon plågats av en molande huvudvärk.

Catarina ryckte lite i den förhatliga kedjan och försökte orientera sig i tiden. Det var fortfarande ljust ute, så det var inte kväll än. Hon hade ätit lunch innan hon somnade, så det borde vara sen eftermiddag.

Före lunchen hade hon tittat på nyheterna och till sin fasa konstaterat att ytterligare ett mord hade begåtts, denna gång var det en kvinnlig åklagare som hade fått sätta livet till.

Så kom tankarna på Olivia och Julia igen. Hon längtade efter sina barn så att det värkte i hela kroppen. Aldrig hade hon trott att det gick att sakna någon så mycket. Just som ögonen började fyllas av tårar kom två av männen in i rummet, maskerade som alltid. En av dem hade en bricka med rostbiff och potatissallad slarvigt uppslängt på en tallrik.

Han ställde ned brickan på det lilla nattduksbordet som stod jämte sängen.

Catarina kände plötsligt ilskan växa inom sig.

"Vad fan håller ni på med egentligen?"

Ingen av männen svarade.

"Tror ni att ni kan hålla på att mörda människor hur som helst? Fattar ni inte att de har familjer?"

Vreden bara vällde ur henne, och hon kunde inte kontrollera den längre.

Samtidigt gjorde det henne rädd. Hon var ju deras fånge, de kunde döda henne när som helst.

Vore det inte bättre om hon lyckades få dem att känna medlidande med henne? Men det hade hon å andra sidan försökt utan att lyckas. Och hur lätt var det att få kontakt med någon som vägrade säga något och som var maskerad?

De båda männen lämnade rummet utan ett ord och Catarina blev sittande med maten framför sig.

31

”Du driver dina principer för långt”, sa Petra och tog en djup klunk av sitt vin.

”Det gör jag inte alls”, svarade Susanne indignerat.

”Jo, du borde försöka lägga över ansvaret för vapenärendet på justitiedepartementet eller så borde du lägga ned det.”

”Jag vill inte skjuta över ansvaret på någon annan.”

”Du får betala ett högt pris för det.”

”Då får det väl bli så”, svarade Susanne närmast trotsigt.

Hon tittade sig hastigt omkring. Som tur var verkade sällskapet, som satt vid samma avlånga bord, inte ha hört något. Det var mycket folk ute, den ljumma kvällen lockade.

Även om Susanne hade varit med i TV några gånger var det aldrig någon som kände igen henne. Det var enormt skönt, tyckte hon. Hur offentliga personer kunde stå ut med det övergick hennes förstånd.

Under hela dagen hade media jagat henne, men Petra hade lyckats hålla dem på avstånd genom några intetsägande kommentarer om spaningsläget.

Egentligen var läget värre än de kunde säga. Eller rättare sagt: de hade ingenting. Inte ett spår, bara en massa tips. Då var det bättre att kommenderingschefen slapp konfronteras med media.

Ett par kilometer därifrån hade regeringen suttit i krismöte hela eftermiddagen. Susanne hade pratat med Leo ett par gånger under dagen och han hade låtit ordentligt nervös. Regeringen hade fortfarande inte fått några nya krav på frisläppanden av fångar. Det enda som hade skickats var ett nytt fotografi på Catarina och dagens tidning.

Efter att Susanne hade arbetat i fjorton timmar i sträck hade hon frågat om Petra ville hänga med ut på ett glas vin, och så hade de hamnat på Mosebacke, längst upp på Söder.

Solen sjönk sakta bakom stadens siluett. Om bara allt hade varit annorlunda, så skulle de ha kunnat njuta av den vackra utsikten.

En servitör kom fram till bordet, det knastrade under fötterna när han gick på gruset.

Susanne och Petra tog ytterligare var sitt glas vin.

”Hur skulle det se ut om vi la ned utredningar i tid och otid bara för att vi blev hotade?” förklarade Susanne, som svar på Petras kommentar några minuter tidigare.

”Tid och otid! Något sådant här har aldrig hänt tidigare.”

”Nej, men vad skulle det få för konsekvenser, tror du?”

Petra skakade på huvudet.

”Inga alls, typ.”

”Det är klart att det skulle.”

”Det här liknar inget vi har upplevt tidigare. Du måste vara beredd att lägga ned vapenutredningen. Strunta i om den där Tony Asplund klarar sig den här gången, han åker fast nästa gång i stället.”

Susanne svarade inte utan tände en cigarett, den sjätte i ordningen sedan de hade kommit. Hon sneglade lite åt sidan. Sällskapet skrattade alla fyra åt en gemensam historia. Susanne kände hur avundsjukan grep tag i henne. När hade hon skrattat tillsammans med någon senast? Det måste ha varit med Mattias, innan han hade lovat att ta initiativ till skilsmässan.

Nu verkade han ha brutit kontakten. Hon hade sms:at flera gånger, men utan att få svar.

”Vet du, Susanne”, började Petra.

”Jag vet inte om jag orkar höra”, svarade Susanne.

"Jo, du måste."

"Men vad jag än gör så blir det fel", suckade hon.

"Jag förstår att du mår apdåligt, men ryck upp dig nu", sa Petra och lutade sig fram och klappade henne på armen.

Hon förstår inte hur dåligt jag egentligen mår, tänkte Susanne.

"Det är bättre att någon annan tar över", sa hon.

"Det är just vad som kommer att hända om du inte agerar nu, men då kommer du inte att få avgå frivilligt."

"Vad menar du?"

"Om du blir petad kommer man att vara noga med att visa att det inte är en frivillig avgång."

"Varför då?" frågade Susanne.

"Därför att man vill visa handlingskraft", sa Petra. "Det kan vara rikspolischefen, länspolismästaren eller regeringen som agerar, men någon kommer att göra det när som helst. Trycket är för stort, helt enkelt."

"Men regeringen kan väl inte lägga sig i vem som bedriver en polisutredning", sa Susanne förvånat.

"Regeringen kan lägga sig i allt."

"Jag har faktiskt fått bra kontakt med Leo Holmberg, han är riktigt trevlig."

"Tror jag säkert. I slutändan har han ändå inte så mycket att säga till om, han är trots allt bara en statssekreterare."

"Det verkar ändå märkligt", sa Susanne.

"Jag önskar att jag var lika godhjärtad som du", sa Petra och log. "Jag märker på media att man söker en syndabock, det är därför alla andra har legat lågt. Man väntar tills du får skulden, och när du ligger där på marken kliver man fram och halshugger dig."

En halvtimme senare promenerade Susanne hem längs Söder Mälarstrand.

Det svarta vattnet blänkte hotfullt och var inte alls så vackert som Susanne brukade tycka att det var. Till vänster reste sig Münchenbryggeriet, det lyste i något enstaka fönster.

Hon tänkte på vad Petra sagt. Var det så att man bara väntade på att hon skulle köra sig själv i botten, och sedan fick någon annan ta över? Varje dag hade hon kontakt med både rikspolischef, länspolismästare och chefen för Rikskrim. Alla var lika vänliga, stöttade henne och kom med försiktiga råd. Men när hon tänkte närmare på det var det ingen som verkligen klev fram. Visst uttalade de sig alla i media och talade väl om utredningen, att det bara var en tidsfråga innan man fick ett genombrott. Men om det där genombrottet lät vänta på sig ytterligare, vad hände då?

Petra hade förstås rätt. Det var klart att hon inte kunde få hålla på hur länge som helst. Visserligen fick Holmér driva kurdspåret i nästan ett år, han blev till och med årets svensk. Utan att lösa mordet på Olof Palme, konstaterade Susanne dystert för sig själv.

Men nu var allt annorlunda, allting gick fortare. Det krävdes resultat på ett helt annat sätt. Det var i alla fall Susannes uppfattning.

Hon gick vidare och Långholmen växte fram i mörkret. Högt däruppe lyste Västerbron med en trafik som aldrig tystnade. Hon passerade platsen där ett JAS-plan hade störtat i början av nittiotalet. Tänk, då var jag åklagaraspirant och småbarnsmamma, tänkte Susanne. Hade hon inte varit lyckligare då? Visst hade det varit jobbigt att kombinera jobb och småbarn, särskilt med en man som aldrig var hemma, men Susanne hade inte klagat. Hon jobbade statligt och han som biträdande jurist på en stor affärsbyrå, då var det bara att acceptera förutsättningarna. Någon gång hade Susanne reflekterat över att deras yrkesval, där han tjänade fem gånger så mycket som hon, kanske inte var en slump ändå, men hon ville inte gå och älta det längre. Däremot kände hon fortfarande ett styng av besvikelse över att det hade slutat med skilsmässa. Inte för att det var hennes fel, hennes man hade inlett ett förhållande med en yngre jurist på byrån, men hon kunde ändå inte släppa det. Var det egentligen inte hon som hade framtvingat det genom att vara så tråkig?

Susanne försökte skaka av sig de obehagliga tankarna, det låg trots allt åtta år tillbaka i tiden. Hennes man hade nu fått två barn med sin nya fru och den här gången hade han minsann tagit pappaledigt. Rejält också, nio månader varje gång. Något han var mallig över de få gånger de pratade med varandra, som om Susanne skulle vara glad över det nu.

I Pålsundet låg båtar på rad. Ett par män stod på andra sidan och förtöjde en båt. Av rösterna att döma var de lätt berusade.

Hon vek till höger vid Bergsundsgatan och var strax på Reimersholme. Trots att hon hade gått här så många gånger tyckte hon fortfarande att det var vackert. Hon gick igenom den pittoreska öppningen i fastigheten och fortsatte längs vattnet.

Det störde henne att hon hade börjat tänka på skilsmässan. Här var hon just nu kommenderingschef i den svåraste polisutredningen i modern tid, och så gick hon och ältade sin förre man. Tankarna gick till Mattias i stället, för säkert hundrade gången denna dag. Det måste ha hänt något. Det hade förstås inte varit så lätt att berätta det ändå. Antingen hade han skjutit upp det och skämdes över att erkänna det för Susanne. Eller så hade han ändrat sig. Men det sista alternativet trodde faktiskt inte Susanne på, trots att hennes självförtroende inte var så starkt för närvarande. Så som han hade varit de senaste månaderna gick det inte att ta miste på hans känslor för henne. Det fick helt enkelt inte vara på något annat sätt.

Hon log för sig själv i mörkret, för första gången på hela dagen. Gatan fram till vändplatsen där hennes hus låg var full av parkerade bilar, men inte en människa syntes till. Om hon inte hade gått här så många gånger skulle hon ha varit på sin vakt nu.

Hon tog fram nycklarna ur handväskan och sneddade över vändplanen.

Hon stelnade till. I mörkret vid träden såg hon en skugga som rörde sig. Plötsligt såg hon att det var en människa som stod och tryckte bakom ett träd ned mot vattnet. Det fanns ännu möjlighet att hinna in genom porten till hennes hus om hon var snabb. Susanne blev stående en sekund och avvaktade, likaså den mörka gestalten bakom trädet. När Susanne tog några försiktiga steg mot porten rusade plötsligt mannen fram. Trots panikkänslorna kunde Susanne tänka klart, hon skulle aldrig kunna få upp porten och hinna in. Hon bestämde sig för att springa upp mot gångstigen, och vek av mot en stentrappa vid sidan av porten. Just som hon tog de första stegen såg hon en annan man som stod halvvägs upp i trappan. I samma ögonblick bländades hon av ett starkt blixtrande sken.

Gerd ruskade på sig över vad hon såg på TV, där hon satt i sin fåtölj i övernattningslägenheten i Gamla stan med en filt över benen. Under sommaren hade hon köpt en fotpall som passade perfekt till fåtöljen. Nu hade det blivit ännu skönare att sitta där på kvällarna, även om det kändes lite ensamt emellanåt. Det hände att hon nickade till ibland framför TV:n, men det gällde inte den här kvällen. Nyheterna präglades helt av mordet på den äldre åklagaren. Både riksåklagaren och rikspolischefen intervjuades och underströk att alla resurser nu var koncentrerade till att lösa morden på domaren och åklagaren samt på kidnappningen av Catarina Björk. Valarbetet låg nere. Flera av partiledarna betonade att de stod enade mot de krafter som hotade landet. Vem i hela friden skulle kunna ägna sig åt valkampanjer nu? tänkte Gerd. Det var mest skönt att slippa vara ute och pracka på folk en massa material, som de sedan ändå slängde i närmaste papperskorg.

Till slut tröttnade Gerd på alla extra nyhetssändningar. Efter det senaste missödet med intervjun i Göteborg hade hon bestämt sig för att inte prata mer med media förrän det här var över, och då skulle det handla om hennes avgång. Det störde henne att det inte lönade sig bättre att försöka vara ärlig i politiken. Trots att

Sverige befann sig i krisläge fortsatte media att rapportera om resultatet av olika opinionsundersökningar. Nu var de i ledning, men Gerd brydde sig inte längre.

Gruppledaren Fredrik Rosenqvist verkade irriterad över att hon ville offentliggöra att hon inte skulle kandidera för en mandatperiod till. Visst kunde hon förstå att det just de här dagarna inte var läge att gå ut med en sådan nyhet. Men det var viktigt att det stod klart före valet, allt annat skulle vara att lura väljarna. För Gerd var sådana saker en hederssak, som man inte fick tumma på.

Hon provade att ringa sin man, men han svarade inte. Hon misstänkte att han var hemma men att han föredrog att inte lyfta luren när han såg att det var hon. Måste du tjata så förbannat? kunde han säga ibland. Då blev Gerd ledsen och ville inte prata mer. Hon var inte alls tjatig, tyckte hon. Fick han inte spela sin golf kanske, hur många fruar hade inte synpunkter på det.

Hon gick ett varv i den lilla lägenheten, som bestod av två rum och kök. Om människor visste hur trångt riksdagsledamöterna bodde skulle de nog inte gnälla så mycket, tänkte Gerd.

Plötsligt hörde hon en välbekant stämma från TV:n. Det var Petra, hennes tidigare pressekreterare från departementet, som uttalade sig för polisens räkning. Hon hade gjort flera uttalanden under dagen, där hon berättat att de gjorde allt för att få en så snabb lösning som möjligt.

Gerd gick fram till TV:n och såg hur Petra självsäkert berättade att svenska folket kunde vänta sig en lösning snart, att polisen arbetade med flera heta spår, men att de fortfarande gärna tog emot tips.

”Jaså, varför måste ni ha nya tips om ni har så heta spår?” sa Gerd högt för sig själv och kände sig finurlig.

Så kom hon att tänka på det hon hade grubblat över flera dagar. Häromkvällen hade hon hört statssekreterare Leo Holmberg på justitiedepartementet berätta att det fanns en plan att kidnappa Catarina Björk. Men när Gerd, som ordförande i justitieutskottet, hade ringt till Säpo så hade de nekat till att det fanns några sådana planer. Och det var då hon hade ringt till Fredrik Rosenqvist och berättat.

På något sätt hade det här kommit ut i media, och det hade stått i Kvällspressen. Men så hade det verkligt märkliga hänt. Samma dag som tidningen skrev om den påhittade kidnappningen av ministern, så kidnappades hon på riktigt. Hon förstod inte hur det kunde hänga ihop.

Tänk om det här var viktig information? För säkerhets skull borde hon väl informera polisledningen om sitt samtal till Fredrik Rosenqvist.

Nu var det nog för sent att ringa, det gällde bara att komma ihåg det. Men i morgon bitti skulle hon ta kontakt direkt. Det här kunde ha betydelse för utredningen. Hon skulle tala med Susanne Dahlgren.

32

Ytterligare en blixt fyrades av rakt i ansiktet på Susanne.

Först fattade hon inte vad det var, sedan förstod hon att det var fotoblixtar.

Och det var inte bara en bild, utan det fortsatte och fortsatte. Kameran smattrade som en kulspruta.

”Vad i helsike gör du?” skrek Susanne rakt till fotografen som stod några trappsteg upp.

Han svarade inte, och när Susanne insåg att hon inte skulle få honom att sluta vände hon sig mot dörren. Med darriga händer lyckades hon få i nyckeln, när plötsligt någon satte foten mot dörren.

”Men sluta, vad är det här?” skrek hon.

Mannen tog fram något som såg ut som en liten bandspelare och tryckte upp den mot Susannes ansikte, samtidigt som fotografen hade kommit nedför trappan och tog ännu flera bilder.

”Linus Wiberg från Kvällspressen, vill bara ställa några frågor”, sa han.

”Ni är inte kloka, så här kan ni inte hålla på”, utbrast Susanne och kämpade för att få tillbaka sin normala andhämtning.

”Vi har försökt få kommentarer från dig hela dagen, men ni kör bara fram er presstalesman, och då blir det så här.”

”Vadå ’blir så här’, jag trodde att det var ett överfall”, svarade Susanne upprört. ”Kan du sluta upp med det där?” skrek hon och vände sig mot fotografen, som fortsatte att ta bilder.

”Jag gör bara mitt jobb”, svarade han och tittade upp från kameran en sekund.

”Vi har bara några korta frågor”, sa Linus och flinade.

Susanne tittade med avsmak på journalisten. Han såg sjavig och ofräsch ut. När hans ansikte bara var några centimeter från hennes satte hon upp händerna mot hans bröst för att hålla honom ifrån sig. Linus överdrev och låtsades tappa balansen, alltmedan nya bilder togs.

”Jag vet inte om jag vill svara på några frågor, i alla fall inte just nu”, sa Susanne och lutade sig mot väggen. Hon övervägde om hon skulle göra ett nytt försök att ta sig in, men insåg att det bara skulle ge ännu sämre bilder. Någonstans ekade Petras ord om att man aldrig fick fly från media, det gav bara dåliga bilder.

”Varför har polisarbetet havererat?” sa Linus och tryckte upp bandspelaren under hakan på Susanne.

”Det har inte havererat”, svarade Susanne.

”Nu har ytterligare en person från rättsväsendet mördats, vad har du för kommentar till det?”

”Jag vet inte om ...”

”Om ni hade gjort ett bättre arbete, så kanske hon hade levt idag”, avbröt Linus.

”Så kan man väl inte säga.”

”Vad har du att säga till den här åklagarens barn, som just har förlorat sin mamma.”

”Jag har inget annat att säga dem än att vi gör allt vad vi kan för att lösa det här”, sa Susanne. ”Nu vill jag gå in. Om ni inte flyttar er, så kommer jag att anmäla er.”

”Sure”, skrattade Linus.

”Nu ska jag gå in, flytta dig genast från dörren”, sa Susanne.

Fotografen hade börjat plocka ihop sina saker. Linus flyttade sig från dörren och gjorde en överdriven bugning åt Susanne.

”Vi är nöjda, madam”, sa han. ”I morgon kan du läsa hur du har anfallit en journalist som bara gör sitt jobb, plus att du inte har något att säga till den mördades barn.”

”Annat än att vi gör allt vad vi kan för att lösa det här, sa jag faktiskt”, påpekade Susanne upprört.

”Är inte säker på att jag fick med det där sista”, sa Linus och skrattade rått. Några sekunder senare hoppade han och fotografen in i en bil på vändplanen, och med en rivstart var de därifrån.

Susanne vacklade in i sin lägenhet och sjönk ned på en stol i hallen. Utan att tänka sig för slog hon numret till Mattias.

”Det är klart att vi behöver prata”, sa Mattias. Men egentligen ville han inte. Ändå var det ofrånkomligt att Lottas otrohet kom upp när de nu var ensamma i köket.

Mattias humör hade pendlat hela kvällen. Efter att barnen somnat hade han hamnat framför TV:n och bara stirrat in i rutan medan tårarna trillade nedför kinderna. Hur det här än skulle sluta, så var det så sorgligt. En familj, som varit full av framtidstro och förväntan, höll nu på att falla i bitar.

Till slut hade Lotta kommit ned till honom och föreslagit att de skulle prata och han hade lommat efter henne upp i köket.

Nu satt Lotta på en stol vid bordet, halvt bortvänd, som om hon ville undvika att möta Mattias blick. Han stod lutad mot köksbänken med armarna i kors.

”Varför är du så undvikande då?” frågade Lotta.

Mattias suckade djupt och tittade ut genom fönstret, där det var alldeles svart.

”Så kul är det förstås inte att höra om din älskare.”

”Det finns ju en orsak till det”, sa Lotta och vände sig mot honom utan att deras blickar möttes.

”Jag är inte säker på att jag vill höra om det.”

”Att jag har träffat en annan har med dig och mig att göra.”

”Jaså?” sa Mattias.

Flera gånger under kvällen hade han varit på vippen att berätta om Susanne, men av någon anledning höll han tillbaka det. Han förstod inte varför. Ville han att Lotta skulle lida själv först? Var det för att det skulle smutsa ned allt fint som han hade haft med Susanne? Eller var han bara feg?

Troligen det sistnämnda.

”Vi vet båda två att det inte har funkat bra mellan oss de sista åren, annars skulle vi väl inte ha gått på familjerådgivning”, sa Lotta.

”Måste man skaffa en älskare för det?” sa Mattias. Det var som om han var advokat i sitt eget kök, han kunde inte låta bli att ta enkla poänger.

Samtidigt skavde självföraktet i honom.

”Nej, men det är ingen slump när det händer”, sa Lotta.

”Tydligen inte”, svarade Mattias sarkastiskt.

”Äh, du är inte intresserad av att prata om det här”, sa Lotta och reste sig. Hon gick fram och öppnade kylskåpet och såg ut att leta efter något. Så tittade hon i köksskåpet utan att hitta något där heller. Mattias följde hennes rörelser utan att säga något.

Han förstod inte varför han inte kunde klämma fram det. För två dagar sedan hade han varit på väg hem i syfte att tala om att han ville skiljas. Nu sa han ingenting.

”Under ett långt äktenskap är det nog inte så ovanligt”, fortsatte Lotta och satte sig på stolen igen.

”Jag förstår inte varför du håller på och ursäktar dig hela tiden”, sa Mattias.

Lottas ögon fylldes plötsligt med tårar. Trots att de hade varit gifta i femton år slutade han aldrig att förvånas över henne. Hon kunde byta humör på en sekund och börja gråta precis när som helst, men framför allt när det passade henne. Han visste inte hur många gånger ett gräl hade övergått till att han skulle trösta henne.

Men den här gången gjorde Mattias ingen ansats till det. Nu fick hon klara sig själv.

”Vi måste ju bestämma oss för om vi ska skiljas”, snyftade Lotta.

Säg det nu, säg det nu, malde Mattias tankar. Men just som han tog sats för att berätta att han också hade träffat en annan, och att skilsmässa nog var det bästa alternativet, hördes ett tjut från hallen.

In i köket rusade Rebecka, storgråtande. Det var uppenbart att hon hade stått och tjuvlyssnat i hallen.

”Jag visste att ni skulle skiljas, ni har ljugit”, skrek hon, utom sig av ilska och sorg.

Lotta reste sig hastigt från stolen och lyfte upp henne.

”Lilla gumman, nu måste vi prata”, sa hon och bar Rebecka ut ur köket.

I samma ögonblick ringde Mattias mobil.

Det första Mattias såg när han svängde in på gårdsplanen på Långholmen var Susannes långa ljusa hår. Det var som om det lyste i mörkret.

Längre upp skymtade det gula fängelset, som nu var omgjort till fik och vandrarhem. Förutom Susanne syntes inte en människa, vilket inte var så konstigt. Klockan var över midnatt.

Mattias hade åkt hemifrån medan Lotta satt inne hos Rebecka. Antagligen skulle hon tro att han bara åkt en sväng i vredesmod. Men vad hon trodde brydde han sig egentligen inte om. Äktenskapet var över, något annat alternativ fanns inte, även om det inte hade utvecklat sig som han först hade planerat.

Susanne hade låtit helt förtvivlad. Först hade han trott att det handlat om honom och att han inte hade hört av sig, sedan hade det gått upp för honom att det var något annat. Oavsett vad det var hade inte Mattias tvekat, han hade kommit direkt. Det var dessutom skönt att få ge sig av hemifrån.

Mattias parkerade bilen och klev ur. Innan han hann säga något kastade sig Susanne i hans famn. Han klappade henne lite tafatt på huvudet. Hon stod alldeles stilla.

Först efter flera minuter lösgjorde hon sig försiktigt från honom och tittade honom rakt i ögonen.

”Du behöver inte säga hur det går med skilsmässan”, sa hon.

”Alltså, det är på gång ... det har bara krånglat till sig lite”, svarade han grötigt.

”Det tar vi sedan.”

”Vad är det som har hänt?”

Susanne tog ett djupt andetag innan hon svarade.

”Jag vet inte var jag ska börja.”

”Ta det från början”, sa Mattias och rättade till en hårslinga på Susanne.

Så berättade Susanne om allt som hade hänt henne. I normala fall var hon noga med att inte bryta förundersökningssekretessen, nu bara forsade orden fram. När hon kom till händelsen med journalisten och fotografen bröts rösten. Mattias, som inte ville distrahera henne, hejdade en impuls att krama om henne.

”Men den svåraste frågan är om jag ska lägga ned ärendet om det grova vapeninnehavet och ge efter för tjallarens krav”, förklarade hon.

”Men det är väl åklagaren som avgör det.”

”Om jag rekommenderar det, så blir det så”, svarade Susanne utan att tala om hur Granath hade legat på.

”Tänk på att regeringen har benådat tolv fångar redan”, påminde Mattias.

”Det är skillnad, i nådeärenden finns inga detaljerade regler. Ett beslut om nåd motiveras inte ens och kan inte överklagas.”

”Så nu kan du få information om var justitieministern befinner sig om du lägger ned ett ärende om vapeninnehav.”

”Ja, och vi har bevis för att få dem dömda till flera år”, sa Susanne. ”Så om jag gör det begår jag ju ett grovt tjänstefel.”

Mattias funderade en stund.

”Jag är inte så säker på det”, sa han långsamt. Nu hade advokaten i honom vaknat. ”På mig låter det som om det är nöd i enlighet med trettiofjärde kapitlet, andra paragrafen.”

”Hur menar du?” frågade Susanne.

”Jo, om du bedömer att justitieministerns liv kan räddas genom att lägga ned ärendet, så kan du hävda att den vågskålen väger över.”

”Så du tycker att jag ska föreslå att vapenärendet läggs ned mot att Tony Asplund avslöjar var Catarina Björk befinner sig.”

”Absolut, jag bedömer att det är större risk att du gör dig skyldig till tjänstefel om du inte lägger ned vapenärendet.”

Susanne kände hur en sten föll från hennes hjärta. Varför hade hon inte kommit på det här tidigare, hon var ändå jurist själv?

Det var som om allt lättade, att hon kunde släppa utredningen för stunden. Framför henne stod Mattias, mannen hon varit förälskad i sedan många år, vackrare än någonsin. Han passade mycket bättre i jeans och tröja än i de kostymer som han brukade ha när han kom direkt från jobbet.

Det blev tyst och han mötte hennes blick. Hon tog ett steg emot honom, hans fingrar nådde henne och han kysste henne lätt med samma mjuka läppar som alltid. Hon kände att hon ville ha honom nu, mer än någonsin.

”Kom”, sa hon och tog honom i handen.

”Ska vi inte gå hem till dig i stället”, sa Mattias tjockt.

”Nej, jag vill inte se den där hemska porten nu”, sa hon och drog honom med sig. Bort från parkeringen, över ett lågt svart staket och ut på gräset. Gatlyktornas sken nådde inte riktigt in, vilket passade perfekt. I en liten dunge vände hon sig mot honom, kramade honom och kysste honom på munnen, på halsen och i nacken. Långsamt sjönk de ned i gräset, som var vått av daggen. Mattias hamnade på rygg och Susanne satte sig gränsle över honom. De slet i varandras kläder och Mattias stönade så högt att Susanne var tvungen att lägga handen för munnen på honom. Det var som att det gick stötar genom kroppen på henne där de älskade i det våta gräset.

TISDAG 16 SEPTEMBER

5 DAGAR KVAR TILL VALET

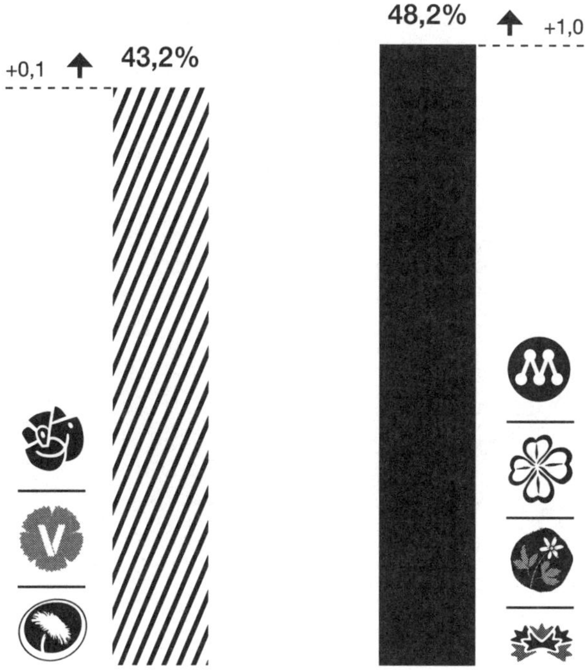

33

Susanne fick en chock när hon slog sig ned i Petras rum på morgonen. Hon var just nu Sveriges mest utskällda människa. Framför henne låg dagens Kvällspressen, som ägnade en stor del av innehållet åt Susanne Dahlgren.

Rubrikerna på förstasidan skrek ut sitt budskap: här går polisen till angrepp. På bilden såg man hur Susanne höll händerna i brösthöjd på journalisten. Det såg verkligen ut som om hon anföll honom.

Inne i tidningen var det flera sidor om hur misslyckad utredningen var, mycket för att kommenderingschefen var så oduglig. Hennes bakgrund som åklagare vändes mot henne, man menade att det innebar att hon inte förstod sig på klassiskt polisarbete. Kolumnisten angav i en bister ton att polisen ska hindra våld, inte utöva våld.

Anhöriga till den mördade åklagaren berättade om sin sorg, bredvid Susannes uttalande: ”Jag har inget att säga dem.”

Petra hade ringt henne redan före klockan sex och uppmanat henne att komma direkt till polishuset. Hon skulle också ta ingången via Polhemsgatan för att slippa ytterligare journalister.

”Men jag har inte angripit någon”, förklarade Susanne när de gick igenom tidningsuppgifterna.

”Du behöver inte förklara, jag vet vilket äckel den där journalisten är”, svarade Petra och suckade djupt.

”Känner du honom?”

"Han är med i Valallians 2.0, gruppen jag berättade om."

Susanne stirrade på Petra med halvöppen mun.

"Ibland är det som om vi inte känner varandra", svarade hon till slut.

"Jag förstår att du tänker så, och han är en skurk."

"Varför samarbetar du med skurkar?"

"Jag gör inte det längre."

"Vad händer nu?" frågade Susanne uppgivet.

För några timmar sedan hade det känts riktigt bra. Mattias hade fått henne att kunna fatta rätt beslut utan att begå tjänstefel. När de hade skilts åt efter deras äventyr på Långholmen hade Mattias försäkrat att inget var förändrat, bara lite annorlunda. Vad han nu kunde mena med det.

Det var ändå deras diskussion om att kunna agera med stöd av paragrafen om nöd som hade gjort att hon kunde se framåt. Hon hade varit så nöjd över att ha kommit fram till rätt beslut att hon nästan glömt bort journalisten.

Tills i morse.

"Det som händer nu är att vi går på stabsmötet, som börjar om tio minuter", sa Petra.

"Och sedan då, med media?"

Petra tittade på henne en lång stund innan hon svarade.

"Det är inte dig man är ute efter."

"Vem är det då?"

Susanne kände sig svagt illamående.

"Man vill orsaka en regeringskris, det handlar om valet", svarade Petra.

"Men jag har väl inget med politik att göra."

"För att komma åt regeringen måste först utredningen gå åt helvete, det är därför man måste krossa dig", sa Petra och log ett sorgset leende.

Susanne skakade på huvudet av obehag. Hennes polisarbete var ju så långt ifrån partipolitik man kunde komma.

”Jag fattar ändå inte vad jag kan göra åt saken.”
”Vi måste få ett genombrott.”
”Hur mycket tid har vi på oss?” frågade Susanne.
”Det handlar om timmar.”

Susanne kände sig lätt vimmelkantig när hon klev in i salen med de övriga kollegerna med sina kaffekoppar. Stämningen var dämpad och hon fick flera medlidsamma blickar. Den enda som verkade upprymd var Magnus Granath. Det var som om morgonens artiklar hade givit honom energin tillbaka.

”Vi förstår om du inte orkar med alla skriverier”, sa han, närmast frustande.

”Det är lugnt”, sa Susanne, trots att hon var allt annat än lugn, särskilt efter Petras besked om att de måste få ett genombrott inom några timmar. Nu hängde plötsligt allt på tjallaren Tony Asplund. Tänk om han hade fel uppgifter, då skulle allt vara kört.

Hon hade skickat ut mail inför mötet om att hon hade ändrat sig och accepterade att lägga ned vapenärendet i Södertälje mot information om var Catarina Björk befann sig. Det var hennes enda chans nu.

Magnus Granath hade återtagit initiativet i utredningsarbetet. Han ställde sig upp framför whiteboardtavlan med händerna på ryggen.

”Ge oss lite mera detaljer om Tony Asplund”, sa han uppfordrande till representanten för Kuten som tog fram några handlingar från sin portfölj och började berätta om bakgrunden.

”Tidigare torped från HA, har varit involverad i flera utpressningshistorier. Dömd fem gånger till sammanlagt tolv år. Misstänkt för ett mord på en annan medlem, men det gick aldrig att bevisa. Bor nu i en stor bostadsrätt i Vasastan, kostade sju miljoner, som garanterat kommer från brottslig verksamhet. Asplunds enda inkomst är förtidspension på 6 000 kronor i månaden.”

”Hur kommer det sig att han har den här informationen?” frågade Susanne, som fortfarande var skeptisk.

"Han säger att han har varit med i gruppen Rättvisa utan gränser."

"De som antagligen ligger bakom både gisslandramat i riksdagen och kidnappningen av Catarina Björk", konstaterade Susanne.

"Och förmodligen morden på domaren och åklagaren", svarade han från Kuten. "Det som varit känt för oss tidigare har varit att det mest är ett gäng knäppskallar som söker resning och gör JO-anmälningar. Vi har förhört allihop utan att det gett något. Men det finns en väpnad fraktion, som är okänd för de övriga. Och det är där vi tror att hjärnan bakom allting finns."

Susanne tänkte på vad Mattias hade sagt om att rättshaverister ofta haft rätt från början, men att de sedan spårat ur. Samtidigt som många kriminella klagade på det ruttna samhället var de inte sena att själva göra vad som helst för att nå sina mål. Det var bara att titta på det här ärendet. Först Rättvisa utan gränser som hade krävt att fångar skulle släppas. Sedan avhopparen Tony Asplund som krävde att vapenärendet skulle läggas ned mot att han avslöjade var Catarina Björk befann sig. Två utpressningar parallellt med varandra – en mot regeringen att fångar skulle släppas och en mot polisen att vapenärendet i Södertälje skulle läggas ned.

"Okej, då vet vi lite mera", sa Magnus Granath. "Då ska vi se hur vi sköter det här rent praktiskt?"

"Det där finns det som bekant numera fasta principer för", sa mannen från Kuten.

"Jag vill gärna vara med när vi hör Tony Asplund", sa Susanne.

Flera av poliserna såg tveksamma ut. Det här var inte vad de hade väntat sig att få höra.

"Men är det så lämpligt?" frågade Magnus Granath.

Susanne tänkte på hur situationen hade förändrats. Om den här diskussionen hade uppstått för bara några dagar sedan så skulle Magnus Granath ha förbjudit det. Men han var mycket mesigare nu, även om han gjorde vad han kunde för att strama upp sig.

"Det är verkligen lämpligt, vi åker på en gång", sa Susanne och avslutade mötet.

Petra log för sig själv.

Ett par timmar senare var Petra på betydligt sämre humör.

Hon hade tagit kontakt med Hjalle och Linus för ett nytt möte och de hade träffats på det vanliga stället i Hjalles vindsvåning.

Nu satt de båda männen självsäkert tillbakalutade på var sin stol. Petra var däremot så arg att hon inte kunde sitta still.

"Ni ger fan i Susanne", röt hon.

Både Hjalle och Linus skrattade rått.

"Bara för att det är din chef", sa Hjalle och garvade.

"Man ska inte slåss, hälsa henne det", sa Linus med spelat allvar.

"Hon är ju ingen politiker, vad ska ni på henne att göra?" frågade Petra, trots att hon mycket väl visste svaret.

"Ärligt talat, jag har inte tid med det här längre", sa Linus och kastade en blick på armbandsuret.

"Vet du, Petra, vi trodde att du hade kommit på bättre tankar när vi hade så trevligt på Djurgården i söndags", sa Hjalle.

"Vad skulle det vara?" frågade hon.

"Vore nice om du insåg fördelarna med att samarbeta", sa Linus.

"Och att det är viktigt att vi är proaktiva", fyllde Hjalle i.

"Aldrig i livet", fnös Petra.

"Då skiter vi i det här", föreslog Linus. "Vi har en ganska fet uppföljning, som du kanske förstår. Jag kan avslöja att ni inte har något helgjutet förtroende från rikspolischefen, honom ska jag träffa om ett par timmar. Sedan är din chef rökt, bara så att du vet."

Petra var rasande. Någonstans gnagde också det dåliga samvetet. Även om hon inte kunde rå för vad Linus hade hittat på, så hade de samarbetat tidigare. Susannes kommentar om att de inte kände varandra satt som en tagg i henne. Hon ville ju skydda Susanne, hon hade börjat uppskatta henne som en av sina bästa vänner. Problemet var bara att hon var så godtrogen.

”Jag ska se till att ni kommer att få ångra det här”, sa hon.

Både Hjalle och Linus skrattade, samtidigt som de gjorde en highfive.

”Berätta för oss exakt hur det skulle gå till, Petra”, tjöt Linus.

”Avslöja gruppens arbete”, svarade Petra.

De båda männen tittade förvånat på henne, sedan började de skratta igen.

”Men lilla Petra, det är väl inte förbjudet att ha organisationer som arbetar politiskt.”

”Hur lyckat är det för en oberoende journalist att vara med här?” frågade hon.

”Jag är bara här för att skriva ett reportage om organisationens arbete, eller hur, Hjalle?”

”Absolut, men hur lyckat är det att en talesman för länskrim i Stockholm har varit med?” sa Hjalle.

Petra kände att hon inte kom längre. Hon borde ha förstått bättre än att komma hit. Det här var i grunden ohederliga människor och hon skämdes för att ha jobbat tillsammans med dem.

”Vi får väl se”, sa hon och gjorde sig klar att gå.

”Petra, tänk efter nu”, sa Hjalle. Nu var han plötsligt allvarlig. ”Du leker med elden.”

Petra mötte hans blick och kände ett obehag i kroppen. Den där iskalla blicken gjorde att hon för första gången var rädd för honom.

34

Susanne satte sig i bilen nere i garaget under polishuset. Hon visste att det var ett ständigt problem för polisen att hela tiden byta ut bilarna så att de yrkeskriminella inte skulle kunna avslöja dem.

Eftersom det var ett ytterst känsligt uppdrag tog de en av de nya bilarna. Bredvid henne satt den man som höll kontakten med tjallare i den här delen av länet. Han verkade inte direkt nöjd över att Susanne var med. Sådant här ville han sköta själv, utan inblandning från någon chef. Han var ovanligt ung för den här typen av uppdrag, tyckte Susanne.

De körde under tystnad över Barnhusbron, där ett tåg just passerade under dem. Båda visste hur viktigt uppdraget var och att inget fick gå fel nu.

Vid Odenplan hittade de först ingen parkering. De ville inte väcka uppmärksamhet genom att parkera alltför galet, så de körde ned mot Stadsbiblioteket. Här var det bara vanligt parkeringsförbud, och att bryta mot det var knappast något som stack ut från mängden i city.

De kom in i huset och vände sig bort när en ung pojke kom rusande nedför trappan. Men han var för upptagen av sig själv för att ens notera att de stod där.

De tog hissen upp till sjätte våningen och ringde på hos Tony Asplund utan att något hände. Susanne ringde på igen, fortfarande ingen som öppnade. Hon tryckte ned handtaget och till hennes förvåning var dörren olåst.

”Ska vi inte be om mer folk innan vi går in?” frågade den unge kollegan.

Susanne tittade på honom, han såg rädd ut. Varför var så många poliser så oroliga för allting. Alltid skulle de kalla på förstärkning för minsta lilla.

”Äh, han har nog bara glömt att låsa”, sa Susanne.

Den unge medarbetaren såg ut att tveka. Att gå in var för riskabelt och att stå kvar när chefen gick in var inte heller så lyckat.

Till slut fiskade han upp en svart pistol ur ett hölster innanför jackan. Susanne gillade inte vapen och skulle aldrig drömma om att beväpna sig. Egentligen skulle hon också ha med en pistol när hon var på ett sådant här uppdrag, men hennes tjänstevapen var inlåst i ett vapenskåp i polishuset.

Susanne funderade på om hon skulle säga till honom att lägga ned vapnet, men beslutade sig för att han fick avgöra det själv.

Han verkade dessutom ha uppbringat något slags mod genom sin pistol. Utan att Susanne sa något öppnade han dörren lite och gled in. Susanne följde efter. Även om hon inte smög insåg hon att det fanns skäl att gå tyst, om inte annat för att grannarna inte skulle höra dem. Eftersom de blivit inbjudna av mannen kunde de alltid hävda att de hade rätt att gå in dit. Om det var en korrekt analys kunde diskuteras. Men för en gångs skull var Susanne inte lika mån om att göra allt rätt.

De kom in i en dyrbart möblerad hall, på golvet låg en persisk matta. Det störde Susanne att se alla dyrgripar. Bara i hallen fanns saker för säkert hundra tusen. Det här var köpt för vinster från brott eller, ännu värre, för betalning från polisen.

De gick in i ett stort vardagsrum. Kunde han verkligen bo här själv? Det passade inte en kille i trettiofemårsåldern.

Susanne kom in i köket. Även det var lyxigt inrett med bänkar av lärkträ. Hon gick vidare och kom ut i något som liknade en korridor. Längre bort stod en dörr på glänt, antagligen badrummet. Hon gick försiktigt framåt. Kollegan syntes inte till, förmodligen var han kvar i vardagsrummet.

Just som hon kom fram till dörren var det något som grep tag i Susanne, en känsla av att något inte stämde. Hon hejdade en impuls att bara springa därifrån och fortsatte långsamt. Redan innan hon kom fram till dörröppningen visste Susanne att hon skulle få se något som hon inte ville se.

Tony Asplund låg i badkaret. Trots att de aldrig hade träffats förstod Susanne direkt att det var tjallaren. Han låg i en förvriden ställning med ena benet över kanten. De kraftiga armarna var täckta av tatueringar. Det svarta håret stod åt alla håll, ögonen var uppspärrade och ansiktet hade en närmast förvånad min. Kroppen var naken men täckt av blod. Också på väggarna syntes stänk. Där hade någon med blod skrivit siffran tolv.

Mattias var rasande på media. Det var precis så illa som Susanne hade befarat, nästan ännu värre. På nolltid var plötsligt hela skulden Susannes. Som om morden var hennes fel.

Han gick ut i hallen bredvid väntrummet, där advokatbyrån hade sin TV. Han slog på text-TV och läste. Det var samma skit överallt. Korta aggressiva påståenden om den våldsamma men också inkompetenta kommenderingschefen.

Ytterligare ett mord hade begåtts. Den här gången var offret en tungt kriminell, varför det var osäkert om det fanns något samband med de övriga offren. Därefter kom ett inslag med Susanne, där hon hängdes ut, som om hon ensam hade gjort alla fel.

Just som han fick se Susanne i bild passerade Eric Olivecrona tillsammans med ytterligare en delägare. De stannade till framför TV:n en sekund.

”Tydligt att hela polisarbetat har havererat”, sa Eric Olivecrona.

”Den där polischefen verkar inte vara den skarpaste kniven i lådan”, sa den tredje delägaren.

”Nej, man kan inte ha poliser som slåss.”

Mattias hade in i det längsta försökt att behärska sig. Att som advokat försvara en polis var misstänkt, det fanns det inget skäl till. Men när han hörde den sista kommentaren kunde han inte hålla sig.

”Vad i helvete vet du om det?” frågade han.

De båda kollegerna tittade förvånat på honom.

”Vad menar du?”

”Ja, vad fan vet du om huruvida hon har slagit någon?”

”Jag läste det i tidningen i morse”, svarade Eric Olivecrona och ryckte på axlarna.

”Och då måste det förstås vara sant.”

”Vad är det med dig, Mattias? Har de skurit i någon kostnadsräkning, eller?”

Han kastade en snabb blick mot kollegan och fikade efter beröm för sin kvickhet.

Mattias mumlade något ohörbart och gick mot sitt rum. Helst skulle han bara vilja avträda från målet. Även om Molander bara varit med om ett gisslandrama, som slutade helt utan blodspillan, så representerade han en organisation som begick mord på oskyldiga människor.

Han tog fram sin mobil och skickade ett uppmuntrande sms till Susanne. Det var jobbigt att inte kunna prata med henne, men han förstod hur upptagen hon måste vara. Det gick en våg av värme genom honom när han tänkte på henne. Efter gårdagskvällen, då de hade haft sex i gräset på Långholmen, kände han ännu starkare för henne. Det var så fruktansvärt orättvist att hon hade drabbats av det här.

Framåt kvällen skulle han kanske få tag på henne. Äktenskapet fick det gå som det ville med nu, Lotta kunde fortsätta att knulla sin jävla personliga tränare. Fast det högg lite i honom när han tänkte på det. Att bli sviken och övergiven på det här förnedrande sättet gick inte att komma över så lätt. Jag blir galen av alla motstridiga känslor, tänkte han och gick fram till fönstret. För första gången såg han lite gula stänk i träden. Ett stilla höstregn föll över huvudstaden.

Jag måste bestämma mig för vad jag själv vill, tänkte han.

När han hade stått där en stund, hur länge visste han inte, ringde det.

Det visade sig att det var Molander från häktet.

”Kom hit, jag har något viktigt att berätta.”

Susanne satt vid sitt skrivbord och stirrade tomt framför sig.

På bordsskivan låg ett block med namn på personer som hade sökt henne. Hennes dotter hade lämnat ett meddelande på hennes mobilsvar. Hon var förstås orolig. Dessutom hade hon just avslutat ett samtal med sin son, som hade gråtit hejdlöst i telefonen över alla skriverier. Det hade hon inte hört honom göra sedan han var en liten pojke. Det var första gången Susanne verkligen kände hur tungt det var. Att själv bli utsatt var jobbigt, men det var ändå uthärdligt. När det gällde barnen fanns det inget skydd, då spelade det ingen roll att de var vuxna nu, de var ändå hennes pojke och flicka.

En annan person som hade sökt henne var länspolismästaren Christian Agdur. Hon borde naturligtvis ringa upp omedelbart, men hon kände att hon behövde ta igen sig lite först.

Mordet på Tony Asplund hade varit en chock på flera sätt. Att hitta en död människa, dessutom mördad, var precis så obehagligt som man kunde tänka sig. Den synen skulle hon få bära med sig resten av livet. Men det var också förskräckligt att deras sista stora hopp hade släckts i och med detta. Susanne hade lyckats ta sig därifrån innan media hade fått nys om det. I stället hade den unge kollegan fått invänta ambulans. Några livräddningsförsök hade inte gjorts, det hade räckt med en hastig blick på offret för att inse att det var helt meningslöst.

Om tjugofem minuter skulle nästa stabsmöte hållas och då skulle den obarmhärtiga sanningen komma fram: de famlade i mörkret. Visst fanns det mycket material att arbeta med; massor av tips, nedtankning av telefonsamtal från masterna, förhör med anhöriga och folk som befunnit sig på platsen. Men det gick inte att komma ifrån, det genombrott som Petra påstod måste ske inom några timmar var fortfarande långt borta.

Bara omständigheterna kring siffran tolv var ett fullständigt mysterium. Ändå var det tydligt att mördaren ville ge ett tecken, som ett hån mot hela polisarbetet.

Susanne insåg att det inte gick längre. Trots att hon i vanliga fall inte var den som kastade in handduken insåg hon att det var kört nu. Om inte hon själv tog initiativ till det skulle någon av de högsta cheferna göra det, eller till och med regeringen. Även om hon hade bra kontakt med statssekreteraren Leo Holmberg kunde han inte gärna hålla henne om ryggen. Hans främsta intresse var att tjäna regeringen och då var det inget svårt beslut att ersätta en oduglig polischef. Han skulle förstås inte göra det själv, utan låta någon annan utföra jobbet, varför inte länspolismästaren? Ja, det var förstås därför som han hade sökt henne.

Susanne suckade djupt och sänkte långsamt huvudet mot bordet. Det var skönt att låta pannan vila mot bordsskivan och bara blunda.

Trots alla tankar som virvlade i huvudet var det nästan som att hon nickade till. Plötsligt var hon tillbaka i det våta gräset på Långholmen. Hon kunde uppleva känslan i hela kroppen och rös av välbehag när hon tänkte på det.

Då ringde mobilen.

Det var Mattias.

35

”Min klient tycker att det har gått för långt.”

Först var Susanne lätt förvirrad över tonläget, sedan insåg hon att det var advokaten Mattias som pratade. Hon slogs av att han lät annorlunda. Men antagligen gjorde hon det också, för nu var det två representanter för rättsväsendet som diskuterade, inte två människor som hade haft sex för mindre än tjugofyra timmar sedan.

”Och hur menar han då?” frågade Susanne.

”När de börjar mörda varandra, som han uttrycker det, så vill han få stopp på det.”

Susanne kände hur hon fick krafterna tillbaka. Hon tog fram ett block och en penna och började anteckna.

”I så fall borde jag skicka upp ett par medarbetare direkt, så att vi kan hålla ett förhör”, sa hon.

”Det vill han inte.”

”Men i så fall vet ...”

”För fan, Susanne. Släpp formaliteterna någon gång, det här gäller människors liv”, röt Mattias på ett sätt som hon inte alls kände igen.

”Hur ska vi göra då?”

”Han vill absolut inte att något ska stå i något protokoll.”

”Men det är ju förundersökningssekretess och vi kan behålla den senare också och ...”

Mattias stönade högt.

”Det där kan du inte ens tro på själv.”

”Men hur ska vi göra då?” frågade Susanne. Hon orkade inte höra hur dåligt allt hon sa var. Hennes självförtroende var inte bara naggat i kanten, det var närmast pulveriserat vid det här laget.

”Han har gett mig i uppdrag att berätta var Catarina Björk befinner sig.”

Susanne trodde att hennes hjärta skulle stanna, så upphetsad blev hon.

”Vad säger du?” utbrast hon.

”Jag vill inte att du berättar varifrån du har fått uppgifterna.”

”Varför då?”

”Därför att det här eventuellt ger mig problem med en annan klient, som sitter på anstalt.”

”Men du begår väl inga fel nu”, frågade Susanne oroligt.

”Ärligt talat så bryr jag mig inte om det längre. Men för att inte göra det ännu svårare för mig, måste du alltså hålla tyst om att det är jag som berättar det.”

”Självklart”, sa Susanne och svalde.

Mattias harklade sig innan han fortsatte.

”Justitieministern befinner sig i Björknäs.”

”Ute i Nacka?”

”Precis, i en villa som ligger ned mot Skurusundet.”

”Så han berättar allting nu plötsligt, han som inte har sagt ett ljud under hela utredningen”, konstaterade Susanne.

”Han berättar allt utom vem som är ledaren.”

”Det spelar ingen roll, bara vi kan hitta Catarina Björk.”

”Och att hon är vid liv”, sa Mattias.

Susanne ville inte ens tänka på vad som skulle hända om hon inte var det. Utan att ens hinna tacka för uppgifterna avslutade hon samtalet. Hon rusade iväg till stabsrummet, där resten av gruppen väntade.

Susanne tog ett par raska steg in i rummet, daskade akten, blocket och pennan i bordet och såg sig omkring. Vid bordet satt ett tiotal förvånade medarbetare med kaffekopparna framför sig. De hade väntat sig en modstulen chef som kom in för att säga upp sig. De hade också följt media hela dagen och tvingats konstatera att deras chef var betraktad som allmänt inkompetent. Mest förvånad över hennes energi av alla var Magnus Granath, kanske en aning besviken också.

”Jag har fått information om var Catarina Björk befinner sig”, sa hon och tittade ut över församlingen.

Alla tittade förvånat på henne.

”Hur då?” frågade kollegan från Rikskrim, som sällan yttrade sig.

”Det kan jag inte säga nu”, svarade Susanne. ”Men det är från en väldigt tillförlitlig källa.”

”Men vänta ett slag”, utbrast Magnus Granath. ”I den här gruppen måste vi vara öppna mot varandra.”

Flera av de andra i rummet nickade.

”Du behöver inte vara orolig, allt stannar ju här”, försökte representanten för Säpo.

Susanne tänkte febrilt på hur hon skulle komma vidare. Här fanns Catarina Björk inom räckhåll, då fick de inte fastna i formalia, tänkte hon. Just som hon skulle vädja till deras förståelse reste sig Petra hastigt upp.

”Det handlar om källskydd”, sa hon.

”Vadå källskydd?” utbrast Magnus Granath. ”Och var fick du luft ifrån förresten?”

Petra ignorerade i vanlig ordning hans förolämpningar och förklarade.

”Jag har fått uppgifterna i egenskap av journalist, eftersom jag skriver i polisfackets tidning”, sa hon och viftade med ett pressleg. ”Den enda som jag fick berätta för var Susanne.”

De andra tittade misstroget på henne utan att säga något.

”Jag förstår att det känns frustrerande, det gör det för mig också. Men om vi berättar det här begår vi ett grundlagsbrott.”

”Inte om det omfattas av sekretess väl?” frågade mannen som skötte kontakten med kommunikationscentralen.

”Det kan du ge dig fan på att det gör”, sa Petra och log som om hon hade sagt något självklart. ”Och dessutom begår ni ett brott om ni försöker efterforska en journalists källa”, sa hon och stoppade nonchalant ned sitt pressleg i bakfickan.

”Kan vi gå vidare?” frågade Susanne, som insåg att om det inte stämde nu så var hon inte bara körd i den här utredningen – då var det bara att se sig om efter ett nytt jobb.

”Vi har fått uppgifter om att Catarina Björk hålls fången i en villa i Björknäs. Den ligger avsides utan några grannar. Det första jag vill göra är att utse en insatschef. Jag föreslår Alex Jidenius, någon som har några synpunkter på det?”

Det möttes bara av positiva reaktioner.

”Bra, då lämnar jag över ordet till dig, Alex.”

Denne reste sig upp, påtagligt nöjd över att ha fått uppdraget.

Några minuter senare var arbetet organiserat. Insatsstyrkan skulle kallas in, en ny medlargrupp utses och sjöpolisen involveras från Nackapolisen. Dessutom skulle man göra en detaljerad kartläggning av terrängen runt huset med möjliga platser för prickskyttar.

För första gången på flera dagar var energin tillbaka i gruppen. Äntligen stod de inför ett genombrott. Petra hade räddat Susanne genom sin påhittade historia, och Susanne visste dessutom att Petras presslegitimation gick ut för flera år sedan. Om hon inte hade haft en så fräck presstalesman skulle hon aldrig ha klarat sig. Nu satt hon på sin plats vid väggen och skrev ett sms. Susanne sökte henne med blicken för att visa sin uppskattning, men Petra fortsatte bara att mixtra med mobilen.

Eftersom Gerd hade sitt arbetsrum i justitieutskottets lokaler var hon inte så ofta i Moderaternas partihögkvarter vid Mynttorget. Det låg i samma lokaler som konstitutionsutskottet och där hade Gerd ofrivilligt varit flera gånger. Eftersom hon så sällan var i högkvarteret var det bara undantagsvis som hon hade några längre samtal med någon av dem som arbetade där.

Nu satt hon i gruppledaren Fredrik Rosenqvists rum. Hon tyckte verkligen genuint illa om honom. Han representerade allt det sämsta hos en politiker. Allt handlade bara om makt och strategi, ingenting om huruvida deras förslag var bra eller dåliga för Sverige. Ideologi var ointressant. Dessutom kändes det förnedrande att bli inkallad på det här sättet. Det hade kommit ett mail med ett förslag på en tid, som hon förväntades bekräfta. Egentligen hade hon velat säga emot, bara säga att hon hade annat för sig, fast hon visste att det inte gick att göra så. I alla partier fanns en sträng hierarki som man var tvungen att acceptera. Den var inte alltid synlig på ytan, men den fanns där, och alla kände till den.

Att Gerd hade varit minister var till exempel ointressant, eftersom hon inte förväntades bli det igen. Hon tillhörde inte längre någon inre krets. Nu var det andra som hade tagit över, som den här pojkspolingen till gruppledare till exempel.

Hon försökte dölja sin avsmak för honom, där han satt med en självbelåten min. I media ansågs han som lovande, och en självskriven minister om de skulle vinna valet.

”Visste du att här bakom låg Bödelns gränd?” sa Fredrik Rosenqvist och pekade mot fönstret bakom sig. ”Det var här han gick förr i tiden på väg till avrättningarna på Stortorget.”

”Nej, det visste jag inte”, svarade Gerd.

”Du vet, Gerd, vårt läge inför valet har förbättrats”, sa Fredrik Rosenqvist och lutade sig framåt.

”Jaså, det förstår jag inte riktigt”, sa Gerd.

”Vår ledning är nu hela fem procentenheter.”

”Jag håller inte reda på det där längre.”

Gruppledaren skrattade som om han hade hört något riktigt roligt.

"Hur länge har du hållit på med politik egentligen?"

Jag började innan du drack ur nappflaskan, tänkte hon säga. I stället svarade hon så neutralt hon kunde.

"Jag började i MUF i Mölndal för trettiotvå år sedan."

"Då borde du väl ändå kunna se hur det här kaoset snart kommer att drabba regeringen."

Gerd knyckte på nacken och visste inte vad hon skulle säga.

"Det drabbar väl främst vanliga människor."

"I slutändan är det alltid regeringens fel, vad det än handlar om."

"Och vad har det med mig att göra?" frågade hon och kände att hon bara ville komma därifrån.

"Som du vet har vi vissa kontakter med en organisation som heter Valallians 2.0. Och därifrån har en fågel viskat i mitt öra att i morgon kommer ett stort antal åklagare och domare att vägra att gå till jobbet."

"Varför då?" frågade Gerd.

"Därför att de inte vill riskera att bli mördade. Det är förstås inte alla, men det räcker att det är ett gäng för att det ska bli kaos. Tänk dig, rättegångar ställs in och domstolar kanske stänger, allt för att de som styr landet har tappat greppet."

"Det är ju förfärligt", svarade Gerd torrt.

Gruppledarens flin kom av sig.

"Men vill du inte vinna valet?" frågade han med en annan ton än tidigare.

"Jo, men jag vill att det ska vara rent spel."

"Och vad är rent spel?" upprepade Rosenqvist.

"Tja, att man framför sina åsikter och försöker övertyga människor om att de är bra."

Gruppledaren skakade på huvudet och lutade sig fram mot henne.

”Så länge justitieministern är kidnappad är det ett farligt läge. Därför måste vår partiledare, partisekreterare och andra nyckelpersoner hållas utanför det här.”

”Är det där jag kommer in i bilden, att jag inte är en nyckelperson?” fnös hon.

”Se det inte så, vi behöver en person som är känd, men där vi inte riskerar för mycket.”

”Men du var ju så missnöjd med mig för bara några dagar sedan.”

”Så nu har du chansen att komma igen.”

”Och vad vill ni att jag ska göra?” frågade Gerd, mest för att få slut på samtalet.

”Du behöver inte göra något alls. Vi skriver en artikel på Newsmill i eftermiddag i ditt namn, där du anklagar polisledningen och framför allt den där Susanne Dahlgren för att ha tappat greppet. Du uppmanar regeringen att byta ut henne. Det är vad folk känner efter medias skriverier, men det behövs att någon säger det rakt ut.”

”Men det är kanske bra att de gör en förändring av ledningen av utredningsarbetet.”

”Fast det kommer de inte att göra om du kräver det.”

”Varför då?”

”Därför att det sista de vill är att det ska verka som att regeringen låter sig styras av oppositionen.”

”Så när jag kräver att hon ska avgå, så räddar jag egentligen kvar henne.”

”Nu börjar du fatta hur politik fungerar”, flinade Rosenqvist.

”Har jag något val?” frågade Gerd.

Rosenqvist tittade på henne en lång stund innan han svarade.

”Nej.”

36

”Om vi bedömer att det finns ett läge att gå in, utan risk för ministern, så gör vi det”, sa Alex Jidenius per telefon.

Han hade bara varit insatschef i ett par timmar men pratade som om han hade varit det i flera veckor. De hade lokaliserat huset på Skurusundets östra sida, på en höjd. Huset låg isolerat, vilket gjorde det idealiskt för att hålla någon som gisslan där.

Polisen hade fått tillträde till en fashionabel villa som låg på andra sidan sundet, och därifrån hade de bra utsikt.

Allt tydde på att de hade fått rätt information. Maskerade män rörde sig i huset. I ett av rummen var fönstret igenspikat, där bedömdes Catarina Björk hållas fången. Susanne kunde knappt andas när hon fick beskedet. Ministern funnen och förmodligen vid liv, det var nästan för bra för att vara sant.

”Hur är utsikterna att kunna förhandla ut henne?” frågade Susanne.

”Teamet är på plats, men vi bedömer det som en stor risk att de kommer att agera när de förstår att de är upptäckta.”

Susanne frågade inte närmare om saken. Hon ville inte heller lägga sig i det operativa arbetet för mycket när hon nu hade delegerat det.

”Själva inbrytningen lämnar vi över åt nationella insatsstyrkan, det kan i värsta fall bli en del våld”, sa Jidenius.

Susanne rös när hon tänkte på det, men det fick vara slut med sjåpandet nu. Om det kom fram hur orolig hon blev så fort det var tal om våldsanvändning, skulle det ligga henne i fatet. Här handlade det om tungt kriminella människor, säkert beväpnade till tänderna, då fanns det inget utrymme för silkesvantar, tänkte hon.

"När sätter ni igång?" frågade Susanne.

"Vi är i princip redo nu, men vi planerar att vänta tills i morgon bitti klockan fem, om du inte har några synpunkter på det."

De la på och Susanne slog omedelbart numret till Leo Holmberg. Han svarade på första signalen.

"Otroligt glädjande nyheter, hoppas nu bara att Catarina är välbehållen", utbrast han. "Jag ska genast meddela statsrådsberedningen, äntligen är vi igenom det värsta. På regeringens vägnar vill jag framföra vår djupaste tacksamhet."

"Det är vår uppgift att bekämpa brottsligheten", svarade hon stelt.

Berömmet var säkert genuint menat. Ändå insåg Susanne att regeringens tålamod med hur utredningen bedrevs rimligtvis måste vara på upphällningen. De kunde inte stötta ett misslyckande hur länge som helst. Aggressiviteten hos media mot henne personligen gjorde det inte lättare för dem heller.

Susanne reagerade också över att statssekreteraren kallade ministern vid förnamn, när de annars brukade vara så formella i Rosenbad. Men det berodde väl på att de även kände varandra privat efter att ha jobbat ihop så länge.

"Och när planeras aktionen?" frågade han.

"Klockan fem i morgon bitti."

Även detta besked verkade Leo Holmberg nöjd med.

"Åh, vad skönt det ska bli att få ett slut på det här", sa han och darrade till på rösten.

"Varför först i morgon?" frågade Petra.

Hon satt djupt nedsjunken i ena fåtöljen i Susannes rum.

"Jag tycker att de ska gå in direkt", fortsatte hon.

"Varför är det så viktigt?"

Först ville Petra inte svara, men till slut verkade hon inse att det inte gick att linda in det.

"Vi måste få stopp på media. Ikväll ska fyra olika diskussionsprogram prata om hur misslyckad du är. Du vet, får man tillräckligt mycket skit klistrar det fast sig för alltid. Då spelar det ingen roll om man får upprättelse efteråt."

"Vilka program är det?"

"Bland annat Debatt och Kalla fakta, båda nyinsatta program."

"Men både regeringen och den högsta polisledningen är informerade, de skulle väl inte sparka mig under det operativa arbetet."

"Tvärtom, det kan dessutom passa dem utmärkt att byta ledning i polishuset samtidigt som det operativa arbetet fortsätter. Det är många som skulle tjäna på att det tillsattes en ny ledning efter att en ny kommenderingschef har tagit över."

"Men vill de verkligen att det ska märkas att jag fått sparken?"

"De kommer inte att säga det rakt ut, men de ser till att media framställer det så. Det visar på handlingskraft."

"Ständigt detta strategiska tänkande", sa Susanne.

"Så kanske man kan se det. Men nu när tjallaren är död har du i alla fall bara en utpressning att tänka på."

Det blev tyst i rummet innan Susanne förklarade sin invändning.

"Även om jag är kommenderingschef har jag nu delegerat ansvaret för det här till Jidenius."

"Man kan aldrig delegera ansvaret, bara arbetsuppgifterna", svarade Petra rappt. "Ring och säg till Jidenius att vi ska gå in direkt i stället", fortsatte hon och pekade på mobilen som låg på glasbordet framför dem.

För första gången på flera dagar kunde Susanne inte låta bli att skratta åt hennes envishet.

Till slut tog hon telefonen och slog numret till insatschefen.

”Det här gör jag bara för att slippa ditt tjat”, sa hon till Petra.

Några minuter senare var samtalet avslutat.

Insatschefen hade blivit förvånad. Susanne var känd för att vara en försiktig general i sitt arbete som polischef. Nu hade hon plötsligt synpunkter på när aktionen skulle inledas, trots att hon varken fanns på plats eller hade alla detaljer klara för sig.

Susanne hade undvikit att framföra de verkliga skälen till framflyttningen och endast sagt att hon ville att den skulle inledas så fort som möjligt. Insatschefen hade inte heller frågat något ytterligare om det.

Till slut hade de enats om att det skulle ske ikväll. Det avgörande var att det inte fick vara ljust ute, vilket innebar tidigast klockan nio. Media skulle naturligtvis omedelbart få veta vad som hade hänt, särskilt som sådana inbrytningar hördes på flera kilometers avstånd.

Petra hade inte varit helt nöjd, men här fick hon ge sig. De kunde ju inte flytta fram aktionen om det ökade risken för ministerns säkerhet, det måste till och med Petra inse.

Catarina kände sig uppgiven. Hon hade inte gjort sina vanliga armhävningar och situps på ett par dagar och hon hade inte ätit sedan igår. Varför hände inget? Hon hade inte fått se på TV på flera dagar. Vad det berodde på kunde hon inte förstå. Det var inte heller lätt att begripa varför de inte släppte henne. Regeringen hade redan släppt ut tolv fångar, räckte inte det? Å andra sidan, borde inte regeringen och polisen göra allt de kunde för att få henne fri? Kanske behövde de frige ännu fler fångar för att hon skulle bli släppt? Och i så fall var det väl bara att göra det. Hennes liv var väl ändå värt mera än så?

De tidningar och böcker som stod henne till buds orkade hon

inte läsa längre, och korsord och sudoku hade hon inte ro till.

Det började bli kväll. Trafiken avtog och ljuset skiftade i rummet.

Hopplösheten hade övergått i ett slags apati. Hon hade legat på sängen hela dagen, förmodligen hade hon lätt feber. Ibland kunde hon inte avgöra om hon var vaken eller hade slumrat till.

Hennes tankar hade blivit kortare och mera splittrade. Hon insåg att hennes mentala hälsa hade påverkats av att hon hölls fången. Mest tänkte hon på Olivia och Julia, men inte ens då kunde hon fokusera ordentligt.

En röst inom henne sa att hon måste hålla ut, att hon måste kämpa. Om inte annat just för barnens skull. Men krafterna sinade och hon fick anstränga sig för att behålla bilden av deras ansikten framför sig.

Vakterna kom in med middagen. Den här kvällen bestod den av uppvärmd lasagne i folieförpackning och en mugg vatten. Catarina bestämde sig för att försöka äta. Hon ställde tallriken på det lilla bordet. Som vanligt stod vakterna i sina rånarluvor, tysta och väntade.

Så hörde hon ett plötsligt ljud utifrån. Vakterna ryckte till. Den ena tog Catarinas tallrik, trots att hon inte hade ätit upp. Hon kom sig inte ens för att protestera.

Vakterna gick ut ur rummet. En av dem skruvade upp volymen på stereon. De tog av sig sina rånarluvor och blev stående avvaktande. Deras ledare hade kommit, lika oväntat som förra gången, och höll på med något i köket. De skruvade oroligt på sig.

Så kom ledaren ut från köket och tog de få trappstegen ned till vardagsrummet.

Ledaren från organisationen var noga med att behålla sin auktoritet, väl medveten om att kriminella ofta levde i en hierarkisk värld. Han ville alltid att alla skulle sitta ned i vardagsrummet medan han förblev stående. Vakterna, som alla tillhörde den väpnade grenen i organisationen Rättvisa utan gränser, tittade på mannen som just ställt sig framför dem med ett bistert uttryck i ansiktet.

Det var Leo Holmberg, statssekreterare på justitiedepartementet.

37

”För bara några minuter sedan fick jag ett samtal från kommenderingschefen Susanne Dahlgren”, sa Leo Holmberg.

De andra männen såg nervösa ut, en oro spred sig i rummet.

”Hon berättade att de fått information om var vi befinner oss, jävla otur att det kom just när jag är här också”, fortsatte han.

”Vem är det som har tjallat?”

”Någon av de häktade förmodligen. Jag var förstås tvungen att hålla god min och verka glad över den polisiära framgången.”

Han informerade kort om vad som hade hänt. Att de hade varit tvungna att likvidera en avhoppare i organisationen, Tony Asplund, som hade försökt sälja upplysningar om var de befann sig mot att de la ned ett vapenärende. Nu var deras gömställe avslöjat. Om det var en av de häktade var det för närvarande svårt att komma åt honom, men att han skulle straffas senare rådde det inget tvivel om. Så fort han kom ut på anstalt fanns det inget som kunde rädda honom.

Männen nickade instämmande.

”Men nu är det bråttom, jag sticker iväg direkt och ni gör det i skydd av mörkret.”

”Är inte polisen redan på plats?”

Leo Holmberg tog en kikare och gick fram till det stora panoramafönstret. Några sekunder senare svor han. Han slängde en blick på sitt armbandsur.

”Halv åtta, det finns få hantverkare vid den här tiden på dygnet", mumlade han. "Och den där pickupbilen känner jag igen, den tillhör insatsstyrkan."

Leo Holmberg svor igen.

"Jävlar vad han ska få som har satt oss i den här soppan."

Han knöt nävarna så att de vitnade. Käkarna var spända och blicken mörk.

Männen satt kvar i soffan, fortfarande med samma oro som tidigare. Deras beteende retade Leo.

"Sluta att sjåpa er, vi visste att det här kunde hända", väste han. "Jag lämnar er om några minuter och försöker ta mig ut längs sundet."

"Du kommer att gå rakt in i avspärrningarna", påpekade en av männen.

"Låt mig ta hand om det", svarade Leo kallt. "Koncentrera er i stället på vad ni ska göra. Polisen planerar att slå till i morgon bitti klockan fem. De vet inte att vi vet. Det ger er chansen att fly. Gummibåten ligger på sin plats. Ni får ro tvärsöver till Lidingö. Om ni inte blir upptäckta är det enkelt att ta sig in till Stockholm därifrån och sedan vidare till Gnesta."

"Går det verkligen att släpa runt med Catarina Björk i en gummibåt?" frågade en av männen.

Leo Holmberg gav honom en iskall blick, som om han hade sagt något riktigt dumt.

"Vem har sagt att ni ska släpa med er henne?"

"Så vad händer?" frågade mannen.

"Catarina Björk ska inte lämna det här huset levande, och ni vet vem av er som har uppdraget att döda henne."

Susanne och Petra satt ensamma i polishusets avlånga fikarum. Någon hade bytt ut M:et i namnet mot ett R, så nu hette det Rysaren i stället.

Det var så Susanne kände det också. Nu var det bara att vänta. De skulle ha stabsmöte om några minuter, därefter fortsätta tills allt var klart. Det skulle bli lite sömn i natt, om ens någon. Nu skulle det avgöras.

Susanne rörde försiktigt i sin tekopp. Hon klarade inte att dricka för mycket kaffe. Däremot verkade Petra kunna bälga i sig hur mycket som helst.

Den senaste informationen de fått var att polisen hade stationerat sig på en parkeringsplats tre hundra meter från huset. På så sätt var den enda vägen avskuren. Från den platsen gick det inte att se huset.

Insatsstyrkan hade påbörjat sitt arbete. De planerade att gå in från sjösidan men var tvungna att invänta mörkret för att kunna ta sig runt. Till dess fortsatte förberedelserna med att maskera sig, så att de såg mera ut som militärer än poliser.

För att kunna ha huset under uppsikt hade de hjälp av poliser från span, som utgick från andra sidan Skurusundet. Därifrån hade de perfekt utsikt mot huset, även om det var på långt avstånd. Jidenius ville inte ha folk för nära huset, inte ens civila. Eftersom det låg så avsides kunde det verka misstänkt om de upptäcktes inifrån huset. Risken att de skulle avrätta Catarina Björk bedömdes som stor, varför högsta försiktighet var beordrad.

Efter att Susanne hade fått sista rapporten blev hon sittande med tom blick en lång stund. Hon hade fastnat i tankar på vad som skulle hända vid ett eventuellt misslyckande. Till slut viftade Petra med handen för att bryta hennes grubblerier.

Susanne ryckte till.

"Förlåt, jag snöade in på vad som händer om det går åt skogen."

Petra suckade.

"Tänk på något roligare i stället", sa hon.

"Som vadå?"

"Typ Mattias Berglund."

"Va?" utbrast Susanne. Hon kände hur kinderna började hetta.

”Du hörde precis vad jag sa”, skrattade Petra.

”Menar du advokaten?”

”Menar du advokaten”, härmade Petra och skrattade ännu mera. ”Du vet mycket väl vem jag menar.”

”Det kom bara så oväntat”, sa Susanne och började fingra efter något i sin handväska. ”Varför nämner du plötsligt honom?”

”För att jag har märkt att varje gång han kommer på tal blir du alldeles konstig. Men det är helt okej, jag ska inte fråga mer”, sa Petra och höll upp båda handflatorna.

”Om du tror att ...” började Susanne men hann inte förrän hennes mobil ringde.

Hon svarade på första signalen utan att tveka, orolig att det skulle vara dåliga nyheter.

Det var Leo Holmberg.

”Ringer jag olämpligt?” frågade Leo Holmberg.

”Absolut inte”, sa Susanne och fiskade upp blocket som hon hade i handväskan. Varje ord som statssekreteraren sa antecknades. Susanne var inte dummare än att hon förstod att hela polisutredningen skulle granskas in i minsta detalj.

”Statsministern vill ha input på plats”, sa Leo Holmberg.

”Och vad menas med det?” frågade Susanne.

”Att jag söker mig till platsen, på behörigt avstånd men ändå att jag är där.”

Susanne blev först förvånad, men insåg att det var logiskt. Det var väl samma sak som när hon personligen åkte med till tjallaren. För en sekund såg hon den mördade mannen i badkaret framför sig. Hon rös vid tanken och tvingade sig tillbaka till samtalet.

”Var befinner du dig nu?”

”Jag är i området.”

”Åk Värmdövägen mot Björknäs, sväng av på Talluddsvägen och åk till en parkeringsplats tillika vändzon. Där finns samlingsplatsen.”

”Mycket bra, kan du meddela insatschefen att jag är på väg, så att det inte kommer som en överraskning.”

Susanne lovade det och de la på.

Leo tog fram en karta över området, som han hade haft i innerfickan. Han hittade parkeringsplatsen direkt, den var precis i närheten. De måste ha anlänt dit direkt efter honom. Då hade han haft tur i oturen ändå, tänkte han.

Han gav några sista instruktioner, önskade männen lycka till och gick ned i källaren. Bilden hade klarnat för honom. De hade utkik från andra sidan Skurusundet och stod beredda bara ett par hundra meter därifrån. Det skulle inte ta mer än någon minut att förflytta sig till huset. Hur de andra männen skulle klara sig var ytterst osäkert. Men det viktigaste var att de utförde sitt sista uppdrag.

Leo smög försiktigt ut genom källardörren. Den låg på baksidan av huset och syntes inte från andra sidan sundet. Han kunde inte gå tillbaka ned på vägen. Då skulle han gå rakt på polisen.

Han hasade sig nedför bergskanten i skydd av ett rivningshus där det var fullt av bråte och flera containrar på tomten. Han gick runt huset och kom fram på en asfalterad gångstig som ledde ned mot vattnet. Det fanns ingen annan väg om han ville minimera risken att stöta på poliser. Leo sneglade över sundet där de stora vräkiga souterrängvillorna var byggda efter naturens form. Fortfarande kunde han se pickupen, nu lite längre åt vänster. Längre bort reste sig Skurubron. Till slut återstod bara en trätrappa innan han var nere vid vattnet. Han hukade sig ytterligare och lyckades krypa förbi ett Gunnebostängsel, vilket var det enda ställe där sikten var fri från andra sidan sundet. Han kontrollerade att halsduken satt över ansiktet när han snabbt förflyttade sig till en liten grusväg i skydd av alträd som växte vid strandkanten.

Leo andades ut en sekund och kände raseriet växa i kroppen. Hur kunde alla förråda honom, efter allt han hade gjort? Fattades bara att de misslyckades med att döda Catarina.

Han fortsatte längs en stenkaj där stora båtar låg förtöjda vid bryggor som sköt ut i vattnet. Där låg också en stor röd byggnad, antagligen ett varv. Han kom upp på en väg som hette Torpvägen. Fortsatte han rakt fram nu, så skulle han kunna nå polisen bakifrån och därigenom skulle det inte finnas något tvivel om varifrån han kom.

Så här långt hade allt gått enligt planerna, tänkte han när han kom ut på Talluddsvägen och tog till vänster uppför en brant backe, som gjorde honom andfådd.

Vändhållplatsen var full av poliser och polisbilar. Han kände igen insatsstyrkan och letade sig snabbt fram till insatschefen Jidenius.

”Kommenderingschefen Dahlgren ringde just och berättade att du var i faggorna”, sa han och stramade upp sig lite.

Leo förklarade att det var på regeringens vägnar han var där.

”Statsministern hälsar. Regeringen vill ha en representant på plats”, sa han. ”Men jag håller mig förstås i bakgrunden.”

38

Catarina Björk drog i repen.

Varför hade de bakbundit henne?

Det fanns inget skäl till det, hon kunde ändå inte komma loss från kedjan, bara röra sig lite mera. Repen skar in i handlederna, så att hon trodde att blodet skulle stoppas. Efter att en av männen hade bundit henne hade han lämnat henne liggande på sängen.

Utanför rummet hörde hon hur männen rörde sig och pratade högljutt med varandra. De var oroliga, det var tydligt.

Kanske var de upptäckta, tänk om polisen hade omringat huset?

Tanken svindlade. Äntligen hade hon fått en möjlighet att bli frigiven. Men det kunde vara farligt också. I desperation kunde de få för sig att hämnas och döda henne. Och tänk om det blev skottlossning inne i huset.

Stilla tårar rann nedför Catarinas kinder medan hon hulkade så tyst hon kunde.

Så blev det alldeles tyst.

Det skrämde henne lika mycket.

Hon ansträngde sig för att lista ut vad som hände. Hade de lämnat huset, kanske bara försvunnit? Om polisen inte var där skulle hon svälta eller törsta ihjäl. Det spelade nog ingen roll om hon skrek, det fanns säkert inga hus i närheten. I så fall hade de väl valt att hålla henne fången i ett annat hus.

Så öppnades plötsligt dörren. Mannen som kom in i rummet

hade inte längre någon rånarhuva på sig. Han var skallig med kraftigt käkparti. Båda armarna var tatuerade. Det var första gången någon kom in i T-shirt, annars hade de alltid haft mera kläder på sig.

Catarina tittade på mannen. Hon försökte säga något men inte ett ljud kom över hennes läppar. I handen höll han en stor kniv.

Susanne trummade på bordsskivan.

Staben var samlad i stabsrummet. I rummet bredvid, Katastrofrummet, var det fullt av poliser som kunde följa vad som hände i stabsrummet via en videolänk.

Magnus Granath hade återgått till sitt tidigare apatiska tillstånd. Nu satt han på en stol vid väggen och lät Susanne leda mötet.

En mobiltelefon ringde och mannen från Rikskrim, som också var ansvarig för insatsstyrkan, svarade.

Han nickade, mumlade något ohörbart och la på luren.

”En man har lämnat huset”, sa han och tittade sig omkring.

”Vadå lämnat huset?” sa Susanne.

”De har observerat en man som har tagit sig ned till sundet, följt vattnet och sedan har de förlorat honom ur sikte.”

”Han kan väl inte bara försvinna”, invände mannen från Kuten.

”Civilklädd polis finns längs sundet nu, vid Värmdövägen och bort till Skurubron.”

”Borde bara vara en tidsfråga innan de tar honom”, konstaterade Susanne.

”Finns det några ändrade planer?” frågade kvinnan som skötte logistiken.

”Nej, inom trettio minuter slår de till.”

Mannen tog ett par steg närmare sängen.

Han höll hårt i kniven.

”Döda mig inte”, bad Catarina och tårarna rann nedför kinderna på henne.

Mannen bara tittade på henne.

”Jag har två barn där hemma, vill du verkligen att de aldrig mera ska få träffa sin mamma?” fortsatte Catarina.

Mannen var fortfarande tyst.

”Jag har bara gjort vad regeringen och partiet har krävt av mig. Jag har aldrig haft något val.”

”Allt är förlorat”, sa mannen, mer för sig själv än till Catarina.

”Det är det inte alls”, sa Catarina och försökte sätta sig upp. Repen hade skurit så djupt in i huden att det hade börjat blöda, men Catarina kände inget längre.

Det enda hon ville var att leva, att få träffa Olivia och Julia igen. Och att få se Patrick. Att få fortsätta finnas.

Hon ville verkligen inte dö. Hon var så ung, och hennes barn var så små.

”De andra är på väg härifrån, men de kommer aldrig att klara det”, sa mannen på långsam värmländska.

”Döda ... mig inte ... snälla”, bad Catarina igen.

”Jag ska inte döda dig.”

Catarina trodde först att hon hörde fel.

”Vad sa du?” viskade hon till slut.

”Vår ledare gav mig order att jag skulle göra det, men jag tänker inte döda en tvåbarnsmamma, även om jag hatar alla politiker”, sa mannen.

Catarina nickade sakta. Hon vågade inte tro att det var sant.

”Vem är er ledare?”

”Du kommer att bli förvånad när jag berättar det.”

”Kan du inte ta bort repen först, det gör så ont”, kved Catarina.

Mannen tog ett steg framåt och lutade sig över henne med kniven för att skära av repen. I samma ögonblick small ett skott så högt att Catarina trodde att hela huset exploderade. Mannen föll över henne och blev liggande alldeles stilla. Hon tittade skräckslaget på honom där han låg mot väggen. Då först förstod hon vad som hade hänt. Halva mannens huvud var bortskjutet. Ned i sängen forsade varmt pulserande blod.

På uppsamlingsplatsen rådde en närmast euforisk stämning.

Catarina Björk räddad, i absolut sista stund.

Just som en man skulle skära halsen av henne, när hon låg bunden i sängen, hade en polis från insatsstyrkan lyckats skjuta honom. Skottet hade avlossats genom fönstret, vid sidan av en skiva som var fastspikad inifrån, och träffat rakt i huvudet.

Mannen hade dött omedelbart.

Ministern hade förts till sjukhus, chockad men vid liv, efter omständigheterna mådde hon bra, lydde de första rapporterna.

De tre andra männen hade givit upp utan ytterligare blodspillan.

Nu låg de bojade på marken.

Runt om på vändzonen sprang poliser. Tekniker var redan på plats i huset, hela området var avspärrat. Flera nyfikna åskådare hade samlats vid de blåvita banden.

Jidenius talade forcerat med kommenderingschefen i telefon.

Bredvid stod Leo Holmberg och följde samtalet. Han tittade bort mot de gripna männen och betraktade dem en lång stund medan han fortsatte att lyssna på telefonsamtalet.

"Ja, vi åker nu med de gripna. Direkt till Kronoberg", fortsatte Jidenius. Orden närmast bubblade ur munnen på honom.

De la på och Jidenius stoppade ned mobilen i fickan. Sedan vände han sig till Leo Holmberg.

"Vi gick in tidigare än vi först hade planerat."

"Hur kom det sig?" frågade Leo.

"Kommenderingschefen Susanne Dahlgren beslutade det."

Jidenius kunde inte dölja sin upprymdhet. För Leo gjorde det detsamma vad som hände med männen. De var misslyckade nollor, som inte klarade någonting. Egentligen borde han kanske vara orolig för att någon av dem skulle tjalla på honom, men han var ändå inte så nervös. Den andra plutonen var trots allt den mest disciplinerade. Även om de hade misslyckats med sitt uppdrag var de i alla fall lojala. Och de här männen visste mycket väl att den som svek aldrig kom undan, inte ens på ett fängelse.

Jidenius vände sig mot Leo Holmberg.

"Underbart att vi lyckades", sa han och log sitt bredaste leende, som om han väntade sig ett tack.

Leo Holmberg skulle just till att fråga varför de inte transporterade bort männen, som nu legat på marken med handbojor i över en halvtimme.

I samma ögonblick svängde en bil från Kvällspressen hastigt in vid de blåvita repen. Ur bilen hoppade en fotograf och en journalist. Jidenius gav klartecken till polisen som stod vid banden att släppa in dem. Sedan pekade han på männen som låg på marken. Fotografen sprang direkt fram till dem och började ta bilder. Först stod han vid sidan av dem, sedan lutade han sig ned så att han kunde få med deras ansikten också. Männen stirrade bara uttryckslöst framför sig. En polis som stod bredvid såg det och gick fram och trampade den ene mannen i ryggen. Den gripne grimaserade illa och i samma ögonblick tog fotografen sina bilder. När han var klar riktade han en tacksam blick mot polisen, som nu tittade åt ett annat håll.

Redan när bilen svängde in från Fredsgatan till Rosenbad började fotograferandet. Journalisterna hängde som klasar kring sidorna för att få de första kommentarerna. Efter frisläppandet hade Catarina Björk fått åka till sjukhuset, där hon hade varit en timme. Nu ville hon helst till barnen, men hennes pressekreterare hade övertalat henne att hålla en kort presskonferens. Annars har du dem bara hängande i trädgården, några fotografer hade redan försökt ta sig in på sjukhuset, sa han. Opinionsundersökningarna drogs också fram som argument. De låg under med fem procentenheter nu, det här kunde vara den sista chansen att vända det före valet.

Olivia och Julia hade skrikit i munnen på varandra när hon hade ringt dem, där de nu satt i en bil på väg från farmor. Trots det hade Catarina bara orkat protestera lamt när pressekreteraren hade tryckt på.

Patrick hade undrat om pressekreteraren var helt frisk när han fick höra att Catarina skulle hålla presskonferens i stället för att åka hem till sin familj. Men nu hade Catarina accepterat det och till och med försvarat det.

Först måste hon möta pressen, visa svenska folket att hon var deras minister. Det gällde att smida medan järnet var varmt. Visst skulle det här hålla i sig, fast inget gav bättre bilder än de direkt från en dramatisk upplösning. Det skulle statsministern gilla, och partikamraterna runt om i landet.

Säpovakterna lyckades få upp bildörren, och med gemensamma krafter banade de väg för Catarina. Kamerorna blixtrade medan journalisterna ropade ut sina frågor. Catarina vinkade avvärjande med handen, alltmedan hennes pressekreterare försökte överrösta reportrarna. Att det var trångt och bökigt gjorde ingenting, tvärtom gav det perfekta bilder – nästan som en rockstjärna.

En Securitasvakt höll upp ytterdörren till Rosenbad och hela följet gungade uppför trappan. Fotograferna sprang baklänges för att få de bästa bilderna, en av dem råkade springa in i en pelare så att kameran föll i golvet.

Till slut var de inne i Bella Venezia, salen där regeringen brukade hålla presskonferenser. Där väntade ännu flera journalister. Vid bordet satt också rikspolischefen. I en sådan här situation var det viktigt att tänka på att synas med de högsta myndighetscheferna, det var nu det verkligen gav effekt.

Catarina satte sig tillrätta. Hon upptäckte Leo Holmberg, lutad mot väggen med några papper i handen. Hon gav honom en uppskattande hälsning och han vinkade glatt tillbaka. Han visade med en gest att de skulle höras senare per telefon.

När fotograferna hade tagit sina bilder och filmat klart höjde

Catarina handen som ett tecken på att presskonferensen skulle börja. Framför henne på bordet stod mikrofonerna som en liten skog. Hon noterade att det var de vanliga svenska kanalerna, men också från CNN, BBC och finska YLE. Längre bak i salen stod kameror från SVT och TV4, som Catarina antog sände direkt.

”Välkommen till denna presskonferens”, började hon. ”Först vill jag tacka polisen för deras formidabla arbete. Det är ingen tvekan om att de har räddat livet på mig.”

Catarina hade på vägen in från Nacka blivit briefad angående omständigheterna kring de övriga morden. Med tanke på att människor blivit brutalt mördade hade hon planerat att hålla en mer allvarsam profil. Men stämningen var alldeles för bra för det, på gränsen till uppsluppen.

Catarina bestämde sig för att strunta i att hålla resten av sitt inledningsanförande, som hennes pressekreterare hade skrivit ihop i en hast, det passade inte in längre. I stället gick hon direkt till frågorna. Några journalister räckte upp handen medan andra ropade rakt ut. Idag verkade den vanliga disciplinen inte gälla.

”Har du blivit väl behandlad av gisslantagarna?” frågade en lång gänglig man.

Catarina tänkte efter en stund. Vilket var bästa svaret här? Ingen kunde kontrollera hur det egentligen förhöll sig, så det var bara att komma med det svar som gav bäst effekt.

”Det jobbiga har varit ovissheten och tankarna på barnen”, sa Catarina och för en sekund var det nära att brista för henne. Här behövde hon inte göra sig till.

”Dessutom hade de svarta rånarluvor på sig hela tiden, och de där ögonen som lyste …”

Catarina böjde ned huvudet. Kanske var det här ändå för tidigt. Men det är bra bilder, de ger ett äkta intryck, for det genom hennes huvud. Nu gällde det bara att uthärda några minuter till, sedan skulle hon äntligen få åka hem och träffa sin man och barnen. Visserligen inte ensam, Kvällspressen hade fått ensamrätten att följa med. Men det skulle bara ta några minuter, hade presssekreteraren, som hade arrangerat upplägget, lovat. Det räckte med bilder på när de kramades och så några få kommentarer från barnen hur det kändes att mamma hade kommit hem igen. Fem minuter skulle de få, inte mer.

Hon tittade upp igen, harklade sig och visade att hon var beredd att svara på frågor igen.

"Insatschefen Jidenius har berättat att en av kidnapparna bara var sekunder från att mörda dig med kniv", sa en kvinnlig journalist som Catarina kände igen men inte kunde minnas namnet på.

Catarina svalde utan att svara.

"Hur kändes det?" frågade samma journalist.

Även om det hade varit en lättsam stämning först hade ingen i salen något emot en minister som bröt samman framför kamerorna.

"Jag hann tänka att jag aldrig skulle få se mina barn igen."

Pressekreteraren såg nöjd ut.

ONSDAG 17 SEPTEMBER

4 DAGAR KVAR TILL VALET

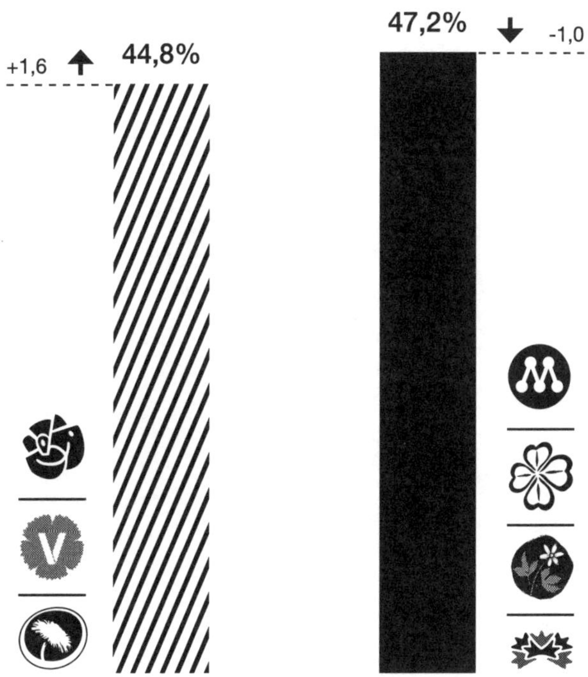

39

Gerd satt på Schweizerkonditoriet på Västerlånggatan, ett stenkast från partikansliet. Där brukade hon ta sitt morgonkaffe med ostgiffel. Det var en vana som hon hade börjat med sedan hon lämnat regeringen och blivit en vanlig riksdagsledamot. När hon tidigare gått på restaurang skulle alltid Säpovakterna sitta i närheten. Hon kunde aldrig låta bli att snegla bort mot dem. Då trodde de att hon ville något, och kom fram till henne. Vid varje missförstånd blev de lika genererade som hon själv. Nu fick hon sitta i fred, alldeles ensam.

Tidningarna var förstås fyllda av kidnappningens upplösning. Hon hade köpt både morgon- och kvällstidningarna. De liknade alla varandra. En leende Catarina Björk som berättade om dygnen hos kidnapparna. På något märkligt sätt framstod hon som en hjälte, trots att hon inte hade gjort annat än varit fången. Kvällspressen utmärkte sig med att ha ett hemma-hos-reportage hos Catarina Björk när hon kom hem till barnen. Det var ingen hejd på alla kramar och pussar, tänkte Gerd.

Hon tänkte på samtalet som hon hade haft igår kväll med gruppledaren. Han hade gormat och gått på för att hon hade vägrat att skriva under den där debattartikeln på Newsmill. Och vem var det som fattade rätt beslut kanske? sa Gerd högt för sig själv, så att ett par bordsgrannar förvånat tittade på henne. De som tror att de är så himla smarta, tänkte hon vidare. Hur skulle det ha sett ut? Attackera regeringen just som allt slutat så bra. Dessutom skulle ingen styra och ställa med henne längre, hon kunde minsann fatta självständiga beslut.

Gerd läste vidare. Justitieministern hade i senare intervjuer under gårdagskvällen mer ingående berättat om hur en av kidnapparna hade tänkt mörda henne. Det hade handlat om sekunder. En polis från insatsstyrkan hade räddat livet på henne genom att skjuta rakt genom fönstret. Den presumtive mördaren hade dött omedelbart, skjuten genom huvudet.

I övrigt hade ingen fått sätta livet till. Å andra sidan hade det varit tillräckligt många mord på sistone. Det var så mycket att hälften kunde vara nog, tänkte hon.

Gerd tog lite av sitt kaffe och bet tankfullt i giffeln medan hon bläddrade vidare.

Kvällspressen hade även flera exklusiva bilder på kidnapparna när de greps. Närbilder när de grinade illa prydde både löpet och sidorna sex och sju. Hur kunde det komma sig att de lyckades få sådana där bilder? tänkte Gerd men påminde sig om att hon hade sett det förut.

Gerd tog en sista tugga och lämnade caféet. Ute på Västerlånggatan blev hon stående medan människor rusade förbi henne i båda riktningarna.

Så slog det henne plötsligt att hon glömt att ringa Susanne Dahlgren och berätta att Leo Holmberg hade kontaktat henne om den påhittade kidnappningen. Det kanske inte var aktuellt längre, men hon borde nog ringa ändå, funderade hon och började promenera i riktning mot Riksdagen. Nåja, jag får se hur jag gör, tänkte hon i samma ögonblick som en cyklist höll på att köra på henne.

”Hallå där, det är förbjudet att cykla här”, ropade hon efter den unge mannen.

Han vände sig om i farten och sträckte upp ett långfinger mot henne.

”Man får gratulera till den lyckliga upplösningen”, utbrast den internationella chefsförhandlaren från EU-enheten inställsamt.

”Tack”, svarade Catarina matt.

Hon satt i Blå rummet och hade den ena beredningen efter den andra. Det gällde att snabbt komma in i rutinerna igen. Hennes man hade föreslagit att hon skulle vara hemma några dagar, inte minst för barnens skull.

Då hade hon påmint honom om att det bara var fyra dagar kvar till valet, något som partiexpeditionen också hade påpekat. Om det gick illa skulle hon inte bara vara hemma några dagar, då handlade det om månader, kanske år. Att få nytt jobb som före detta politiker var svårare än man trodde. Borgare kunde ofta gå till näringslivet, men sossar hade det inte lika enkelt, hade Catarina förklarat för Patrick. Han hade i vanlig ordning anpassat sig efter sin frus önskemål.

Catarina kände sig trött, på gränsen till utmattad. Flera gånger under förmiddagen hade hon gått in på sin privata toalett, som låg i anslutning till hennes arbetsrum, och gråtit. Så hade hon sett sig i spegeln, klappat sig själv på kinderna, hällt i lite ögondroppar, och med ett tillkämpat leende gått tillbaka ut till tjänstemännen i Blå rummet.

Nu satt hon med sin femte beredning för dagen.

Att hon ändå orkade berodde bland annat på det starka stödet från Leo Holmberg. På ett fullkomligt suveränt sätt hade han klivit in när det uppstått en knivig fråga under förmiddagen.

Chefen för polisenheten hade tidigare informerat om att alla gripna nu satt på Kronobergshäktet tillsammans med de redan häktade personerna från gisslandramat i riksdagen. Summa summarum, som enhetschefen uttryckte det, satt nu sju personer häktade. Sex män och en kvinna. Det skulle ha varit åtta om inte en av dem hade blivit ihjälskjuten vid fritagningen. Enda bekymret var att det fanns åtminstone en person på fri fot, den man som hade lämnat huset strax före tillslaget. Han var inte identifierad, då han hade varit maskerad med en halsduk, men förmodligen skulle han ändå kunna gripas snart.

Både Catarina och Leo nickade.

Valrörelsen hade omedelbart återupptagits. Medan regeringen gärna ville fortsätta att prata om upplösningen, åtminstone ett par dagar till, valde oppositionen att gå till attack i skattefrågan.

Valet väntade på söndag och nu gällde det att utnyttja situationen på bästa sätt. Men att bara åka runt och prata om kidnappningen gick inte. Trots allt hade två personer från rättsväsendet blivit mördade. Och om frågan levde för länge skulle den kunna hamna i hennes knä.

”Vi har halverat borgarnas försprång i opinionsundersökningarna, det är din förtjänst”, sa Leo.

”Men det är fortfarande en bit kvar”, svarade Catarina.

”Det bästa är om vi kan visa att det är ’business as usual’”, sa Leo.

”Hur menar du då?” frågade den internationella chefsförhandlaren.

”Att ministern ska åka på EU-mötet på fredag.”

”Men det är ju bara ett informellt ministermöte, inga beslut ska fattas.”

Leo Holmberg skrattade vänligt.

”Och hur många tror du kan se skillnaden på formella och informella ministermöten. Det kan ju inte ens media.”

”Men jag hade bestämt mig för att strunta i det för att delta i valspurten”, sa Catarina.

”Det ska du också”, förklarade statssekreteraren. ”Du valtalar på fredag, åker till Bryssel på kvällen, deltar på mötet på förmiddagen och åker sedan hem till någon valaktivitet.”

Flera ur EU-enheten såg besvärade ut. De ogillade starkt när de drogs in i för mycket ren partipolitik.

”Hur mycket kommer vi att involveras i valet, det är ju ändå ett EU-möte och ...” började den internationella chefsförhandlaren innan han blev avbruten av Leo Holmberg.

”Glöm inte att ni jobbar för den regering som sitter vid makten”, sa han bestämt.

Ingen av tjänstemännen vågade uttrycka någon annan inställning.

”Men då är ministern bara där ett par timmar på fredag eftermiddag och så lördag förmiddag.”

”Exakt, Catarina ska göra en Sarkozy. När han var inrikesminister i Frankrike damp han bara ned på mötena, sa några väl valda ord, gick ut till media, och reste sedan tillbaka till Paris.”

Catarina log åt beskrivningen och kunde inte annat än hålla med. På det här sättet var hon justitieminister in i det sista, men prioriterade samtidigt valet.

”Då behöver vi regeringsplanet”, sa en av tjänstemännen.

”Ja, och det innebär att det blir ett begränsat antal som kan åka med”, svarade Leo Holmberg. ”Jag har faktiskt själv tänkt följa med den här gången.”

Mattias satt på kontoret och läste brevet som han nu skulle yttra sig över till tingsrätten.

”Då jag saknar förtroende för min advokat Mattias Berglund hemställer jag att han entledigas från uppdraget och att Eric Olivecrona förordnas som min advokat.”

Brevet var undertecknat med Marcos namn.

En advokat på hans egen byrå hade snott hans mål. Mattias hade låtit sin kollega vara med på förhör när han själv hade varit upptagen med andra förhandlingar.

Han hade föreslagit Eric just för att han visste att han hade ont om ärenden, och det här var tacken.

Dessutom var det tydligt att Eric hade spökskrivit Marcos inlaga. Visserligen var de yrkeskriminella väl insatta i olika brottmålsfrågor, men att uttrycka sig juridiskt i skrift var det inte många som klarade av.

Egentligen borde det inte göra så mycket. Mattias hade fullt upp med ärenden. Eftersom det verkade som om det funnits en man på platsen för Catarina Björks kidnappning som skulle kunna vara ledaren, kunde det i alla fall inte vara Marco, en misstanke som hade gnagt i honom. Ett sådant mål skulle han aldrig ha unnat Eric Olivecrona.

Däremot var han oerhört glad att medias attacker mot Susanne omedelbart hade upphört. Men något beröm för att justitieministern hade klarat sig oskadd fick hon fortfarande inte, och Mattias visste att Susanne aldrig skulle framhäva sig själv.

Han återgick till brevet. Det sved att bli utbytt. Visst hände det alla advokater någon gång, men Mattias gav alltid sitt yttersta under varje uppdrag. Det hade inte minst gällt Marco. Var och varannan dag hade han haft kontakt med honom, långt mycket mer än han hade behövt för att uppfylla sina förpliktelser.

Och så hade den sliskiga Eric Olivecrona passat på att nästla in sig i målet när Mattias hade varit schyst mot honom och låtit honom tjäna pengar på ett förhör. Mattias hade sökt honom flera gånger under förmiddagen, men han var plötsligt som bortblåst. Sekreteraren visste inte heller var han befann sig. Han passade förstås på att hålla sig undan när han visste att jag skulle få brevet, tänkte Mattias. Nu gällde det att vara professionell. Även om han skulle skälla ut Eric efter noter skulle han uppträda korrekt. Några minuter senare hade han författat ett kort yttrande, där han anförde att han inte hade något att erinra mot förslaget att byta advokat.

Han slängde yttrandet i korgen för utgående post och reste sig från skrivbordet. Obehagskänslan satt kvar i kroppen när han av gammal vana gick fram till fönstret. Det var ett härligt vackert väder, soligt och med svaga vindar. Träden vid Kungsholms torg hade färgats röda och gula de senaste dagarna och himlen var klarblå. Han längtade ut i naturen, för första gången på länge saknade han sina hemtrakter i Örnsköldsvik.

Ändå kunde han inte tänka sig att flytta tillbaka. Han hade vant sig vid allt som hörde storstaden till. Däremot visste han fortfarande inte hur det skulle bli med skilsmässan. Nu på måndag skulle de till familjerådgivningen igen. Lotta visste inte hur hon ville ha det. Visserligen var hon mån om att hålla ihop familjen, men samtidigt var hon så förälskad i sin nya kärlek. Mattias var kvar i ungefär samma förvirring. Det var Susanne han kände att han ville leva med, men även han hade dåligt samvete för barnen, i synnerhet Rebecka.

Hur jag än gör blir det fel, tänkte han och gick tillbaka till sin plats vid skrivbordet. Det enda han visste var att han måste bestämma sig för vad han ville.

TORSDAG 18 SEPTEMBER

3 DAGAR KVAR TILL VALET

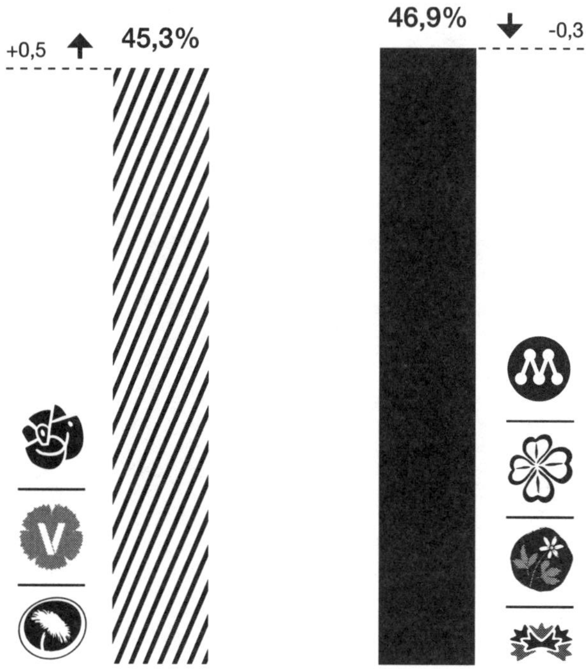

40

”Jag var egentligen aldrig orolig att det här inte skulle lösa sig”, sa Magnus Granath med händerna i byxfickorna.

Han hade ytterligare en gång tagit kommandot inför poliserna. Den här gången dök han upp på polisens morgonmöte, allt för att få möjlighet att ge sin bild. Av naturliga skäl var detta det enda ärende som diskuterades denna morgon.

”En domare och en åklagare har i och för sig blivit mördade”, invände Petra utan att titta upp. Hon satt och skickade och tog emot mail i mobilen.

Magnus Granath gav henne en ogillande blick.

”Jag talar om fritagningen av justitieministern”, sa han irriterat.

”Så vad händer nu?” frågade en polis från våldsroteln.

”Förundersökningen måste slutföras så fort som möjligt.”

”Vi måste väl ändå hålla ordentliga förhör med de gripna”, sa den personalansvariga.

Magnus Granath viftade avvärjande med handen.

”Det är öppet mål. Kör ett ytterligare förhör på var och en av dem, så slår vi ihop förundersökningsprotokollet sedan”, sa han.

Ingen av de andra poliserna såg övertygad ut. Att hafsa ihop en förundersökning var inget de ville göra, trötta som de var på den kritik som advokaterna alltid framförde i rättegångarna så fort tillfälle gavs.

Susanne satt bredvid Petra och följde samtalet utan att säga något. För första gången på länge kände hon sig utsövd. Petra hade haft rätt; kritiken mot henne hade upphört i samma ögonblick som fritagningen gjordes. Men hon var fortfarande skakad över medierapporteringen om henne. Aldrig hade hon kunnat tro att det kunde gå så illa, och att det kunde ske så fort. Under några timmar hade hon varit Sveriges mest utskällda människa. Men Petra hade försäkrat henne att det hade varit för kort tid för att det skulle fästa, som hon uttryckte sig.

”Det finns väl ändå ett problem”, sa Susanne efter att det hade blivit tyst i lokalen.

”Och vad skulle det vara?” frågade Magnus Granath.

”Att åtminstone en av de inblandade är på fri fot.”

Magnus Granath stönade högt och satte armarna i kors.

”Jaså, hur vet du det då?” frågade han.

”En man observerades ju lämna huset strax före fritagningen.”

”Det är klart att det kan finnas en och annan i periferin av utredningen. Om vi ska ta hänsyn till sådant blir vi aldrig klara.”

Flera av poliserna skruvade på sig.

”Hur vet vi att det är någon i periferin?” frågade Susanne. ”Det kan ju lika gärna vara en nyckelperson. Vi har fortfarande inte identifierat ledaren. Det är av yttersta vikt att utredningen fortsätter och att vi lägger ned all kraft på det.”

”Sju åtalade och snart dömda räcker för mig. Nu pratar vi inte mera om det. Slutför förundersökningen, så väcker jag åtal sedan. Detaljerna tar vi i stabsrummet på mötet 09.00.”

”Han är för fasiken inte klok”, sa Susanne när hon och Petra gick genom korridoren en stund senare.

Petra bara muttrade något ohörbart till svar.

”Du lyssnar ju inte”, sa Susanne. Hon kände irritationen växa inom sig. Om inte Petra lyssnade på henne, vem skulle då göra det?

”Jodå”, sa Petra svävande när de kom fram till Susannes rum.

”Det är bara en sak som jag måste fixa”, sa Petra och fortsatte rakt fram, mot hissarna och ut ur polishuset.

”Petra Holm.”

Hon hälsade på mannen, satte ned kaffekoppen och la upp mobilen på bordet.

”Abbas Meysar.”

De befann sig på McDonald’s på Kungsgatan, mittemot Hötorget. Susanne hade berättat för Petra att många kriminella träffades där för att göra upp affärer. Det gällde särskilt när det var personer från andra länder, eftersom alla kände till McDonald’s.

De få gästerna var utspridda i den avlånga lokalen. De vinröda stolarna och gröna borden gjorde inte direkt något mysigt intryck, tänkte Petra. Men nu var hon inte där för att ha trevligt, utan sammanträffandet hade ett helt annat syfte.

”Ska du inte ha något?” frågade Petra, som själv hade en mugg kaffe och en äppelpaj.

”Det är ramadan nu”, svarade Abbas allvarligt och drog lite i sin tjocka mustasch.

”Jag förstår”, sa Petra och tittade sig försiktigt omkring. ”Du vet kanske vem jag är”, fortsatte hon.

Mannen nickade.

”Hjalmar berättade förut. Du är med i ... vad heter den nu?”

”Valallians 2.0. Jag ska hälsa från Hjalle, förresten.”

”Just det”, sa Abbas och skrattade lite förläget.

”Nu vill vi att du ska göra något för oss igen”, sa Petra. ”Hur länge har du bott i Sverige nu?”

”Mer än tjugo år, jag är rojalist. När Shahen störtades av Khomeini så flydde jag.”

”Och nu kan du hjälpa oss igen?” frågade Petra.

Mannen nickade.

”Jag gillar inte socialister eller kommunister. Jag vill inte att de ska vinna på söndag.”

Vid bordet bredvid slog sig några tonåringar ned, som antagligen hade smitit från skolmaten. De verkade inte ta någon notis om sina bordsgrannar. Petra ville inte släppa greppet när hon hade kommit så långt.

”Vi tänkte fortsätta med rasistspåret, det funkade ju så bra i köpcentret Stinsen, men då måste vi ha en ny person.”

”Inga problem, jag har flera kusiner, några med andra efternamn.”

Petra sneglade försiktigt åt höger.

Ungdomarna hade huggit in på sina hamburgare och bordet var fullt av prasslande papper och pappmuggar med sugrör.

”Då är vi överens, jag återkommer med detaljer”, sa Petra och tog en sista klunk av sitt kaffe.

”Vänta ett tag”, sa mannen. ”Jag behöver också lite pengar för omkostnader.”

Petra låtsades se förvånad ut.

”Jaha, det sa Hjalle inget om. Men okej, vi säger tio tusen då.”

Mannen såg missnöjd ut.

”Det räcker inte”, sa han.

”Hur mycket fick du av Hjalle på Stinsen?” frågade hon och lutade sig fram över bordet.

”Tjugofem tusen.”

Petra slog ut med händerna.

”Då får vi väl ordna det”, sa hon. ”Jag hör av mig i morgon.”

Hon stoppade ned mobilen i väskan och reste sig upp.

Mannen gjorde likadant. Han tog båda Petras händer och log.

”Ni vinner på söndag.”

”Klart vi gör”, sa Petra och gick.

Ute på gatan blev Petra stående och kollade att allt hade funkat med inspelningen på mobilen. Hon såg sig omkring igen, men de få människor som passerade tog ingen notis om henne. Långsamt började hon gå mot Vasagatan. Där blev hon åter stående medan hon slog numret till DN Debatt.

Leo Holmberg packade omsorgsfullt ned sina saker inför Brysselresan. Som vanligt var allt i perfekt ordning. Han hade alltid varit pedant, det måste man vara som statssekretare. Men även i rollen som ledare för den väpnade fraktionen inom Rättvisa utan gränser krävdes en stor begåvning för logistik.

Utanför fönstret brummade en buss förbi. Leo Holmberg bodde sedan lång tid i en lägenhet på Nytorgsgatan. Varje morgon promenerade han till Regeringskansliet, varje arbetsdag året om, oavsett väder.

Leo Holmberg bodde ensam, det hade han gjort i hela sitt vuxna liv. Visst hade han träffat kvinnor under årens lopp, men det hade aldrig blivit något varaktigt. Den främsta anledningen var han själv. Det dröjde inte länge förrän han kom in på vad han hade råkat ut för. Hur han helt oskyldigt hade suttit i fängelse och fått en lysande politisk karriär förstörd. Trots att han ansträngde sig för att låta bli, så gick det likadant varje gång.

Till en början var den han träffat intresserad och visade tydlig empati. Vissa var lätt ifrågasättande och trodde inte riktigt på att man kunde bli oskyldigt dömd i Sverige. Det räckte för att han skulle brusa upp och så var den relationen förstörd. I inledningen av ett förhållande måste man vara försiktig, då gick det inte an att gripas av raseri. Kvinnor blev rädda för sådant, det visste Leo. Ändå hade det hänt flera gånger.

Andra trodde på honom och uppskattade att han tog upp det. Åtminstone första gången. När han kvällen efter tog upp ämnet igen och inte kunde sluta prata om det blev det jobbigt. Och när han nästa gång de träffades fortsatte att älta, så var det som om luften gick ur dem.

Varje gång förbannade han sig själv, men han kände ändå en tillfredsställelse över att ha hunnit vräka ur sig sitt hat mot detta jävla lögnaktiga skitsamhälle. Några hade undrat hur han kunde jobba i regeringskansliet om han kände som han gjorde. De fattade inte att det var enda möjligheten. Att arbeta hårt och mycket var Leos räddning, annars skulle han bli tokig.

Även om Leo nu arbetade för en socialdemokratisk regering brydde han sig inte alls om hur det gick politiskt. Han hatade det parti som hade svikit honom så mycket. Inte bara för att partikamraterna hade vittnat falskt i domstolen, alla andra hade vänt honom ryggen. Han hade fortsatt att gå på möten, delta i varenda konferens, vara ombud på kongresserna. Så småningom blev han på nåder ombudsman i Uppsala. Parallellt hade han läst in en jur. kand. på universitetet i Uppsala. Ändå gjorde man klart för honom inom partiet att hans karriärmöjligheter var begränsade. Som tidigare dömd för grovt bedrägeri fanns det ingen plats som minister eller som myndighetschef. Han var dömd att för alltid arbeta för andra. Visserligen var statssekreterare en prestigefylld titel, men inte desto mindre arbetade han för någon annan. I det här fallet för en nolla, som han mer eller mindre fick hålla i handen.

Det skulle vara skönt att äntligen bli av med henne – en gång för alla. Som han hade varit tvungen att anpassa sig till henne, ibland på gränsen till förödmjukelse. Hon var en person som inte kunde fatta ett enda beslut på egen hand. Hur många gånger hade inte han räddat Catarina från att göra bort sig fullständigt. Enda skälet hade varit att han ville rädda sitt eget skinn, eftersom han också skulle få sparken om hon fick det. Och det var bara i regeringskansliet han kunde styra den här verksamheten. Det var här han fick all information om den kriminella världen, och vem kunde tänka sig att en statssekreterare var ledare för en organisation som hade till syfte att hämnas på rättsväsendet.

Gång på gång hade han i SSU predikat vikten av att hålla ordning på ekonomin i allmänhet och bidragen i synnerhet. Ombudsmännen, som representerade de distrikt som var involverade, hade alla pratat ihop sig före rättegången. Flera av dem hade ljugit under ed i såväl tingsrätten som hovrätten. Egentligen var det just de tolv som begått bedrägerierna. För att slippa åka dit själva hade de valt att samarbeta med polis och åklagare. De hade konstruerat en förundersökning som var så fylld av lögner att Leo fortfarande fick svårt att andas när han tänkte på det. När han hade presenterat en egen utredning med egna vittnen protesterade åklagaren och krävde att de inte skulle höras. Så blev det också, tingsrätten gick helt på åklagarens linje. Hovrätten fastställde tingsrättens dom och Högsta domstolen meddelade inget prövningstillstånd. Leo var oskyldigt dömd på tolv åtalspunkter till ett års fängelse, och det skulle ge honom problem resten av hans liv.

Tyvärr hade de misslyckats med att döda ministern, trots att han varit så noga med att instruera om att det inte fick gå fel. Mannen hade tagit för lång tid på sig och därför blivit skjuten av någon jävel från insatsstyrkan. Som han förstod det bara några sekunder före avrättningen. Men det skulle repareras nu. Den här gången skulle Catarina Björk inte komma undan. Att döda henne skulle bli hans slutliga hämnd på hela samhället.

Leo stoppade ned sin necessär i väskan som låg på sängen. Även denna var minutiöst packad med alla tänkbara nödvändigheter, allt från tandborsten till Ritalinkapslarna. Dem hade Leo använt i snart tio år för att alltid vara pigg. Genom sitt dagliga bruk behövde han inte sova mera än fem timmar per natt. Så tog han fram sin nyinköpta mobiltelefon med kontantkort som inte kunde spåras. Den skulle bara användas vid ett enda tillfälle. Sedan skulle han slänga den i floden Bassin Vergote i Bryssel.

Allt skulle ske ikväll och allt var planerat i detalj.

Som alltid.

”Det känns inget bra”, sa Hjalle.

”Nej, jag vet. Bara tre fucking dagar kvar”, svarade Linus.

”Sluta med din jävla töntengelska, har jag sagt.”

Linus svarade inte.

”Hörde du att justitiebruttan ska få kungens medalj?” fortsatte Hjalle.

”Inte klokt. För vadå? Att ha varit kidnappad kan väl inte vara en merit.”

”Och så det värsta av allt: den delas ut först den 28 januari, men det skulle ändå sägas redan nu.”

”Då är ju skadan redan skedd.”

”Så klart den är. Fan, man kan inte ens lita på kungahuset längre.”

”Nej, vi kunde ju inte ens dra fördel av Victoria och Daniels bröllop.”

Det blev tyst i luren. Linus väntade på att Hjalle skulle fortsätta.

”Nu leder vi med bara 1,6 procent”, fortsatte Hjalle efter en liten stund.

”Det blir ännu mera komplicerat eftersom Sverigedemokraterna är inne ena sekunden och ute den andra. Samma sak gäller för KD. Omöjligt att tippa.”

”Vi behöver en sista grej. Det kan vara det som avgör, det räcker om två, tre procent påverkas.”

Linus suckade tungt.

”För mig är det extra svårt efter att den fejkade kidnappningshistorien fuckade upp.”

”Se det som en möjlighet till revansch”, sa Hjalle.

”Jag ska se vad jag kan göra.”

”Ska se vad jag kan göra”, härmade Hjalle med tillgjord röst. ”För en halv mille om året kräver jag nog lite mera än så.”

FREDAG 19 SEPTEMBER

2 DAGAR KVAR TILL VALET

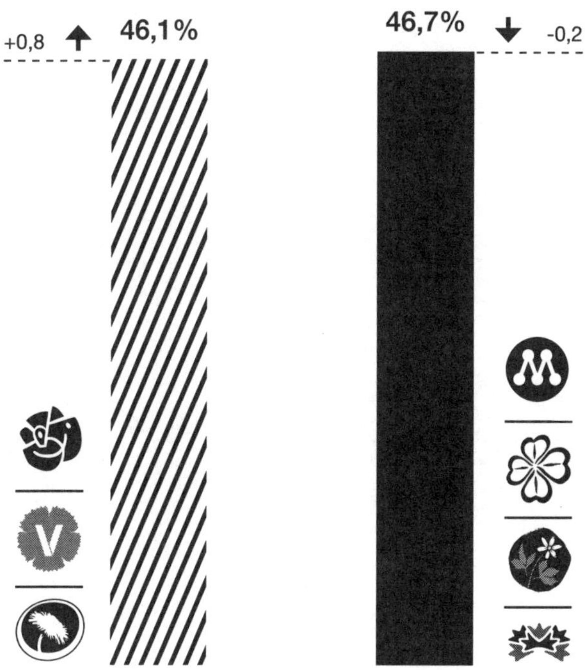

41

"Vem är det som får kungens medalj?" sa Catarina.

Hon satt tillsammans med Leo Holmberg ute på Bromma, den delen av flygplatsen som inte var öppen för allmänheten. Härifrån gick regeringens egna plan, men det var också den plats där misstänkta terrorister deporterades ifrån.

"Det kan vara vem som helst, några som har fått den är Ulf Lundell och Christer Fuglesang."

"Låter lite gammaldags."

"Det kan man tycka. Två gånger om året delas den ut – på kungens namnsdag den 28 januari och på nationaldagen den 6 juni", svarade Leo Holmberg och log. "Men politiskt är det bra, sådant påverkar opinionen. Vi är bara 0,6 efter nu."

Längre hann de inte förrän det var dags att gå på planet. En minibuss körde dem de två hundra metrarna ut till det vita regeringsplanet.

Likt andra ministrar var Catarina medveten om vilken huggsexa det var om de två regeringsplanen. Det gick snabbare och var mycket smidigare än att åka reguljärt.

Leo Holmberg brukade vara snabb att boka det, till förtret för de andra departementen. Den här gången var det inga problem, eftersom alla övriga ministrar hade valt att bedriva valarbete i Sverige.

Catarina hade gärna stannat hemma med familjen, men kunde

ändå se fördelarna med upplägget. Ett snabbt stopp i Bryssel var perfekt och gav bilden av en hårt arbetande minister. Nu gällde det att visa att livet gick vidare, trots den traumatiska upplevelsen ute vid Skurusundet. Annars fanns risken att offerbilden av henne skulle permanentas. Sympati var bra, men den fick inte övergå till att människor tyckte synd om henne. Det kunde ge sken av svaghet, en egenskap som Catarina visste var en katastrof om man ville vinna ett val. Det hade hon lärt sig redan som ungdomspolitiker.

Nu skrev media i stället om hur imponerande det var att hon stod upp för Sveriges bästa, trots att alla kunde ha förståelse för om hon bara varit hemma med familjen. Patrick hade, som han uttryckte det, föredragit en annan prioritering. Catarina hade förklarat att hon som kvinnlig minister hade dubbelt upp att bevisa. Och att hon snart skulle ägna mycket mera tid åt familjen, bara valet var över.

Hon slog sig ned i den stora vita skinnfåtöljen och justerade sätet så att hon nästan hamnade i horisontellt läge. Stolarna kunde göras om till sängar. I planet fanns olika sektioner, så att man satt fyra och fyra. Självklart var det ministern som valde först, Catarina ville alltid sitta längst fram i planet. Lika naturligt var det att enbart statssekreteraren satte sig där, medan de tre tjänstemännen som var med på resan satte sig längre bak i planet.

Den enda flygvärdinnan som var med erbjöd alla något att dricka.

Catarina tyckte hon kunde kosta på sig ett glas vin. Än var inte nerverna riktigt på plats. Det räckte med att hon blundade så kom skräcken och hon kastades tillbaka till det instängda rummet. Rånarluvorna förföljde henne. Och så kunde hon inte släppa det sista som hade hänt. Mannen som kommit in med kniven i handen. Hur hon först trott att han skulle döda henne, och så lättnaden när han berättade att hon i stället skulle släppas fri. Sedan hur han hade lutat sig fram över henne och … Här blev det nästan outhärdligt. Först hur han hade blivit skjuten, sedan blodet som hade runnit över henne, varmt och pulserande ... och gud, hon måste sluta att tänka på det.

Men lika mycket förföljde henne tankarna på hur hon hade ljugit om att mannen skulle döda henne. Nu hade hon spelat med i polisens version om att skottet hade räddat livet på henne. Att hålla fast vid den berättelsen hade varit bra för alla, inklusive polisen och henne själv. Däremot hade den skjutne mannens eftermäle naturligtvis blivit annorlunda. Kvällstidningarna hade lyckats få tag på ett gammalt fotografi på honom och det hade nu prytt flera sidor med namn.

Även grovt kriminella hade släktingar, och nu hängdes oskyldiga människor ut för att de stått nära den kallblodiga mördaren. Catarina hade läst att den här mannen var skild och hade en elvaårig son. Kanske var det för att han var förälder som han hade bestämt sig för att skona henne. Ja, just det hade han sagt, påminde sig Catarina. Och hur mycket fick inte den pojken lida nu, inte bara för att han hade förlorat sin pappa utan för att denne dött som en presumtiv mördare.

”Hur är det med dig?” frågade Leo Holmberg och lutade sig fram emot henne.

Catarina ryckte till. Hon kände sig påkommen.

Hon skakade på sig och satte sig upp.

”Det kommer tillbaka ibland”, sa hon.

”Konstigt vore väl annars”, svarade statssekreteraren, log och klappade henne lätt på armen.

Catarina rös till och gjorde en grimas.

”Usch ja, det är bara att uthärda tills på söndag.”

”Vi kanske borde gå ut och äta ikväll, bara du och jag.”

”Men det är ju officiell EU-middag”, invände Catarina.

Leo sänkte rösten så att det inte skulle höras längre bak i planet.

”Jag ser till att tjänstemännen får representera oss.”

”Det låter som en strålande idé”, sa Catarina.

Hon var verkligen inte upplagd för det kallprat som det alltid var på middagarna i EU.

"Jag fixar bord, jag vet en liten krog som ligger bortom Parc Léopold", sa Leo Holmberg.

Gerd satt i väntrummet på polishuset på Kungsholmsgatan 37.

Hon hade slutligen bestämt sig för att söka upp Susanne Dahlgren personligen.

Väntrummet var litet och hade två soffor som stod i vinkel mot varandra. Bakom en glasskiva arbetade en ordningsvakt med att ringa upp till poliser som väntade besök.

De övriga åtta personerna i väntrummet var flyktingar från något afrikanskt land. Gerd hade sagt till hos vakten och tyckte nog att det tog lite väl lång tid för Susanne Dahlgren att komma. Inför ordförande i justitieutskottet, och före detta justitieminister, borde man ändå visa viss respekt, tänkte Gerd.

I samma ögonblick stod Susanne Dahlgren där.

"Ursäkta att du fick vänta, jag satt i möte", sa hon när de hälsade.

De gick genom en svängdörr av glas och kom fram till hissarna, som förde dem upp till femte våningen, där Susanne hade sitt rum.

Gerd tog av sig sin tunna sommarkappa och la handväskan på stolen bredvid sig.

"Vad bra att du kunde komma", sa Susanne och satte sig bakom skrivbordet.

Gerd tittade sig omkring.

"Du som är en så hög polischef borde väl ha ett större rum", sa hon.

"Det här är staten", skrattade Susanne.

"Det är riksdagen också och där är det betydligt större rum, åtminstone för utskottsordförandena. Men kanske inte för vanliga ledamöter när jag tänker närmare på det", förklarade Gerd medan Susanne tittade vänligt på henne, något förvånad över denna plötsliga utläggning.

"Jag är i alla fall glad att du kunde komma", sa Susanne och log. "Är det något särskilt som är bra för mig att veta?"

"Det kan nog tänkas vara det", sa Gerd med en bestämd min.

"Har det med gisslandramat i riksdagen att göra? Har du fått ett målsägandebiträde förresten?"

"Tänk för att jag inte har det", sa Gerd, som inte ens hade tänkt tanken på att hon hade rätt till det, och än mindre begärt det.

"Då antecknar jag det, borde vara gjort för länge sedan."

"Jag kommer snarast för att berätta om något konstigt som hände dagen före kidnappningen av ... justitieministern, alltså Catarina Björk."

"Och vad är det?" sa Susanne.

"Jo, dagen före kidnappningen fick jag ett samtal från justitiedepartementet om att hon skulle kidnappas."

"Och det här var alltså måndagen den 8 september?" sa Susanne och kastade en snabb blick på en bordsalmanacka som låg på skrivbordet.

"Det stämmer, och det där tyckte jag var så himla konstigt, så jag ringde till Säpo."

"Men de brukar väl aldrig berätta något om sådana hot?" frågade Susanne.

"Om ordförande i justitieutskottet ringer och ställer frågor så svarar de", sa Gerd och ändrade tonfallet en aning.

"Jag förstår", sa Susanne, som kände koncentrationen öka. Hon hade uppfattat Gerd som snäll, men lite virrig. Hon hade aldrig haft något större förtroende för henne när hon hade varit justitieminister. Hon hade nog gjort så gott hon kunnat, men det hade aldrig räckt till.

"Då sa Säpochefen att det inte fanns någon sådan hotbild."

"Och det var han säker på?"

"Hundra procent."

Susanne la ifrån sig pennan och tittade ut genom fönstret. Så blev hon sittande en liten stund medan hon funderade.

”Vad gjorde du då?”

”Då ringde jag till min gruppledare i riksdagen, som arbetar i en organisation ...”

”... som heter Valallians 2.0”, fyllde Susanne i.

Gerd ryckte till.

”Hur visste du det?”

”Jag har mina kontakter”, svarade Susanne.

”Javisst ja, min tidigare pressekreterare Petra Holm är ju med i den.”

”Eller var med i den.”

”Va?”

”Strunt samma”, fortsatte Susanne. ”Och det var dagen efter som det stod i Kvällspressen om kidnappningen.”

”Just det”, svarade Gerd och nickade. ”Och då har gruppledaren i riksdagen, Fredrik Rosenqvist, redan ringt Hjalmar Fritzén, som leder Valallians 2.0.”

”Vem var det som ringde från justitiedepartementet?” frågade Susanne.

”Statssekreterare Leo Holmberg.”

Susanne reste sig hastigt från skrivbordet och gick fram till fönstret. Där stod hon någon minut medan Gerd undrade vad som stod på.

Susanne vände sig hastigt om och satte sig bakom skrivbordet igen.

”Kan det verkligen vara möjligt?” mumlade hon för sig själv.

42

”För svenskt vidkommande anser vi att Kommissionens förslag är fullt rimligt och vi ställer oss bakom det. Jag vill också understryka vikten av att vi når en överenskommelse så fort som möjligt.”

Catarina stängde av mikrofonen och lutade sig bakåt på stolen igen. Hon föste ihop sina papper med talepunkter, som tjänstemännen hade författat. Tidigare hade hon tyckt att de var alltför stelbenta. Men ju längre hon hade arbetat med EU-frågor, desto mer hade hon insett att det var så här man pratade. Om man tyckte att svenska politiker slingrade sig var det ingenting mot vad man gjorde nere på kontinenten. Att säga att man var djupt förvånad var samma sak som att vara upprörd. Och att säga att man starkt ifrågasatte ett lands uppfattning var inget annat än att be dem fara åt helvete.

Borden med alla EU:s delegater var ihopsatta till en stor fyrkant inne i Justus Lipsius. Varje minister hade en medarbetare vid sin sida.

Nästa land att få ordet var Tjeckien. Sedan EU:s utvidgning tog varje punkt minst två timmar då alla länder skulle uttala sig.

Catarina la ifrån sig pennan och drog handen genom håret. Hon brydde sig inte om att ta på sig öronsnäckan där tolken nu översatte till respektive språk. Eftersom inga TV-sändningar fick förekomma inifrån mötet behövde man inte tänka på hur man uppträdde. Däremot brukade alla ministrar före mötena gå runt och hälsa leende på varandra och dunka varandra vänskapligt i ryggen, för att visa tittarna i det egna landet vilken internationell politiker man var.

När mötet sedan började och kameramännen körts ut ägnade man inte mycket tid åt varandra.

De flesta delegater lyssnade inte ens på varandra, det överlät man åt tjänstemännen.

"Gud, vad jag är trött", sa Catarina.

"Det är väl inte så konstigt, med tanke på allt som du har gått genom", sa Leo Holmberg och log.

Catarina skakade på huvudet och blundade. Återigen kom bilderna från kidnappningen tillbaka. Hon kunde heller inte sluta tänka på den skjutne mannens elvaårige son. En pojke som nu fick leva med minnet av att hans pappa felaktigt pekats ut som en kallblodig mördare. Visst var det illa nog att ha en pappa som var kidnappare, men det kunde ändå inte jämföras med att ha en pappa som försökt skära halsen av någon helt oskyldig.

Catarina resonerade med sig själv. Hon kunde förstås inte göra något före valet, det gick före allting. Partiets bästa gick före en liten ledsen pojke. Men om hon berättade sanningen efter valet, hur skulle det då gå? Antagligen skulle hennes gloria hamna på sned. Men det kanske inte gjorde så mycket. Då var det fyra år kvar till nästa val och vid den tidpunkten skulle det vara glömt för länge sedan.

Nåja, hon hade ännu lite tid att bestämma sig. Det bästa vore nog att rådfråga Leo ikväll. Han brukade alltid komma på kloka lösningar.

"Nu är det Danmark", sa Leo och petade lite på hennes axel.

Catarina satte på sig öronsnäckan. De två andra nordiska länderna i EU ville man alltid vara artig och lyssna på. Catarina tyckte att det var viktigt att försöka få lite nordisk gemenskap.

"Jag behöver fråga dig om en sak ikväll", viskade Catarina.

"Det går utmärkt, jag har fixat ett bord på en bra krog där vi kan prata i lugn och ro."

Susanne såg på de övriga i rummet.

De två statssekreterarna såg plågade ut.

Som om de led av dåligt samvete.

Det kanske de gjorde också.

Nu hade Susanne inte tid att reflektera över tjänstemännens välbefinnande. Hon ville i stället ha information så fort som möjligt.

”Vad bra att vi kunde träffas så fort”, sa hon.

”Det är ju självklart”, sa mannen från statsrådsberedningen.

Så självklart var det inte, tänkte Susanne. Att få dem till polishuset hade visat sig vara närmast omöjligt. Därför hade hon återigen fått åka ned till Rosenbad för ett möte.

”Berätta nu om ryktet om kidnappningen”, sa Susanne.

De tittade på varandra likt två skolbarn som ertappats med att palla äpplen.

”Jag vore först tacksam för besked om vi är misstänkta för något”, började statssekreteraren från socialdepartementet. ”I så fall skulle i alla fall jag vilja ha en advokat.”

”Det har inte ens föresvävat mig”, svarade Susanne och förbannade sig själv för att hon sa så. I stället borde hon bara ha varit tyst och låtit statssekreteraren fortsätta prata.

”Varför har vi det här mötet då?” frågade kvinnan från socialdepartementet igen.

Det var uppenbart att de inte visste särskilt mycket om hur polisen arbetade.

”Om ni varit misstänkta för något, skulle jag knappast ha förhör med er båda två samtidigt. Men om ni som vittnen inte talar sanning så är det en brottslig gärning.”

Susanne struntade i att upplysa om att det inte var brottsligt att ljuga i förhör utan bara i en rättegång, då man hade avlagt ed. Så här hade Susanne aldrig utnyttjat läget tidigare, men nu för tiden var hon mer positiv till att inte förklara allt.

”I normala fall ska man förstås höra vittnen var för sig också.

Men nu är det bråttom, så det handlar mer om att jag behöver få information så snabbt som möjligt. Så det vore bra om ni kan berätta lite om hur det gick till med ryktet om kidnappningen, även om jag förstår att det är känsligt", fortsatte Susanne.

"Det handlade om att försöka skapa en motbild av affären med den rasistiska justitieministern och ..." började statssekreteraren från statsrådsberedningen, för att sedan omedelbart avbryta sig och ta en djup klunk av mineralvattnet som stod på bordet.

"På vilket sätt skulle en historia om kidnappningen göra det?"

För första gången sedan mötet började såg statssekreterarna lite självsäkra ut.

"För att avleda intresset förstås", svarade statssekreteraren från socialdepartementet.

Susanne nickade långsamt och lät orden sjunka in.

"Vi har ju insett att det här kommer att bli känt förr eller senare", sa statssekreteraren från statsrådsberedningen. "Men när kommer de här uppgifterna ut?"

"Nu råder förundersökningssekretess, så det kommer säkert att dröja några veckor till."

"Över valet då", mumlade statssekreteraren från socialdepartementet mer för sig själv och såg genast lite gladare ut.

"Varför var det Leo Holmberg som ringde ordföranden i justitieutskottet?"

De båda statssekreterarna utbytte en snabb blick.

"För att det var hans idé och hans departement det gällde", sa han från statsrådsberedningen.

"Och var är han nu?"

"I Bryssel, tillsammans med justitieministern."

Catarina stod bakom det lilla podiet i pressrummet med sina talepunkter framför sig, denna gång skrivna just för presskonferensen. Salens starka ljus och vita väggar bländade henne nästan.

"Vi har idag enats om att vi ska gå vidare med förslaget om rätten till advokat. Som ni vet fanns det inte med i Stockholmsprogrammet, som vi förhandlade fram under vårt ordförandeskap. Nu vill vi att alla länder ska stå upp för det här, och jag är beredd att driva frågan i EU."

Intresset för nya diskussioner i EU var obefintligt hos den svenska journalistkåren, som hade kommit för att träffa justitieministern. Att Stockholmsprogrammet egentligen hade förhandlats fram av den borgerliga regeringen, och att Catarina därmed inte kunde ta åt sig äran på något sätt, var inte heller något som någon brydde sig om en dag som denna.

De var ovanligt många, normalt brukade bara TT vara där, denna gång var det även Ekot, SVT och DN. Strategin hade lyckats. Alla ville höra på ministern, som bara tre dagar efter att hon hade frigivits som gisslan förde Sveriges talan igen.

Det intressanta var inte *vad* hon sa utan *att* hon sa något, som Leo Holmberg hade förklarat före pressträffen.

"Hur kommer det sig att du har valt att prioritera arbetet inom EU bara tre dagar efter att du var nära att dödas", frågade en lång gänglig man från TT.

"Det är min skyldighet att representera Sverige, det vill jag aldrig tumma på."

"Men det är ju val på söndag, borde du inte vara ute och valtala?" frågade journalisten igen.

Catarina såg ut att tveka några sekunder, som om hon blev överraskad av frågan.

"Jag vill inte att partipolitiskt käbbel ska gå före vad som är bra för Sverige", svarade hon eftertänksamt, och lät orden sjunka in ordentligt hos de antecknande journalisterna.

Leo Holmberg, som satt längst bak i salen så att inte journalisterna skulle kunna se hans gester, gjorde tummen upp.

Svaren om varför Catarina var där och prioriteringen hade han själv skrivit ihop. Sådant kunde inte tjänstemännen göra, eftersom det inte ingick i deras uppdrag att verka i valrörelsen.

”Hur orkar du?” frågade en kvinnlig reporter från Dagens Nyheter och log.

Catarina gav henne ett matt leende tillbaka.

”Om vi mot förmodan får en ny regering på söndag har jag i alla fall gjort vad jag har kunnat för att Sverige ska stå starkt i det europeiska samarbetet.”

43

”Nu vet jag lite mer”, sa Petra och blåste ut röken.

De stod på sitt vanliga ställe på innergården, men stämningen var inte lika god som den brukade vara.

En timme tidigare hade de haft ett ganska spänt samtal om Petras inblandning i Valallians 2.0. Susanne kände sig fortfarande sviken. Hon tyckte att hela organisationen var rutten och kunde inte förstå hur Petra kunnat sätta sin fot där.

Petra försäkrade att hon inte visste hur Gerd fått informationen från början. Hon hade bara berättat att Säpo hade förnekat att det fanns någon hotbild mot Catarina Björk. Susanne hade uppehållit sig vid att Petra borde ha tagit reda på mer och sedan berättat det för henne. Hon var trots allt Petras uppdragsgivare. Till slut hade Petra tröttnat och sagt att det faktiskt var Susanne som var polis. Det borde inte ha varit omöjligt att ta reda på det på egen hand.

Det hade blivit alldeles tyst mellan dem. De bara tittade på varandra på ett sätt som de aldrig gjort tidigare. Till slut hade Petra brutit tystnaden, sagt att hon skulle kolla lite fakta på departementet och sedan återkomma.

Och nu stod de här.

De försökte få det att kännas som vanligt, men det gick inte. Det var något som skavde.

”Vad har du fått reda på?” frågade Susanne och tittade bort för ett ögonblick.

”Leo Holmberg började som politiskt sakkunnig förra gången socialdemokraterna var vid makten. Efter att de förlorade valet fortsatte han till JKL.”

”Vad är det?” frågade Susanne.

”Konsultfirman där Göran Persson jobbar”, förklarade hon, ”liksom många andra sossar.”

”Hur är Leo Holmberg som person?”

Petra tog ett djupt bloss och blåste tankfullt ut röken.

”Det var några år sedan jag var där. Men de som jag kan lita på ger en ganska samstämmig bild av en ensamvarg. Social, men man kommer honom aldrig inpå livet. Intelligent, kunnig och erfaren – en drömstatssekreterare helt enkelt.”

Susanne tyckte att hela ärendet var overkligt. Kunde det verkligen vara på det sätt som hon misstänkte? Möjligtvis skulle det ge lite klarhet att se filmen på personen som smög ut från huset i Skurusundet. Visserligen var han maskerad, men något kunde det väl ändå ge. Förhören med de gripna hade däremot inte givit någonting. Samtliga av dem hade omedelbart deklarerat att de inte tänkte säga ett ord i förhören.

Det här blev bara värre och värre. Susanne bad Petra att berätta vidare.

”När Socialdemokraterna återfick makten förra valet blev Leo Holmberg statssekreterare. Det hade tagit honom tjugo år att nå så långt. Det jag har fått höra var att han egentligen borde ha blivit det tidigare, att han var ett ministerämne men att det var omöjligt.”

”Varför då?”

”Han dömdes till ett års fängelse.”

”Men det borde väl ha varit preskriberat för länge sedan”, sa Susanne.

Den här gången vågade sig Petra på ett dovt skratt.

”Inte i politiken, där är domen för misstag livstid.”

”Och vad dömdes han för?”

”Grovt bedrägeri på tolv åtalspunkter.”
”Hur många sa du?”
”Tolv!”
”Och ett års fängelse är tolv månader”, sa Susanne svävande och blåste långsamt ut röken.

Leo la sig på sängen och pustade ut. So far so good, tänkte han och tittade i taket. Som så ofta när han bodde i Bryssel fanns det erbjudanden om eskortflickor på hotellrummen, något Leo Holmberg aldrig hade nappat på. Som statssekreterare var det förstås omöjligt, även om det var lagligt i Belgien, men det var inte därför. Han tyckte att hela hanteringen var äcklig och förnedrande, smutsig helt enkelt.
Dagen hade gått bra. Catarina misstänkte ingenting.
Och om några timmar skulle det ske. Nu kunde inget hindra honom. Tiden för den slutliga hämnden på det jävla skitsamhället var inne.
Återigen kom tankarna på hur orättvist behandlad han var. Om Sverige var en rättsstat, hur kom det sig då att man dömdes oskyldig? tänkte han och kände att han gick igång.
Blev man oskyldigt dömd gick det inte att få det upphävt om man inte beviljades resning. Men för det krävdes nya omständigheter eller bevis, eller om det begåtts några formella fel under rättegången. Det var verkligen moment 22. Om man blev felaktigt dömd så gick det inte att komma med bevisning som hade funnits med tidigare. Och hade domstolen dömt åt helvete, men utan att göra några formella fel, gick det inte att göra något åt det.
Så vad skulle man göra om man blev oskyldigt dömd? Jo, tiga och hålla käften.
Man var straffad för evigt.
Oskyldigt straffad.
Leo satte sig upp i sängen.

Med bestämda steg gick han in i badrummet. Ansiktet som mötte honom i spegeln såg för en gångs skull trött ut. Så hade han heller inte tagit Ritalin idag.

Han tog fram burken och skakade fram en kapsel.

Tillbaka i rummet tog han fram den blå Nikeväskan, som helt enligt instruktionerna hade lämnats på gymmet på översta våningen på hotellet. Leo öppnade väskan och tog fram revolvern. Som kompanibefäl och reservare kunde han hantera alla slags vapen. Det här var en Nagant, kaliber 7.5, piplängd 11 centimeter. Han vägde pistolen i handen och kramade kolvsidorna av trä innan han stoppade ned den i sin portfölj.

Allt var i ordning. Leo satte på sig kavajen och lämnade rummet. Han kom ut i korridoren där han stötte ihop med Catarina.

”Så vi bor på samma våning”, utbrast hon.

”Ja, och nu tar vi en drink i baren”, sa Leo, log och tryckte på hissknappen.

Att titta på filmen gav ingenting.

Det fanns inget i mannens gångstil som avslöjade något. Inte heller hans kläder gav några ledtrådar. Filmen var också tagen på för långt håll. När man zoomade in blev bilden suddig.

I stället hade Susanne kallat in representanten för Kuten som hade blivit djupt förvånad när hon hade berättat vilken person som skulle kollas upp.

”Nu har jag i alla fall lite material på statssekreteraren på justitiedepartementet.”

”Jag är tacksam för det”, svarade Susanne. ”Jag förstår att du undrade.”

”Jovars, men jag har ju jobbat på Säpo, så det har blivit både ministrar och riksdagsledamöter som legat under luppen.”

Mannen från Kuten tvekade ett ögonblick.

”Men är detta ett nytt spår? Jag tyckte att åklagare Granath sa att vi var klara”, fortsatte han.

”Du kan kalla det avslutande åtgärder”, log Susanne.

Det slog henne att hon sa det med en ny sorts självsäkerhet. Tiderna förändras, och så även jag, tänkte hon.

”Jag tror att du känner till att han är dömd för grovt bedrägeri till ett års fängelse. Tidigare helt ostraffad och likaså efter rättegången.”

”Vet du vem som var domare i rättegången?” frågade Susanne.

”Det var för tjugo år sedan, så det kan ta en liten stund att hitta den.”

Han tog fram mobilen och ringde ett samtal till den handläggare som hade hjälpt honom med kartläggningen av Leo Holmberg.

”Hon ringer strax”, ursäktade han sig.

”Bra. Är inte det ovanligt förresten att någon tidigare helt ostraffad döms för ett så allvarligt brott?”

”Jo, för det mesta har de gjort någonting tidigare, och dessutom fortsatte han att prata om sin rättegång.”

”Hur vet du det?” frågade Susanne.

Mannen såg förlägen ut.

”Genom överskottsinformation från ett annat ärende.”

”Men det får väl inte användas här”, sa Susanne och rynkade pannan.

Mannen skruvade på sig i stolen.

”Ibland glöms det bort att raderas.”

”Jaså, på det viset”, svarade Susanne syrligt. Men det var inte läge att gå djupare in på detta nu, det var bättre att hon inte visste för mycket.

”Ska jag fortsätta?” frågade mannen.

”Gärna.”

”Det finns en mycket märklig omständighet.”

”Vadå?”

”De närmaste tio åren efter att han kom ut ur fängelset, ansökte Leo Holmberg om resning vid inte mindre än åtta tillfällen. Av information från Säpo vet vi att han därefter blev uppmanad av partisekreteraren att sluta, annars äventyrade han sin position i partiet."

"Det låter ju inte klokt", sa Susanne.

"Säpo har också fått information om att två kvinnor har vänt sig till dem för att berätta att Leo har uppträtt på ett obehagligt sätt."

Det ringde i mannens mobil och han ursäktade sig när han svarade. Susanne märkte hur han bleknade och långsamt la ned mobilen på bordet.

"Vet du vem som dömde Leo Holmberg?" sa han.

"Nej."

"Peder Oskarsson, då tingsfiskal, senare justitieråd. Mördad för mindre än en vecka sedan."

Catarina och Leo Holmberg satt vid den blänkande bardisken på Radisson Hotel.

"Vad sa tjänstemännen om att vi äter middag för oss själva?"

"Jag sa att vi skulle prata partipolitik, och de hade inget emot att gå på middag för EU-delegaterna. Sådant imponerar på svärföräldrarna, vet du", svarade Leo Holmberg och lassade in lite jordnötter i munnen.

Catarina kände för första gången sedan kidnappningen att hon kunde koppla av. Inte helt, bilderna fanns kvar. Men hon fick inte hjärtklappning för minsta ljud. Alkoholen fick henne att slappna av och hon kände sig allt mer till freds.

Dessutom trivdes hon i sin statssekreterares sällskap.

"Leo, du ska veta att jag uppskattar ditt stöd väldigt mycket", sa hon.

Han log tillbaka och tog en klunk av sin drink.

"Jag får ganska bra betalt för det."

Plötsligt kom tankarna på den elvaårige pojken tillbaka och Catarina kunde inte hindra en grimas.

"Är du okej?" frågade Leo och tog henne lätt i armen, precis som han hade gjort på regeringsplanet.

"Absolut", svarade Catarina. "Som jag berättade är det en sak som jag vill fråga om ikväll."

"Du kan berätta nu."

"Nej, vi tar det på restaurangen."

Catarina tog en ny klunk av sin drink och ställde ned glaset lite för hårt på bardisken.

"Du får inte dricka för mycket, vi ska dricka vin på restaurangen också", sa Leo och låtsades hytta med fingret mot henne innan han sprack upp i ett brett leende.

"Kan du inte berätta något om dig själv?" frågade hon.

"Vad vill du veta?"

"Tja, jag vet inte så mycket om dig. Berätta något."

"Jag lever ensam på Söder i en trea."

"Du har ... ingen ...

"Ingen familj", fyllde Leo i och log.

"Blir det inte lite tomt?" frågade Catarina.

"Det är ingen som orkar med mig, jag jobbar för mycket", svarade han.

Det blev tyst ett par sekunder. Båda drack ur sina drinkar.

"Det var inte meningen att bli för frågvis", sa Catarina.

"Ingen fara", sa Leo. "Du, jag har en idé."

"Jaså?"

Catarina tittade förvånat på honom.

"Ikväll ska vi koppla av. Jag tycker att du borde stänga av din mobiltelefon", sa Leo.

"Det vågar jag inte, men jag kan sätta den på ljudlöst", sa Catarina.

"Jag tror att du behöver vara onåbar efter allt som du har gått igenom."

Catarina tog upp telefonen ur väskan, stängde av volymen och stoppade tillbaka den.

44

Susanne gick långsamt över Västerbron.

Det var på väg att skymma, neonskyltarna lyste på husväggarna och Högalidskyrkans två torn reste sig mörka framför henne.

Hela situationen kändes overklig.

En ung man på moped kom farande i hög fart och stänkte ned hennes kappa. Hon tänkte ropa efter honom, men just då ringde telefonen.

”Det är Alex Jidenius.”

”Vad har ni kommit fram till?” sa Susanne och kände sitt hjärta slå.

”Statssekreterare Leo Holmberg åkte aldrig över Skurubron den kvällen, åtminstone inte efter sex.”

”Hur vet ni det?”

”Därför att det var då vi spärrade av bron. Ytterst få fick komma igenom och det var i princip bara utryckningsfordon.”

Susanne kände hur det gungade till under fötterna på henne.

”Tack för hjälpen”, fick hon fram.

”Tror du att Leo Holmberg kan vara inblandad?” frågade Jidenius.

”För tidigt att säga”, svarade Susanne.

”Inget annat jag kan stå till tjänst med?”

”Nej, tack”, sa Susanne och tryckte av mobilen.

Hennes tankar snurrade. En statssekreterare som kanske var ledare för en organisation för väpnade rättshaverister.

Susanne förblev stående.

Nu gällde det att tänka klart. Vad kunde hon göra? Vad borde göras? Catarina Björk och Leo Holmberg befann sig på EU-möte i Bryssel och förväntades komma hem i morgon. Om allt var i sin ordning kunde de gripa Leo på flygplatsen.

Vilken skandal det skulle bli. Och tänk om de inte hade bevis så att det räckte.

Själv kunde hon inte vidta några åtgärder. Det var fortfarande Magnus Granath som ledde utredningen. Hon hade ringt honom flera gånger på mobilen utan att få svar. Hon blev allt mer övertygad om att de borde agera redan ikväll.

Frågan var om hon skulle föreslå att hela gruppen samlades. Vid närmare eftertanke var det nog ingen bra idé. Åklagaren var en prestigemänniska, då var det mindre chans att han skulle ändra sig inför andra människor. Efter att ha resonerat lite fram och tillbaka slog hon hans hemnummer.

Den här gången svarade han. Han lät mycket förvånad över samtalet.

”Susanne, hur kommer det sig att du ringer halv sju en fredagskväll?”

”Stör jag, eller har du tid någon minut?”

”Hm, låt det gå fort.”

”Jag tror jag vet vem som är ledaren.”

”För vadå?”

”Rättvisa utan gränsers militanta fraktion”, sa Susanne.

”Det är väl någon av dem som nu sitter uppe på Kronoberg, tack vare vårt rådiga ingripande”, skrockade Magnus.

Han lät inte helt nykter.

”Jag tror faktiskt inte att det är någon av dem. I stället har jag starka skäl att tro att det är Leo Holmberg.”

”Statssekreteraren?” utbrast Magnus Granath.

”Just det.”

Magnus Granath verkade behöva hämta andan en stund innan

han kunde svara. Nu lät han plötsligt spiknykter.

”Men Susanne, är du från vettet?”

”Jag vet att det låter konstigt, men ...”

”Konstigt! Du kan väl inte mena att statssekreteraren på justitiedepartementet skulle vara ledare för en kriminell organisation, som är skyldig till tre mord i det här landet.”

”Det finns faktiskt klara bevis för det. Vill du höra?”

”Nej du, dra inte in mig i det här. Jag vill inte förstöra min karriär.”

”Jag skulle vilja att vi kunde utföra en arresteringsorder på honom till Belgien.”

”Vi tar den här diskussionen på måndag.”

”Nej, vi måste göra det nu.”

Magnus Granath drog efter andan igen.

”Svaret är nej, besvära inte mig mer med sådana här dumheter.”

Det sa klick och Susanne blev stående med mobilen i handen medan bilarna rusade förbi.

Vem skulle hon ringa? Mattias kanske? Nej, det kändes inte bra. Hon hade inte heller hunnit tänka så mycket på honom de senaste dagarna.

Så föll blicken åt höger där Långholmen bredde ut sig nedanför bron. Det pirrade till i hela kroppen när hon tänkte på vad hon hade upplevt där för bara några dagar sedan. Ändå kändes det så avlägset. För ett ögonblick tänkte hon gå tillbaka till platsen, hon ville se hur den såg ut i dagsljus. Men så behärskade hon sig, det fick vänta.

”Lite mera vin kanske”, sa Leo och serverade innan Catarina hann protestera.

Hon nickade och la ifrån sig besticken.

”Men sedan räcker det, det är en dag i morgon också”, sa hon.

Inte för dig, tänkte Leo och log. Han hatade henne verkligen. Som han hade fått förödmjuka sig under de här åren, varit tvungen att låtsas som om hon kommit på de smarta lösningarna, när hon inte hade bidragit med något över huvud taget. Ändå fick hon sitta i TV-soffan och inkassera framgångarna.

”Vad tänker du på?” sa Catarina.

”Att vi vinner valet på söndag, och så har vi fyra nya framgångsrika år framför oss.”

”Är du verkligen säker på att vi gör det?” frågade Catarina.

Det är klart att jag inte kan vara säker, jävla idiot, tänkte Leo. Och dessutom bryr jag mig inte, för då är du ändå borta.

”Det är en sak jag måste berätta”, sa Catarina.

”Just det, ta det nu.”

Catarina drog efter andan, blundade ett kort ögonblick, skakade på huvudet och tittade upp igen.

”Du vet, när jag var kidnappad.”

”Ja?”

”I slutet alltså, när jag var bunden”, sa Catarina och hennes röst blev grötigare.

Leo visade med handen att hon skulle fortsätta.

”Då kom den där mannen in med kniven i handen”, sa Catarina och stannade upp igen.

”Var det då han skulle döda dig?” frågade Leo.

Catarina tittade ned i vinglaset utan att säga något.

”Är det jobbigt? Ska vi prata om något annat?” frågade Leo milt.

”Det går bra”, viskade Catarina, så tyst att det knappt hördes.

”Det måste ha varit fruktansvärt att vara så nära att bli dödad.”

”Men det var jag inte”, mumlade Catarina.

”Nu förstår jag inte riktigt”, sa Leo.

”Jo, det är så här ... det var inte så.”

”Menar du att han inte skulle döda dig?”

Catarina nickade, föll i gråt och satte händerna för ansiktet.

Leo tittade misstroget på henne.

”Försök att ta det där en gång till”, sa han.

Catarina snörvlade och tog upp näsduken. Hon snöt sig försiktigt medan tårarna fortsatte att rinna nedför kinderna.

”Han hade just sagt att jag skulle släppas när han ... när han plötsligt blev skjuten.”

Catarina föll i gråt igen.

Leo gav henne en mörk blick. Eftersom hon hade begravt ansiktet i händerna märkte hon det inte. Han kunde knappt tro sina öron. Hade han också tappat greppet? Han som verkligen hade lovat att fullfölja hans order att döda henne.

Catarina gick iväg till toaletten. Leo fick en ingivelse och böjde sig försiktigt fram och tog ut mobiltelefonen ur hennes handväska. Han tittade sig omkring, men de få övriga gästerna var helt upptagna av sig själva. Mobilen var full av meddelanden, de flesta från hennes pressekreterare. Han tryckte fram det sista, som hade sänts bara några minuter tidigare.

”Susanne Dahlgren vid länskrim söker dig omedelbart. Obs! viktigt.”

Att Susanne Dahlgren hade kommit honom på spåren förvånade honom inte. Men hon var för sent ute. Catarina Björk hade inte ens en timme kvar att leva och varken Susanne Dahlgren eller någon annan hade några möjligheter att förhindra det.

Leo flinade för sig själv, raderade alla meddelanden och stoppade tillbaka Catarinas telefon i väskan igen.

Susanne kände sig djupt oroad över situationen. Ju mera hon fick läget klart för sig, desto värre blev det.

Leo Holmberg åkte med Catarina Björk till Bryssel. Som Petra hade berättat åkte i vanliga fall antingen ministern eller statssekreteraren – aldrig båda två. Men det var precis vad som hade hänt nu. Däremot hade pressekreteraren fått stanna hemma på grund av att antalet platser i planet varit begränsade.

Som om inte det var nog hade Susanne fått uppgifter om att Leo och Catarina under kvällen gått iväg ensamma. Pressekreteraren hade berättat att tjänstemännen åt middag med andra EU-delegater.

Susanne hade ringt Magnus Granath en gång till. Han hade varit ännu mera korthuggen än vid förra samtalet. Det var bara åklagaren som fick besluta om eventuella tvångsåtgärder mot en enskild person. Så utan medverkan från hans sida fanns ingen möjlighet att få Leo Holmberg anhållen.

Till slut kom hon att tänka på vad Mattias hade berättat om hur hon skulle agera när det gällde den nu mördade tjallaren. Var det inte en liknande nödsituation nu? Här gällde det ju att rädda liv, justitieministerns liv närmare bestämt. Hon kunde agera utifrån nödbestämmelserna i brottsbalken.

Susanne gick ut på balkongen och rökte medan hon funderade på hur hon skulle gå vidare.

Att Catarina inte svarade ens när pressekreteraren ringde var ett mycket dåligt tecken. Hon övervägde att skicka ett sms till Leo, men det kunde bara förvärra saken. Om han insåg att de var honom på spåren, skulle han bli ännu mer desperat.

Ett stort problem var att de befann sig utomlands. Men den kunskap hon satt inne med nu innebar att hon inte kunde vänta tills de kom tillbaka till Sverige under morgondagen, då kunde det vara för sent. Hon var helt enkelt tvungen att göra något nu.

45

Catarina kände sig bättre till mods.

Det hade varit underbart att få vara ifred i några timmar, utan telefonsamtal och sms. När hon och Leo kom ut på gatan blev de stående utanför restaurangen en stund. Det var nästan så att hon fick dåligt samvete när hon tänkte på alla partikamrater där hemma, som nu var ute och kampanjade runt om i landet medan hon var på restaurang i Bryssel.

”Ska vi ta en taxi?” frågade hon och sträckte på sig.

”Jag föreslår att vi promenerar”, sa Leo. ”Det är inte många kvarter.”

I Bryssel dröjde sig sommaren kvar, det var mycket varmare än i Sverige. Kvällen var ljum och skön, så det var en bra idé att promenera till hotellet. Morgondagens möte innehöll inga svåra frågor. Därefter skulle hon dimpa ned i Uppsala och Enköping för att delta i valspurten. Sedan var det äntligen tid för lite vila, inget kampanjande under valdagen. Om de fick behålla makten skulle det vara lugnt i några veckor innan statsministern satte ihop sin nya regering. Till skillnad mot tidigare kände sig Catarina numera helt säker på att hon skulle få behålla sitt uppdrag. Och om de förlorade valet, då fanns det verkligen tid för vila.

”Jag hittar knappt hem”, sa Catarina och snubblade till.

”Vi går genom Parc Léopold”, sa Leo.

Han snuddade lätt vid hennes arm. För första gången någonsin funderade Catarina över om Leo hade några baktankar. Kunde det vara så att han egentligen uppvaktade henne? Han hade varit tydlig med att berätta att han inte hade någon relation. Catarina sneglade på honom från sidan, men han tittade bara rakt fram med bestämd min. Om det var så kunde det skapa problem. Hon hyste inga som helst sådana känslor för honom. För henne var han en bra arbetskamrat och en god rådgivare – inget annat. Visserligen var han vältränad, men hon kände sig inte attraherad av honom. Däremot var han spirituell och besatt en intellektuell charm.

”Vad tänker du på?” frågade Leo plötsligt.

Catarina ryckte till.

”Äh, jag tänkte på barnen, jag har ju inte träffat dem så mycket.”

”Du får ta igen det på måndag och framåt.”

”Det får bli så”, svarade Catarina.

”Varför tar du inte med familjen och åker någonstans, till Kanarieöarna eller något.”

”Kanske ingen dum idé.”

De korsade flera gator och det var bara någon enstaka bil ute. För att vara inne i en storstad var det märkbart lugnt. Det var Leo som styrde stegen och Catarina bara hängde med. Han hade arbetat här nere på kommissionen och hittade bättre i staden.

De kom in i parken där det fanns en konstgjord sjö med en liten ö i mitten. Pilträdens grenar hängde tunga över vattnet och de gick den lilla grusstigen fram. I parken fanns det oväntat en hel del människor som cyklade eller tog en sen kvällspromenad.

Leo såg sig missnöjt omkring.

De gick ut från parken och in i ännu slitnare kvarter med hus av tegel eller med smutsig puts. Någon enstaka bil passerade i hög fart. Det var mörkt mellan lyktstolparna.

”Kom”, sa Leo och gick in i en gränd och sedan uppför en smal trappa.

”Vart ska vi?” frågade Catarina och hörde hur hon sluddrade

lite. Hon skulle just ta upp mobilen och se vad klockan var när Leo tog tag i hennes arm och drog henne med sig.

”Det här är en genväg.”

De kom upp på en ödslig parkeringsplats.

Catarina kände hur hon måste skärpa sig. Det kunde inte vara på något annat sätt än att Leo ville försöka hitta en enslig plats där de kunde vara för sig själva.

Skulle han försöka kyssa henne? Kanske var det bättre om hon gav honom en vink så att det inte blev pinsamt. Han var ändå hennes bäste medarbetare och hon ville att det skulle förbli så.

Catarina skulle just kommentera det när hon fick en knuff i sidan. Sedan gick allt mycket fort. Leo slet fram en revolver och riktade den mot henne.

Catarina blev så häpen att hon började skratta.

”Men snälla Leo, vad gör du?”

”Håll käften!” väste han och slog henne över ansiktet med revolvern.

Hon var fortfarande lika förvånad. Försiktigt tog hon sig för munnen och märkte att hon blödde.

”Men Leo …”

Han slog henne igen i ansiktet med revolvern och hon kände smaken av blod i munnen. Rädslan var förlamande.

Han drog henne med sig mot en låg mur, som omgärdade parkeringen. Nu började hon fatta vad som höll på att hända.

Catarina försökte skrika, men det kom inget ljud. Minnena från när hon drogs in i skåpbilen och låg bunden ute i huset kom tillbaka med full kraft. Bilder av hennes man och barn flashade förbi. Så blev allt plötsligt vitt. Hon frös till is, kunde inte förmå sig att ta ett steg.

Det var i stället Leo som fick henne att vakna till.

”Catarina, gör som jag säger”, väste han.

Fortfarande syntes inte en människa till. På andra sidan parkeringen lyste det från en strålkastare uppe på en byggnadsställning.

Maskiner, byggmaterial och verktyg fanns i en enda röra bland grus och vattenpölar.

Catarina föstes framåt tills hon stod med ryggen mot muren.

"Sätt dig", skrek Leo och siktade på henne igen med revolvern.

Catarina gjorde som han sa och hon hasade ned.

Hon vågade inte titta upp utan stirrade på Leos svarta skor.

Leo ställde sig framför henne och riktade pistolen mot Catarinas handväska. Hon slängde den längs marken mot honom.

Hon tittade försiktigt upp på den man som hon alltid hade litat på.

"Snälla du", sa hon så tyst att det knappt hördes.

Leo log bara mot henne. Catarina hade sett detta leende hundratals gånger under åren, men aldrig hade hon trott att hon skulle kunna se det med sådan avsky.

Catarina kippade efter andan, så föll hon i gråt.

"Men Leo, vad är det som händer?" upprepade hon mellan snyftningarna.

Han gav henne ett hånleende, det hade hon däremot inte sett tidigare.

"Du har inte fattat någonting", sa han.

Catarinas mun var öppen.

"Någon som däremot förstår det här är den där jävla Susanne Dahlgren", fortsatte han, tog fram Catarinas mobil ur hennes väska och kastade över den till henne. Catarina darrade när hon tryckte fram sina meddelanden.

"Det har nog kommit hela kvällen", sa Leo.

Med fumlande fingrar fick hon fram det senaste sms:et. Det var från hennes pressekreterare. "Polisen vill att du omedelbart sätter dig i säkerhet på hotellet."

Hur var det möjligt? Den enda hon hade litat på i politiken. Mannen som hade varit klippan i hennes politiska liv. Han som aldrig hade svikit henne. Och nu ville han döda henne. Det gick inte att förstå, det var omöjligt att ta in.

”Varför?” viskade hon till slut.

”Därför att detta är min hämnd på hela det svenska skitsamhället, där jag har fått sitta oskyldig i fängelse, där jag har hindrats i mitt yrkesliv medan en nolla som du har blivit minister ...”

”Men vad är tanken med allt?”

”Att först mörda den åklagare och den domare som har förstört mitt liv samt ordföranden i justitieutskottet och slutligen justitieministern.”

Catarina hade suttit med ryggen mot muren, men nu orkade hon inte sitta upprätt längre. Långsamt gled hon åt sidan och blev liggande.

”Problemet har varit att inte ens kriminella håller måttet. Jag ordnade det så fint i riksdagen genom att ändra ditt beslut om nådeärendena, men så backade de ur när det gällde. När du är död återstår bara Gerd Lundin.”

Leo skakade på huvudet.

”Åklagaren och domaren fick tredje plutonen ordna.”

”Vilka då?” frågade Catarina.

”Tredje plutonen i den väpnade grenen av Rättvisa utan gränser. Den där domaren Oskarsson lurade jag i att han skulle få ansvar för en offentlig utredning. På så sätt blev jag ditbjuden. Jag såg till att det blev på sen kvällstid, så att jag och en torped kunde hantera det ostört. Dig hade jag tänkt att gänget i Skurusundet skulle ta hand om, men de misslyckades.”

”Men polisen ...” började Catarina.

”Det här är Belgien. Jag har lite större hopp om att det finns rättssäkerhet här än i Sverige. Och i Sverige finns det inga bevis mot mig.”

Så blev Leo tyst några sekunder innan han fortsatte.

”Så nu får jag ordna det själv”, sa han långsamt.

Catarina vred långsamt på huvudet. Genom hårtestarna, som i dimma, såg hon hur Leo sakta tog ett par steg framåt och ställde sig bredbent ett par meter framför henne. Hon såg revolvern riktas mot henne på nytt, hur hanen spändes bakåt, och kände hur hela hennes kropp stelnade till. För en sekund flimrade bilder av barnen förbi, så var de borta. Allt var borta, allt gick i cirklar. Det sista Catarina upplevde var hur allt exploderade.

46

När Catarina vaknade befann hon sig i en sjukhussäng.

Bredvid henne, på en stol, satt en man som hon vagt kände igen.

"Jag är svensk ambassadör här i Belgien."

Catarina försökte hälsa, men det gick inget vidare i den liggande ställningen.

Hon kände hur allt bara snurrade och hon lutade sig bakåt mot kudden och blundade. Hon mindes Leo hånleende, vilket nästan fick henne att kräkas. Så mindes hon pistolen som riktats mot henne, så nära att hon kunde ha rört vid den. Och så smällen, den öronbedövande explosionen.

Hon hävde sig mödosamt upp på armbågarna.

"Vad var det som hände?"

Ambassadören tittade allvarligt på henne.

"Leo Holmberg skulle just skjuta dig när en belgisk specialstyrka slog till. Han dog omedelbart. Du räddades i sista sekunden igen, precis som i förra veckan."

"Hur kunde de veta var jag var?"

"Du får tacka polisen i Sverige. De kontaktade en åklagare på Eurojust i Haag, som tog kontakt med belgisk polis. De kunde följa din mobiltelefon när du fick sms. Turligt nog var den påslagen hela tiden."

Catarina trodde knappt att det var sant. Först gisslandramat och sedan blev hon överfallen av sin egen statssekreterare. Men hon levde, hon gjorde faktiskt det. Hon var dessutom helt oskadd. När polisen hade öppnat eld hade hon svimmat av skräck. Chocken satt i fortfarande, men hon kunde tänka klart.

”Jag har talat med den svenska delegationen. Regeringsplanet kan lyfta senare i natt, annars kan du vila ut och åka i morgon förmiddag. Jag antar att du inte vill fullfölja ministermötet.”

Catarina ville inget hellre än att åka hem. Men hon visste samtidigt vad pressekreterargänget skulle tycka. Håll ut i trettiosex timmar till så får du vila sedan. Om det hade blivit en framgång att fortsätta efter kidnappningen, borde det bli ännu bättre efter det här. Hon var en svensk superwoman, helt enkelt. Hon var tvungen att offra sig.

”Jag stannar till i morgon och åker hem som planerat.”

”Men är det verkligen klokt?” frågade ambassadören.

”Absolut”, sa Catarina.

”Ja, du vet förstås bäst”, svarade ambassadören.

”Tror du att du kan ordna en telefon?” frågade Catarina.

”Det fixar jag”, sa ambassadören och lämnade rummet.

Catarina satte sig upp i sängen. Hon hade bara trosor och ett linne på sig. På en fåtölj bredvid låg hennes övriga kläder och hon klädde snabbt på sig. När ambassadören kom tillbaka någon minut senare med en mobiltelefon var hon fullt påklädd.

”Oj då, är du redan klar?” frågade han. ”Det fanns ingen mobil tillgänglig, men ta min. Det är säkert inte tillåtet, men nu är läget så speciellt.”

Ambassadören gick ut och Catarina slog numret hem. Samtalet med Patrick tog bara några minuter. Hon försökte samla sig så gott det gick utan att bryta ihop. Patrick hade svårt att fatta vad som hade hänt. Och att det var statssekreteraren Leo Holmberg som hade velat döda henne.

”Han har ju varit här på middag!” utbrast han.

”Jag vet att det är helt otroligt, men jag kommer hem i morgon som planerat.”

”Ska du inte bara komma hem nu direkt”, försökte Patrick vädjande.

”Nej, nu måste jag klara av det här först. Men på måndag beställer vi en resa till något varmt ställe.”

”Jag antar att det inte är någon mening att försöka övertala dig.”

”Rätt uppfattat”, sa Catarina och kände hur hon fick stålsätta sig. Kroppen värkte av längtan efter familjen. Hon ville bara krypa in i deras famn och stänga hela världen ute.

De la på och Catarina ringde sin pressekreterare i Sverige. Det gällde att komma ut snabbt. Det här var säkert redan en stor nyhet i Sverige. Det brukade handla om minuter innan det dök upp på tidningarnas nätupplagor. Nu gällde det att göra politik av det här. Det var inte många timmar kvar tills vallokalerna öppnade.

Susanne låg i sin säng och tittade upp i taket i det välstädade sovrummet.

Hon hade just fått beskedet att Catarina hade räddats. Att hon hade klarat sig var faktiskt enbart Susannes förtjänst. I vanliga fall hade hon svårt att ta åt sig äran ens inför sig själv. Men nu tänkte hon för en gångs skull njuta av sin framgång.

Det var skönt att bara ägna tankarna åt kvällens utveckling.

Efter att Magnus Granath hade vägrat att ta något initiativ hade hon fått göra det själv. Plötsligt hade det slagit henne att hon kände den svenske åklagaren i Eurojust, som var en gammal kollega till henne. Till skillnad från Magnus Granath hade han tagit hennes uppgifter på största allvar och omedelbart kontaktat belgisk polis och lyckats hitta Catarina och Leo genom att spåra deras mobiltelefoner.

I sista stund, fick väl tilläggas.

Chocken över att det hade varit Leo som var hjärnan bakom Rättvisa utan gränser satt fortfarande kvar. Men nu hade alla bitar fallit på plats.

Det var Leo som hade planerat både den påhittade och den riktiga kidnappningen. Därför kunde också timingen bli perfekt, däremot hade han nog missbedömt att Gerd skulle föra uppgifterna om kidnappningen vidare, så att de så småningom hade hamnat i Kvällspressen.

Det störde Susanne att hon inte hade kunnat lista ut att det var Leo som hade legat bakom mordet i Högsta domstolen. Som statssekreterare var det förstås lätt för honom att stämma möte med ett justitieråd på kvällen. Han måste ha använt kontantkort, för de hade inte fått fram några telefonsamtal mellan dem.

Det slog henne hur upprörd Leo hade blivit när hon hade informerat honom om tjallaren Tony Asplund. Han hade blivit alldeles vit i ansiktet och krävt att få all information om ärendet.

Om Susanne bara hade kommit på det tidigare skulle hon ha sett sambandet mellan Leos dom och morden. Förutom att Peder Oskarsson varit domare hade det varit den mördade åklagaren Eva Lindgren på Riddarholmen som hade åtalat honom. Eftersom domen låg så långt tillbaka i tiden hade den inte hamnat i utredningens granskning. Men alla omständigheter ledde till en och samma person: Leo Holmberg. Där fanns också symboliken med siffran tolv. Domaren hade slagits med tolv slag, åklagaren hade styckats i tolv delar, siffran hade skrivits med blod efter mordet på tjallaren, tidsfristen var satt till klockan tolv och den väpnade gruppen i Rättvisa utan gränser hade bestått av tolv personer.

Leo hade dömts på tolv åtalspunkter. Men det hade också handlat om hur länge han hade suttit i fängelse. Han hade dömts till ett års fängelse, det vill säga tolv månader.

Sammantaget hade Leo försökt ta en rejäl hämnd för det han råkat ut för.

Utöver att döda både åklagaren och domaren i sitt eget mål, hade han också slagit till mot den politiska ledningen i samhället. Justitieministern och ordföranden i justitieutskottet skulle få betala priset.

Och faktum var att Gerd Lundin var den som hade förstått att det var något märkligt med Leo Holmberg.

Susanne försökte sova, men kunde inte komma till ro. Efter att ha varit uppe och druckit ett glas vatten kände hon till slut hur hon kunde slappna av. Just innan hon föll i sömn plingade det till i mobilen.

Det var Mattias.

LÖRDAG 20 SEPTEMBER

EN DAG KVAR TILL VALET

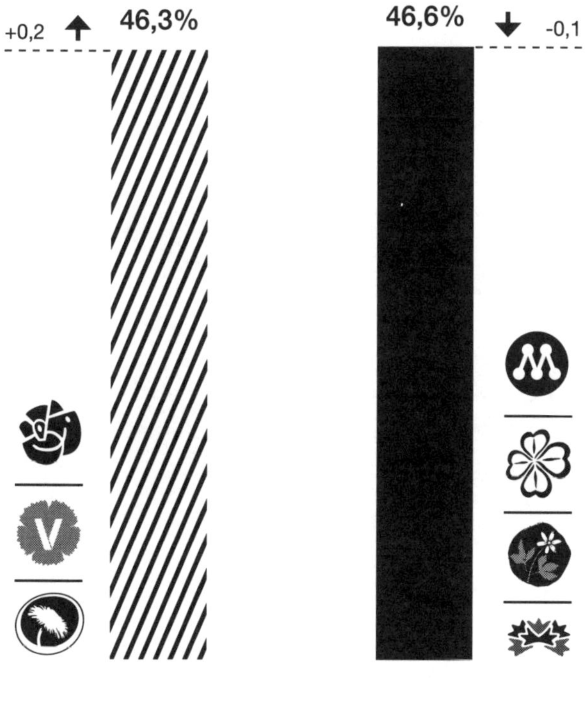

47

Gerd satt vid köksbordet och försökte följa all media. Det var inte lätt, det var mycket på en gång. Först var det händelsen i Bryssel. Ministern indragen i en ny livsfarlig händelse, som hade slutat med att en person hade skjutits ihjäl. Hur kunde en och samma människa råka ut för så mycket?

Ännu märkligare var det att hon samma kväll verkade ha gjort en rad intervjuer och nu under dagen skulle delta i det fortsatta ministermötet. Tidningarna var fulla av bilder på när hon lämnade sjukhuset. Man skulle nästan kunna tro att det var planerat. Men efter att själv ha varit med om ett gisslandrama, var det Gerds fulla och fasta övertygelse att det sista man ville var att figurera i pressen.

En annan person det stod mycket om var Susanne Dahlgren. Från att ha varit totalt utskälld var hon nu dagens hjälte, som hade räddat livet på justitieministern och sprängt organisationen Rättvisa utan gränser.

”Du, jag åker till golfbanan, ska träffa gubbarna om en halvtimme”, sa hennes man och stack in huvudet i köket.

Gerd hade inget emot att han försvann under några timmar, snarare var det skönt.

Hon återgick till sin tidning, där bakgrunden och hela upplösningen var beskriven i detalj. Märkligast av allt var att det var statssekreteraren Leo Holmberg som varit ledare för hela den kriminella delen av organisationen. Och var det kanske inte Gerd själv som hade insett att det var något konstigt med hans telefonsamtal om den påhittade kidnappningen. Kanske inte att han var en mördare, men att det var något skumt i alla fall.

Gerd stannade upp en sekund innan hon läste vidare.

Planen hade varit att slå till mot åklagaren och domaren som varit involverade i målet med Leo Holmberg, men även justitieministern och ordföranden i justitieutskottet hade varit måltavlor.

"Just det, minsann", sa Gerd högt för sig själv. "Var det inte det jag sa från början, att det var riktat mot mig, men polisen valde att inte tro mig."

Till detta kom ett besynnerligt avslöjande på DN Debatt med rubriken "När politiken är som sämst". Det var hennes före detta pressekreterare Petra Holm som hade skrivit om Valallians 2.0, där hon själv tydligen hade varit med tidigare. Det uppseendeväckande var att Petra avslöjade spelet kring Catarina Björks snatteri och påstådda rasistiska uttalanden. Petra hade själv pratat med den man som hade anklagat Catarina Björk och spelat in deras samtal med mobilen. Av artikeln framgick att de hade betalat honom för att låtsas vara utsatt för rasistiska påhopp av ministern. Samtalet i sin helhet var utlagt på Politikerbloggen, Newsmill och ett antal andra bloggar.

Kvällspressen hade också omedelbart reagerat. I ett pressmeddelande framgick att om uppgifterna stämde skulle Linus Wiberg få sparken med omedelbar verkan. Tills vidare var han avstängd. Både Linus och organisationens grundare, Hjalmar Fritzén, var polisanmälda. Huruvida det gällde även Petra framgick inte. Hon skulle nog klara sig, trodde Gerd.

Däremot stod det bara en liten notis i Göteborgs-Posten om hennes eget utspel under gårdagen. Hon hade – i strid med vad hennes partisekreterare och gruppledare uppmanat henne till – meddelat att hon inte ställde upp som kandidat till riksdagsvalet. Gerd hade varit inställd på att det skulle ta ordentlig skruv. Hon hade till och med lagt mobilen på nattduksbordet, eftersom hon räknade med att många skulle ringa tidigt på morgonen. Ekot brukade ringa vid sex ibland, det kom hon ihåg från ministertiden.

Men ingen hade ringt. Förutom notisen i GP verkade märkligt nog ingen ha hakat på. Gerd visste att det skickades ut en mängd pressmeddelanden varje dag. Antagligen hade det hamnat underst i högarna på redaktionerna på grund av någon slarvig assistent. Jodå, så hade det nog gått till, tänkte Gerd och reste sig från köksbordet. Hon gick ut i vardagsrummet och tittade ut över Göta älv. Fast det vore i och för sig märkligt om det fanns slarviga assistenter på alla redaktioner. Nåja, det var inte så mycket att fundera över. Visst skulle det ha blivit mer uppmärksamhet om hon hade gjort något utspel mot partiledningen. Men det ville hon inte. Trots allt var lojaliteten för stor mot det parti som hon hade tjänat i mer än halva sitt liv. Inte ens den lilla sprätten till gruppledare i riksdagen ville hon klanka på.

Gerd var trött på alla strategier och på att hellre klanka på sina motståndare än att prata om vad man själv ville göra. Nu var det slut, en gång för alla. Och även om inte media tyckte att det var en stor sak, så var det stort för henne.

Plötsligt fick hon ett infall och gick in i köket igen. Hon tog fram en champagneflaska ur kylen och ställde på köksbänken. Det var tänkt att hon skulle dela den med sin man nästa helg, när de firade sin trettioandra bröllopsdag. Men i själva verket tyckte inte Gerd att det var så mycket att fira. Maken skulle nog bli sur, men det brydde sig inte Gerd om. Han fick skylla sig själv som inte var här.

Resolut tog hon bort folien och vred om korken tills den flög upp i taket med en smäll.

I sista stund fick hon fram ett glas men det skummade snabbt över.

”Skål”, sa hon högt för sig själv och tog en rejäl klunk. ”Skål för de här åren och adjö till politiken.”

SÖNDAG 21 SEPTEMBER

VALDAGEN

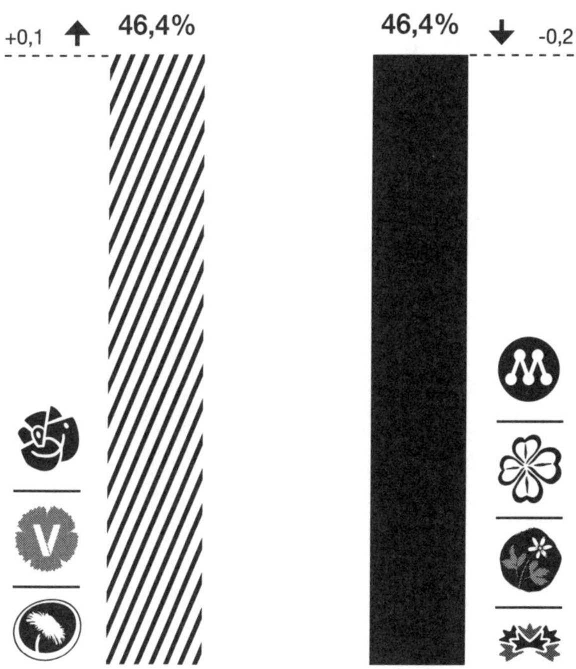

48

”Så var ska du bo?” frågade Susanne och smekte Mattias lätt på armen.

”Jag ska bo kvar i Mälarhöjden i en lägenhet, vi behåller huset, och så turas vi om att bo där varannan vecka.”

”Så Lotta ska flytta ihop med sin nya kille.”

”Bodybuildern, ja.”

”Såja, var inte svartsjuk nu”, sa Susanne och räckte honom sitt glas. ”Smaka det här vinet, tycker du att det smakar konstigt?”

Mattias smuttade lite på vinet och gav tillbaka glaset.

”Nej, jag märkte inget.”

”Och vad sa barnen?”

”Rebecka är lite ledsen förstås, men jag hoppas att det går över så småningom. Vi är ju knappast de första som skiljer oss”, sa Mattias och tittade bort mot poolen. Det dåliga samvetet gnagde ändå i honom, trots att Lotta och han var överens om att det här var det bästa beslutet. Det fanns också en sorg i att det slutade så här. När de gifte sig trodde han verkligen att det skulle vara för evigt. Men det var förstås bra att de kände likadant. Och om han inte skilde sig fanns ingen framtid med Susanne.

De befann sig i Hurghada i Egypten. Redan sent på fredagskvällen hade Mattias kommit till Susanne, så snart som upplösningen i Bryssel var ett faktum. Under natten hade de älskat och pratat om vartannat. På lördag förmiddag hade de gått och beställt en sista minuten-resa.

De bodde på Grand Resort, en stor hotellanläggning bara några hundra meter från havet. Överallt fanns det små barer och restauranger, och man behövde aldrig ens resa sig från solstolarna, eftersom servitörer alltid fanns till hands. I morgon hade de beställt en lektion i att dyka bland korallreven. Nu satt de på en utomhusservering och lyssnade på en egyptisk man som sjöng Sinatralåtar till förinspelad musik.

"Hann du rösta, förresten?" frågade Mattias.

"Ja."

"Och vad röstade du på?"

"Folkpartiet", svarade Susanne. "Och du?"

"Är man från Örnsköldsvik röstar man på sossarna. Farsan skulle aldrig tillåta något annat."

"Men du är ju över fyrtio, borde det inte vara du som bestämmer vad du ska rösta på?"

"Jag ska ta dig till Örnsköldsvik, så kommer du att förstå", sa Mattias och sträckte sig efter sin öl.

Susanne skrattade. Hennes långa ljusa hår var utslaget och han tyckte att hon var vackrare än någonsin. Framför allt var det underbart att de kunde vara tillsammans öppet, i stället för det där smusslandet som de hade hållit på med så länge.

"Kom så går vi ned till havet", sa Mattias.

"Nej, jag har en bättre idé", sa Susanne och kastade en blick åt hotellet.

Då ringde Mattias telefon. Det var dolt nummer, och han tvekade en sekund innan han svarade.

"Hallå?"

"Är det Mattias Berglund?"

"Stämmer."

"Det här är från Kvällspressen."

"Jaha?" sa Mattias, höll för telefonen och mimade till Susanne vilka det var som ringde.

"Vi har uppgifter om att du har ett förhållande med Susanne

Dahlgren, som var utredare i det mål där du var försvarare."
"Det stämmer också."
"Tycker du att det är lämpligt?"
"Jag tycker verkligen att det är lämpligt", sa Mattias och tryckte bort samtalet.
"Det kommer väl inte bli några problem?" frågade Susanne oroligt, som hade förstått vad samtalet handlade om.
"Nej, det finns inga advokatetiska regler mot att bli kär i en polis", sa han och log.
Just som de rest sig ringde Susannes mobil. Det var Petra, som ringde direkt från valvakan.
"Det är helt sjukt jämnt mellan blocken", skrek hon. Allt oväsen i bakgrunden gjorde att det knappt gick att höra vad hon sa.
"Håll oss informerade, annars kollar vi nätet", svarade Susanne.
"Snacket är redan igång om en eventuell ny regering."
Susanne sneglade mot Mattias som stod lutad mot baren och såg otålig ut.
"Du vet att man i valrörelsen lovade att vi skulle ha en biträdande justitieminister som är opolitisk."
"Jo, jag hörde det. Men Petra, vi ska precis ..."
"Och vet du vem man tror att det blir?" avbröt Petra.
"Ingen aning."
"Du."
"Va?"
"Du tippas bli biträdande justitieminister."
Susanne höll på att tappa mobilen. Hon tittade sig förvirrat omkring och mötte Mattias blick. Han log och gjorde ett tecken att hon skulle lägga på. Den egyptiske sångaren sjöng "Killing me softly" så att det hördes över hela poolområdet.
"Du måste skoja", fick hon fram till slut.
"Klart jag inte gör. Det blir perfekt, då kan jag bli din statssekreterare."

Susanne kunde inte låta bli att skratta över Petras framfusighet.

”Men jag har ju inte tillräcklig kompetens.”

”Har vi haft en avdankad fotbollsspelare som justitieminister, ska nog det här också gå bra. Du är mer kompetent än de flesta. Tänk vad kul det skulle kunna bli!” Petra fnittrade förtjust.

”Vad var det där om”, sa Mattias när Susanne avslutat samtalet och kom fram till honom i baren.

”Jag berättar sedan, kom nu”, sa hon och tog hans hand.

TACK

Christian Agdur, polismästare
Cecilia Bodström, journalist
Eva Gedin, förläggare
Peter Gillgren, överläkare
Ingvar Hedlund, journalist
Henrik Jermsten, regeringsråd
Sonja Jidenius, kontorschef
Daniel Kjellgren, byråchef JK
Stig-Björn Ljunggren, statsvetare och krönikör
Liza Marklund, författare
Therese Mattsson, rikskriminalchef
Johan Munck, f.d. ordförande i Högsta domstolen
Magnus Oswald, kriminalinspektör vid länskriminalpolisen
Ragnar Palmkvist, kanslichef på Svea hovrätt
Johan Pehrson, riksdagsledamot (FP)
Linda Romanus, pressekreterare
Peter Schildt, regissör
Elin Sennerö, redaktör
Henrik von Sydow, riksdagsledamot (M)
Lars Werkström, internationell chefsförhandlare, Justitiedepartementet
Lars Westbratt, politisk sekreterare (S)

Och inte minst, tack till min fru Helén